LE GRAND ORDINAIRE

JEREMY CHAMBERS

LE GRAND ORDINAIRE

roman

Traduit de l'anglais (Australie) par
BRICE MATTHIEUSSENT

Traduit avec le concours du
CENTRE NATIONAL DU LIVRE

BERNARD GRASSET
PARIS

L'édition originale de cet ouvrage a été publiée par The Text Publishing Company, en 2010, sous le titre :

THE VINTAGE AND THE GLEANING

Photo de la jaquette : © Boston Thek Imagery / Getty Images

ISBN 978-2-246-78907-9

À mon père

Lundi, on va chez Butlers, pareil que la semaine dernière.

On va toujours chez Butlers, pas vrai ? demande Roy.

Nous traversons la ville, puis prenons la grand-route vers le soleil matinal. Nous dépassons les caves Beaumonts, Tylers et Crews, St Margaret, et les cerisiers de Pulham. Le pick-up de Wallace est garé au bout des rangées. Roy s'arrête à côté, consulte sa montre. Il met la radio et roule une cigarette.

Je descends et m'approche du pick-up de Wallace. Assis au bord du plateau, il affûte une pelle. Je prends une autre pelle sur le plateau. Je m'installe près de Wallace, qui me tend la burette d'huile.

T'as gagné aux courses ? me demande Wallace.

Non.

Je passe un doigt le long du tranchant de la pelle. Il est usé sur plus de la moitié de la longueur et le bord n'est plus droit du tout. Vraiment plus droit. Tordu tout du long.

T'as gagné à la loterie ? demande Wallace.

Non.

Je tape sur la pelle pour en faire tomber la terre et passe de l'huile dessus.

Et toi, je demande, t'as gagné ?

Moi ? fait Wallace. Non.

Je lui montre le fer de la pelle.

Je sais, dit Wallace.

Il finit de s'occuper de sa pelle et la fiche en terre. Il en prend une autre sur le plateau et en fait tomber la terre.

T'as appris pour George Alister ? me demande Wallace.

Non.

Bon dieu, il dit. Il est pas au courant pour George Alister.

Je me racle la gorge et crache loin du plateau, puis je tends le bras derrière moi pour saisir la bouteille d'eau, je bois et crache encore. Wallace me donne une pierre qu'il vient de sortir de la boîte à outils et je me mets à affûter le tranchant inégal.

Wallace tire sur une écharde.

Putain, il dit. Il est pas au courant pour George Alister. Je croyais que quelqu'un t'en aurait parlé.

Personne a rien dit.

Wallace fouille dans les poches de son short en marmonnant. Il trouve son couteau à cran d'arrêt, puis l'ouvre en tenant la lame et en faisant pivoter le manche. Il ôte l'écharde du manche de la pelle, puis d'une main referme le couteau. Je finis ma pelle et en prends une autre sur le plateau. J'examine le fer. Il est aussi usé et inégal que le premier. Tous sont usés et entamés. Toutes ces pelles de vignoble.

Wallace me tend la burette d'huile.

Tombé raide mort, il reprend. Au milieu de la grand-rue. Crise cardiaque.

Quoi, je fais, George Alister ?

Ouais, dit Wallace. Pile au milieu de la grand-rue. Mort avant même de percuter le sol, à ce qu'il paraît.

Bon dieu. George Alister.

Wallace prend un vieux bout de papier de verre déchiré dans la boîte à outils et en frotte le manche. Qu'il lève et examine en passant un doigt dessus. Il se retourne vers le jerrycan, verse un peu de térébenthine au creux de sa paume et en enduit tout le manche. Le bois brille dans la lumière pâle du soleil.

Je croyais que t'avais appris la nouvelle, dit Wallace. A l'heure qu'il est. Lundi matin. C'est arrivé samedi. Crise cardiaque. Mort avant de percuter le sol.

Je finis ma pelle et la fiche en terre. Je descends du plateau pour me dégourdir les jambes, je me balade près des vignes, baisse les yeux vers les rangées terminées. Elles sont bien alignées le long du fil de fer, nues et toutes tordues au-dessus du sol avant d'épanouir leur feuillage au sommet. Certaines ont déjà de nouvelles grappes de petits grains durs et verts. A la saison des vendanges, lorsque les femmes arriveront avec leurs sécateurs et que nous travaillerons seulement le matin, les grappes seront grosses, mauves et lourdes sur les vignes, la chair sucrée sous l'épaisse peau amère. Certaines femmes mangent en vendangeant, elles sucent la chair et recrachent le reste, laissant derrière elles un sillage de salive sombre et de peaux à demi mastiquées qui foncent et se fripent au soleil.

D'habitude j'aime bien les vendanges, on a la compagnie des femmes qui bavardent et cancanent en travaillant, et Wallace fait un bon contremaître, il m'adresse un sourire en vidant son seau dans la cuve et Roy fait rigoler les femmes avec ses simagrées. Mais pas cette année. Non, cette année je n'attends pas cette saison avec impatience, à cause de la journée qui se termine à l'heure du déjeuner et des après-midi vides, et je me demande ce que je vais bien pouvoir faire de tout ce temps libre.

Je regarde le fouillis hirsute des vignes le long des rangées intactes et je retourne vers le pick-up.

Wallace me tend une autre pelle et la burette d'huile. Je reviens m'asseoir au bord du plateau, je tape la pelle pour en enlever la terre en cognant le manche contre le bord du plateau. Elle tombe en un tas sec et limoneux, pâle sur le sol. De la poussière s'en élève comme une fumée.

Il mangeait une glace, dit Wallace. George Alister. Il mangeait une glace quand il a clamsé. Il venait de sortir du milk-bar, il a retiré l'emballage et voilà.

Il fait claquer ses doigts.

Terminé. Comme ça. Il tient toujours sa foutue glace en percutant le sol. Plus de George.

Comme ça, je répète.

Comme ça, dit Wallace.

Il cogne sa pelle contre le plateau. La terre colle. Il cogne encore la pelle, plus fort. Le métal résonne. Il la cogne jusqu'à ce qu'une grosse motte de terre s'en détache.

Ce bruit effraie les corbeaux dans les vignes. Les corbeaux s'envolent en croassant. Ils se posent à nouveau un peu plus loin dans les rangées.

Et tu vois le clebs de George Alister, dit Wallace.

Ouais. Je vois.

Tu sais ce qu'il a fait ? Ce qu'il a fait quand George Alister a eu sa crise cardiaque ? Quand il a eu sa crise cardiaque et qu'il a mordu la poussière ?

Je secoue la tête.

Il a chopé cette putain de glace, dit Wallace. Il se pointe, il renifle, il voit que George a clamsé et il lui pique la glace de la main. Et puis le clebs se barre en vitesse. Merde alors, il se casse. Il va bouffer la glace dans les buissons derrière la poste. Et voilà George Alister étendu de tout son long. George Alister allongé pour le compte, et le clebs barré avec sa foutue glace.

Bah, je dis en fichant ma pelle en terre. C'est ça les chiens.

Ça t'as raison, fait Wallace en riant. C'est ça les chiens. Je te le fais pas dire. Putains de chiens, ouais.

Nous finissons de nettoyer la dernière pelle et nous les fichons en terre.

George Alister, je dis. C'était le pote de Roy, pas vrai ?

Ouais, dit Wallace. C'était le pote de Roy.

Wallace crache par terre, puis avec sa chaussure il étale son crachat.

Et comment que c'était le pote de Roy, dit Wallace. Mais d'après ce que je sais, Roy s'intéressait davantage à sa bourgeoise. Nora. Nora Alister. Sa veuve, maintenant.

C'est vrai, je dis.

C'est plus sa bourgeoise, dit Wallace. Sa veuve. La veuve de George Alister.

Quelque chose pousse les corbeaux à s'envoler encore, ils passent au-dessus de nous, décrivent un cercle, puis retournent dans les vignes. Je lève les yeux vers le ciel.

Maintenant, dit Wallace, la veuve de George Alister, elle est disponible. Probable que Roy va tenter sa chance.

Wallace range la burette d'huile et les pierres à aiguiser dans la boîte à outils. Il ouvre encore son couteau et l'essuie sur son short.

Pour sûr que Roy va tenter sa chance, il dit.

Bah, je fais. Il est comme ça, Roy.

Wallace rit. Il est comme ça, Roy, il répète. C'est ça les chiens et il est comme ça Roy.

Il se hisse sur le plateau et retire une de ses chaussures, qu'il tape contre le côté du plateau. De la terre et des cailloux en tombent. Wallace porte d'épaisses chaussettes sales roulées sur les chevilles. Il s'occupe d'une chaussure, puis de l'autre.

Putain de Roy, ouais, il dit.

Je lève la tête vers le ciel. En plissant les yeux je regarde le soleil franchir la colline. Il monte, jaune et brillant, l'air est frais, l'aube limpide. Le vieil eucalyptus qui pousse dans le pré voisin intercepte soudain la lumière et il l'intercepte si haut que le feuillage nimbé d'or oscille lentement et les feuilles bougent toutes ensemble, les branches lisses et blanches ont des replis boursouflés sous l'écorce souple, elles s'agitent, elles s'agitent à peine, mais dans la lumière ce mouvement semble beau. Il y a de la beauté tout là-haut.

Wallace va pisser dans les vignes, revient et consulte sa montre, regarde le pick-up de Roy. Il lève le poignet et de l'index désigne sa montre. Roy descend, claque la portière, peste et siffle pour réveiller Lucy. La chienne ouvre les yeux et lève sa tête posée sur ses pattes. Elle bâille, regarde autour d'elle, ses sourcils frémissent. Elle bondit à terre, puis s'approche pour nous renifler, Wallace et moi. Puis elle arpente les rangées de vignes, le museau au ras du sol, à la recherche de serpents.

Roy arrive tête nue, ses fins cheveux argentés dissimulant à peine ses coups de soleil. Il a les yeux bleu pâle. « Bleus de bébé », comme disent les gens quand ils parlent de Roy. Il paraît que les femmes adorent ses yeux bleus de bébé. Quand les gens parlent de Roy, c'est ce qu'ils disent toujours. Roy se gratte le bras et regarde la route.

Où est Spit ? il demande. Et Tralali le trublion bordélique et Tralalère le bordélique trublion ?

En retard, dit Wallace.

Tu vas les virer ? demande Roy à Wallace. Je parle pas de Spit, il me dit. Je parle de Bonnet Blanc et Blanc Bonnet. Les deux trublions bordéliques.

Si Boss arrive en premier, je les vire, dit Wallace.

T'attends Boss de si bonne heure ? demande Roy.

Non, répond Wallace.

Roy va pisser dans les vignes, puis il revient s'asseoir avec nous sur le plateau du pick-up de Wallace. On attend les autres.

T'as appris pour George Alister ? demande Wallace à Roy.

Bien sûr, dit Roy. Tout le monde est au courant pour George Alister.

Pas Smithy, rectifie Wallace. Il savait que dalle avant que je lui dise.

Eh ben maintenant il est au courant, pas vrai ? dit Roy.

Exactement, fait Wallace. Je lui ai dit. Il s'est écroulé. Au beau milieu de la grand-rue. Crise cardiaque.

Exact, confirme Roy.

Comme ça, dit Wallace. Raide mort.

Ouais, dit Roy.

Et t'as appris pour son chien ? demande Wallace. Le clebs de George Alister ?

Roy acquiesce.

Tu sais ce qu'a dit Smithy quand je lui ai raconté ? fait Wallace. Je lui ai dit, George Alister mord la poussière, passe l'arme à gauche, et le clebs lui pique sa fichue glace. Avant de se casser comme une crapule. Tu sais ce que Smithy me répond ? Il me dit, c'est ça les chiens.

Y a du vrai, dit Roy en se penchant pour cracher entre ses genoux.

C'est ça les chiens, répète Wallace en riant. Foutus chiens.

On est assis au bord du plateau. Roy se penche, se racle la gorge, crache encore. Wallace regarde sa montre et lâche un juron. Il se laisse tomber à terre en grommelant, puis marche vers la route. Debout au milieu de la route, les mains sur les hanches, il regarde en direction de la ville. Lucy vient renifler nos chaussures.

T'as trouvé quelque chose, ma fille ? lui demande Roy. Des serpents ?

Lucy renifle, puis se couche, haletante. Quand Roy lui frotte le flanc avec sa chaussure, elle se presse contre le cuir et lève la tête en léchant l'air.

Wallace revient d'un pas pesant, le dos voûté, ses épaules et ses bras énormes paraissent trop lourds pour sa charpente. En short et maillot de corps, on voit presque toute sa peau, noircie par le soleil. Il nettoie ses lunettes avec son chapeau en bouclette.

Ils arrivent ? demande Roy.

Wallace lève ses lunettes pour en examiner les verres. Il souffle dessus et les astique.

Ouais, ils arrivent, il dit. A pied, putain.

Lucy est toujours couchée contre la chaussure de Roy. Il se penche pour lui caresser la tête et le poil derrière les oreilles. Alors, ma fille ? il dit doucement. Alors ? Lucy ferme les yeux à demi. Roy lui prend la tête entre les mains et lui frotte les joues, exhibant les crocs, les gencives noires, l'épaisse salive qui déborde de partout. Il la lâche. Lucy renifle puis repart dans les vignes.

Wallace reste là à essuyer ses lunettes.

George Alister, il dit à Roy. C'était un pote à toi, pas vrai ?

C'est vrai, dit Roy.

Roy se lève, décrit un cercle en marchant, assouplit les muscles de son dos et de son cou. Il prend une pelle et se rassoit sur le plateau, en examinant le fer. Il peste, la lance et elle se fiche dans le sol. Il en prend une autre et l'examine.

Tu vas à l'enterrement ? demande Wallace.

Oui, dit Roy.

C'est quand ?

Mercredi, dit Roy.

Matin ou après-midi ?

Matin.

Tu prends une demi-journée ou toute ta journée ?

Sais pas, dit Roy.

Tu ferais aussi bien de prendre toute ta journée, dit Wallace. Y a quoi après l'enterrement ? Une veillée ? Un truc de ce genre ?

Un truc de ce genre, dit Roy en lançant la pelle.

Quoi, fait Wallace, chez la veuve ou au pub ?

Au pub, dit Roy.

Quel pub ? demande Wallace.

L'Imperial.

L'Imperial. C'est là que George Alister picolait, pas vrai ? L'Imperial ?

Non, dit Roy. Il crache sur ses doigts, puis se les passe dans les cheveux. Il picolait au Crown ou au Poachers.

Alors, pourquoi ils vont à l'Imperial ? demande Wallace.

Parfois il buvait des coups à l'Imperial.

Roy prend une autre pelle fichée en terre, il en examine le fer, puis il la fait glisser derrière lui.

Les gamins arrivent sur la route et nous les regardons. Ils échangent des bourrades et des coups de poing, ils rigolent et grognent à chaque coup encaissé. Ils avancent tête baissée, leurs cheveux longs cachent leur visage. Ils essaient de se frapper au ventre. Wallace lâche un juron.

Magnez-vous ! il crie.

Les gamins continuent de se bousculer. L'un d'eux flanque un coup de poing à l'autre, qui tente de riposter, feinte et lui balance un méchant coup au bras. Ils luttent, s'arc-boutent l'un contre l'autre, puis s'écartent. Ils approchent en souriant.

Z'êtes en retard, dit Wallace en levant sa montre. Je devrais vous virer.

Ouais, mais c'est vachement loin, proteste l'un des gamins.

Vous saviez où qu'on était, dit Wallace.

Il reste là, à dévisager les gamins. Eux sourient. Wallace leur lance un regard noir.

Je devrais vous virer, il dit. La prochaine fois, ça ratera pas.

Wallace reste là, à toiser les gamins. Ils lui sourient. Il flanque un coup de pied dans la chaussure de l'un.

J'ai dit quoi vendredi ? demande Wallace.

Sais pas, répond le gamin. Sans doute une histoire à la con.

Quand Wallace lève la main pour frapper, le gamin penche le buste en souriant toujours, ses cheveux blonds filasse lui tombent sur le visage. Les gamins n'ont pas de chapeau. Ils portent des T-shirts et des jeans serrés décolorés.

Des vraies pompes, dit Wallace. Je vous ai dit que je voulais vous voir porter des vraies pompes aujourd'hui. Tous les deux.

J'en ai pas, répond le gamin. Il tripote la peau de son bras couvert de coups de soleil.

Et pourquoi ? demande Wallace. Je vous l'ai dit ou je vous l'ai pas dit ? Je vous l'ai dit vendredi. Au moment de partir. En fin de journée.

J'ai pas pu m'en payer, dit le gamin. Il arrache de son bras un long lambeau de peau et le regarde.

Comment ça t'as pas pu t'en payer ? s'étonne Wallace en remontant ses lunettes sur son nez. Et ta paie alors ? Je t'ai filé les biftons moi-même. Jeudi.

Le gamin regarde son lambeau de peau, qu'il brandit au soleil. Ça brille.

Je l'ai claquée, il dit.

Quoi ? fait Wallace. Tout ?

Presque, dit le gamin. Il lance en l'air son lambeau de peau, qui descend en voletant vers la terre. Il prend une pelle, pose les deux pieds sur le fer, qui s'enfonce lentement dans le sol.

Wallace se tient là, tout voûté, ses mains calleuses et couvertes de cicatrices tendues devant lui, les paumes tournées vers le ciel. Il dévisage le gamin. Le chapeau de Wallace est vissé sur son crâne, le bord touche ses grosses lunettes aux verres épais, son énorme mâchoire saille. La mâchoire de Wallace est trop massive pour n'importe qui, et sous son chapeau le visage de Wallace se réduit à une paire de lunettes et à une mâchoire.

T'as fait quoi ? demande Wallace. Toute ta putain de paie, tu l'as claquée à quoi ?

Sais pas, répond le gamin en essayant de garder l'équilibre sur la pelle qui s'enfonce peu à peu. De la gnôle. De l'herbe. J'ai trouvé de l'herbe vendredi soir. Un poulet frites. De l'ananas frit. Du Coca.

D'accord, fait Wallace. De la gnôle. De l'herbe. Quoi d'autre encore ?

Surtout de la gnôle, dit le gamin.

Il tombe de la pelle.

Wallace consulte sa montre, lâche un juron en regardant la route. Il dévisage le gamin, qui baisse les yeux vers ses tennis. Le gamin remonte sur le fer de la pelle, qu'il essaie d'extraire du sol en sautant dessus à pieds joints.

Viens pas me voir en pleurnichant, hein ? dit Wallace. Quand tu te couperas les orteils, viens pas me trouver en pleurnichant.

Je le ferai pas, promet le gamin en sautillant toujours sur la pelle.

C'est ce que tu dis maintenant.

Wallace consulte encore sa montre.

Où est Spit ? il me demande.

J'en sais rien, je dis.

Tu crois qu'il va se pointer ?

Je hausse les épaules.

Moi je parie que non, Wallace, dit Roy.

Wallace lâche un autre juron. Le gamin redescend de la pelle. Il l'extrait du sol, saisit le manche comme un maillet de cricket et la balance vers une motte de terre sèche. En même temps, il émet une espèce de sifflement. La motte de terre explose en un nuage de poussière, qui reste en suspension dans l'air, puis se dissipe.

Bon, fait Wallace, m'est avis que Spit viendra pas.

Il se dirige vers le pick-up en s'essuyant les mains sur son short. Il pose sa pioche sur une épaule, puis une serviette sur l'autre.

Au boulot, dit Wallace en pénétrant dans les vignes.

Nous prenons nos pelles et le suivons.

Quelque part le bruit lointain d'une moto qui démarre. Le moteur tourne au ralenti, puis la moto traverse des prés et s'éloigne. Nous travaillons dans nos rangées, nous ôtons les rejets des ceps, en passant d'un cep à l'autre, d'une rangée à la suivante. Le soleil est monté derrière les arbres de la colline, qui brillent d'un or sauvage. La lumière miroite sur les longs filaments des toiles d'araignée accrochées entre deux rangées, elle filtre à travers les ceps, tache la terre d'ombres mouchetées mêlées à celles des ceps, tordues et frissonnantes, les feuilles oscillent dans la brise, et là où la lumière éclaire la terre, celle-ci est rouge.

Dans le pré situé derrière nous, le blé nu blanchit sous le ciel, il s'agite et murmure. Lucy me dépasse, le museau rivé au sol, elle s'arrête pour renifler mes chaussures, les feuilles et les pousses tombées, puis elle repart. Il n'y a rien hormis le grincement des pelles qui grattent la vigne, le métal sonnant contre le bois, le bruissement des feuilles qui tombent. Et puis le croassement des corbeaux, l'odeur de la terre. Tout en m'activant, je sens le soleil me chauffer le dos et je me mets à travailler plus vite, d'un cep à l'autre, d'une rangée à la suivante.

Wallace termine un cep et reste planté là à s'essuyer le front avec son chapeau. Appuyé sur sa pelle, il regarde le gamin dans une autre rangée.

T'as dû picoler comme une poiscaille, il lance au gamin.

Quoi ? fait le gamin.

T'as dû picoler comme une poiscaille, répète Wallace. Pour claquer toute ta paie. Sûr que t'as dû picoler tout le week-end.

Non, dit le gamin. Juste samedi. Samedi soir.

T'as picolé où ? demande Roy.

C'était pas au pub, répond le gamin. Je suis descendu à la rivière. Avec des trucs à emporter.

Tout le monde s'est arrêté de travailler, sauf moi. Ils sont tous appuyés sur leur pelle, à discuter au-dessus des rangées de vignes. L'autre gamin se marre. Je continue de faire tomber les pousses.

Bon, t'as acheté quoi alors ? veut savoir Wallace. C'est pour quoi que t'as claqué toute ta paie ? Tout ton putain de fric ?

J'sais pas, dit le gamin. Un pack de douze, de la limonade, une bouteille de curaçao bleu.

Seigneur, dit Wallace. Un festin du feu de dieu, pas vrai, Roy ?

Ouais, un vrai festin, approuve Roy.

Pourquoi que t'as choisi de boire ce machin ? demande Wallace. Pourquoi claquer tout ton fric pour un truc pareil ? Toute ta paie ?

C'était pas pour moi, dit le gamin. C'était pour ma copine. Elle refuse de boire autre chose.

J'espère que ça t'a permis de tirer ton coup, dit Roy en s'appuyant sur sa pelle.

Le gamin ne moufte pas. Il saisit une vrille et se met à l'enrouler autour de son doigt.

Il a tiré son coup, l'enfoiré, dit Roy.

Le gamin ricane. Il continue d'enrouler la vrille autour de son doigt. L'autre gamin se remet au boulot. Appuyés sur leurs pelles, Roy et Wallace regardent le premier gamin.

Comment ça, fait Wallace, elle a sifflé toute la bouteille ? Elle s'est tout envoyé ?

Non, dit le gamin.

Bien ce qui me semblait, poursuit Wallace. Elle serait malade.

Elle a été malade, dit le gamin.

J'espère que t'as tiré ton coup avant, fait Roy.

Wallace secoue la tête. Il extrait sa pelle hors de terre et pivote sur les talons en marmonnant, puis retourne à sa rangée de ceps. Roy crache et siffle Lucy. Le gamin tire sur le rejet, il tire fort jusqu'à l'arracher, tout vert près de la base. Il lance le rejet, puis regarde sa main. L'autre gamin continue de bosser, d'abattre sa pelle à tour de bras, il a le souffle court, il sue, il est tout rouge. Wallace termine son cep, puis se retourne vers le gamin en laissant de nouveau tomber sa pelle contre les fils de fer.

Alors où est le reste ? il demande au gamin. Ce putain de curaçao bleu.

Je me le suis enfilé, répond le gamin. Moi aussi j'ai été malade.

Wallace retire son chapeau et ses lunettes, il essuie les verres avec son chapeau et il reste planté là, transpirant.

Roy lève les jambes l'une après l'autre et s'assène de grandes claques sur les chevilles pour en chasser les fourmis. Il se gratte les jambes, siffle Lucy, qui rapplique dans la rangée, et il se baisse pour la caresser depuis la tête jusqu'à la queue. Wallace regarde l'autre gamin.

Et c'est quoi ton histoire à toi ? il lui demande. Comment ça se fait que t'as pas de bonnes pompes ?

J'ai acheté un avion modèle réduit, dit l'autre gamin, le souffle court.

Wallace se fige et lâche un juron. Les épaules en avant, il se tient penché, les bras très bas, le cou plié et relevé comme une tortue, les dents tout de travers, couleur bile, un vrai bordel de bouche qui ne sait pas dans quel sens se tourner. Quand je regarde Wallace, ses bras et ses épaules aussi énormes que sa mâchoire, son corps trapu et ses longues jambes plus minces que les miennes, on dirait que quelqu'un l'a fabriqué avec des pièces dépareillées. Il rajuste son chapeau et ses lunettes, puis, toujours suant, se remet au travail.

Roy reste appuyé à sa pelle.

T'entends ça, Smithy ? il me lance. L'un de ces gosses claque tout son fric pour baiser et l'autre s'offre un modèle réduit.

Ouais, j'ai entendu, je dis en arrachant une pousse.

On peut pas baiser un modèle réduit, ajoute Roy.

Je continue de bosser, d'arracher les pousses, je travaille vite, en remontant ma rangée. Je continue d'avancer dans ma rangée jusqu'à ce que je ne les entende plus.

Boss arrive après la pause clope. Il prend une profonde inspiration, lève les yeux vers le ciel, puis nous regarde.

Bon alors, il dit, comment ça se passe ici ?

Bien, répond Wallace en tranchant un rejet.

Bon, fait Boss. Tant mieux. Heureux de l'apprendre.

On travaille dur, tête baissée, en faisant semblant de ne pas écouter Boss et Wallace. Boss croise les bras puis d'un signe de tête désigne les gamins.

Et comment ils se débrouillent ces deux-là ? il demande.

Bien, répond Wallace en écartant une lourde vigne. Ouais, pas trop mal.

Il lance un coup d'œil aux gamins.

Ça va, il dit.

Wallace finit son cep. Il en arrache une feuille et la tend à Boss.

Boss regarde la feuille.

Eh ben, il dit, va falloir vaporiser, non ?

Ça se pourrait, confirme Wallace.

Ouais, dit Boss. Bon. Il regarde encore la feuille.

T'en penses quoi ? il demande à Wallace.

Faut vaporiser, confirme Wallace.

On dirait bien, dit Boss.

Wallace continue de travailler, nous continuons tous de travailler, on entend le bruit des pelles qu'on abat vite et à tour de bras. Boss reste là, les bras croisés au-dessus du bide. Il porte une vieille chemise pleine de trous et tachée de vin. Il sent le pinard, il sent la cave. Il arbore aussi un short de l'armée, et toute l'année il porte la même chemise et le même short. Il arrache quelques rejets sur un cep.

M'est avis qu'il en manque un aujourd'hui, il dit.

Exact, confirme Wallace. Spit.

Ouais, Spit est pas là, dit Boss. Il arrache encore quelques rejets. Il croise les bras au-dessus de son ventre et s'appuie sur ses talons. Lucy arrive et renifle autour de lui. Alors Boss s'accroupit pour lui gratter le crâne derrière les oreilles.

Et qu'est-ce qu'il fabrique aujourd'hui, Spit ? il demande en caressant le flanc de Lucy.

Personne ne moufte. On garde la tête baissée, on s'active.

Sans doute un pet de travers, dit Roy sans lever la tête de son cep.

Un pet de travers ? répète Boss. Eh bien. C'est pas bon, ça. Quand il donne une tape sur le flanc de Lucy, elle s'éloigne en trottinant. Boss se relève et regarde le ciel.

Alors comme ça, Spit a un pet de travers, hein, Smithy ?

Possible, je réponds.

Difficile à dire pour l'instant, pas vrai ? fait Boss en me regardant. Difficile à dire ?

Il me regarde en souriant. Il sourit et plisse les yeux. Il lève la main pour en faire une visière.

C'est quoi au juste ? il demande. Il est patraque pour la journée ?

Je continue à m'occuper de mon cep, j'arrache les vrilles avec les doigts.

J'en sais rien, je dis.

Non, dit Boss en tirant le sommet d'un cep vers lui pour l'examiner. Non, on peut pas savoir, hein ?

Il arrache une autre feuille de vigne et la tient à deux mains. Il tire encore sur le cep, qu'il relève d'une main et examine par en dessous. Il le lâche, regarde à nouveau la feuille et la retourne dans sa main avant de lever les yeux vers le ciel, d'examiner encore la feuille et de la laisser tomber par terre. Lucy arrive pour la renifler. Boss lui caresse le flanc avec sa chaussure.

Ben, je suis désolé pour Spit, il dit. C'est pas bon, ça. Pas bon du tout. C'est pas bon d'être patraque, il dit. Pauvre Spit. Pauvre vieux Spit.

Il jette encore un coup d'œil aux feuilles, puis il se penche pour caresser le museau de Lucy.

Je crois qu'on va vaporiser, Wallace, il dit.

Impec, dit Wallace.

Vaut mieux vaporiser, ajoute Boss.

Il caresse la tête de Lucy, se redresse, allonge les bras, puis il regarde les vignes, il regarde le ciel, il se retourne et s'en va.

Nous regardons Boss s'éloigner. Nous regardons son pick-up s'éloigner, nous le regardons tout du long sur la route.

Roy arrête de travailler et s'appuie sur sa pelle.

Spit était à l'Imperial samedi soir, pas vrai ? il dit. Je suis sûr d'avoir vu Spit à l'Impèrial samedi soir.

Il bâille.

Et toi, Wallace, t'étais pas à l'Imperial samedi soir ? il demande.

Non, dit Wallace.

Eh ben ma main à couper que le Spit il y était, dit Roy. Je suis à peu près certain de lui avoir parlé.

Il extrait sa pelle hors de terre.

Je crois qu'il a dit qu'il allait pêcher, ajoute Roy.

Boss vient vaporiser à l'heure du déjeuner. Je suis installé avec Roy dans son pick-up et Wallace a emmené les gamins dans le sien. Les fenêtres sont remontées et je bois de la salsepareille. Roy fume, la fumée monte de sa cigarette et emplit la cabine.

Boss amène le tracteur, qui hoquette et ahane en tirant le vaporisateur, il rebondit sur la terre inégale. Il a cinq tuyaux au bout de son châssis et ils sont coudés. Boss porte un vieux ciré au col remonté, qu'il a boutonné jusqu'au nez. Son chapeau est enfoncé sur son front. Il gare le tracteur près du pick-up de Wallace, déboutonne le haut de son ciré et crie quelque chose à Wallace. Ils crient pour se faire entendre malgré le grondement et les vibrations du moteur diesel. Le pot d'échappement envoie la fumée vers le ciel. Boss crie encore. Wallace agite la main et remonte la fenêtre.

Boss reboutonne le haut de son ciré et s'enfonce le chapeau sur le crâne. Il fait tourner le tracteur vers la première rangée et met le vaporisateur en marche. Les jets, fins et puissants, sortent des tuyaux, le tracteur soulève un nuage de poussière qui, avec le brouillard d'insecticide, s'épanouit derrière le véhicule en une lente explosion. Roy potasse le journal des courses.

Derrière ce nuage sale je regarde le tracteur qui atteint l'extrémité de la première rangée. Le vaporisateur s'arrête, les tuyaux dégouttent, le tracteur décrit un demi-cercle étriqué puis revient vers nous dans la rangée suivante. Il termine cette rangée et le vaporisateur s'arrête. Boss conduit le tracteur, le nuage grossit derrière, il finit par nous atteindre et alors il n'y a plus que de la poussière et de la vapeur derrière les vitres et on ne voit plus rien dehors. On ne voit absolument rien.

Après le boulot, Roy nous emmène en ville et se gare devant Poachers. Debout sur le trottoir sous le balcon du pub, des hommes fument et crachent dans l'ombre. Des gosses vont et viennent à vélo dans la grand-rue, baladent leurs copains sur le guidon ou se cabrent sur la roue arrière. Certains portent toujours l'uniforme de leur école, d'autres sont en jean et T-shirt. Réunis par bandes devant la banque et la poste, assis sur les marches et vautrés sur le trottoir, ils mangent des chips dans du papier de boucher. Des chiens sont couchés sous les voitures en stationnement, la langue pendante.

Lucy saute dans la rue, Roy l'attrape et l'attache à un poteau. Il prend son écuelle sur le plateau du pick-up et la pose près d'elle. Il la remplit d'eau et elle boit.

Je m'en vais, je dis.

Tu fais toujours la gueule ? demande Roy.

Je fais pas la gueule.

Sûr que si, tu fais la gueule, dit Roy.

Un chat s'aventure sous une voiture, sans quitter des yeux les chiens et en reniflant le sol. Il traverse la rue comme une flèche, puis file sur le béton d'une ruelle où miroitent les arcs-en-ciel des flaques d'essence. Ce chat est d'un noir luisant, ses os saillent sous le poil, il semble aussi compact qu'un objet sculpté.

Tu fais la gueule depuis le jour où t'as été chez le toubib, dit Roy.

Je cherche le chat, mais il a disparu.

Je fais pas la gueule, je dis. Simplement, je picole pas. Ça a rien à voir avec faire la gueule.

Roy prend l'écuelle de Lucy et jette l'eau restante sur la chaussée. Il lance l'écuelle sur le plateau, puis prend son paquet de tabac, ses feuilles de papier, et roule une cigarette, qu'il allume avec une allumette. Il secoue l'allumette et la jette.

C'est pas la picole, il dit. C'est juste un truc social. Je vois pas pourquoi tu entrerais pas pendant que je bois un verre. Je suis ton pote, non ?

Il tire sur sa cigarette, puis laisse la fumée sortir par la commissure de ses lèvres. L'un des hommes debout sur le trottoir l'appelle et du pouce Roy montre le bar. L'homme acquiesce.

Ouais, je dis. Ouais, t'as raison.

Nous entrons au Poachers.

Il fait frais et sombre dans le pub. Aux murs sont accrochées des morues de Murray empaillées, grosses, roses, au ventre argenté. Sur chaque planche est gravé un médaillon indiquant qui a pêché ce poisson et quand. Liz s'occupe du bar.

Roy balance sa cigarette dans la petite tranchée qui longe tout le bar. Des escarbilles en jaillissent et s'éteignent. Cette tranchée est pleine de cendres, de mégots et de saletés, le tout imbibé de bière renversée. Roy enlève son chapeau, se lisse les cheveux. Il pose son chapeau sur le comptoir, s'assoit sur un tabouret, regarde ses jambes nues. Il se les gratte en adressant un clin d'œil à Liz.

Comment va, Roy ? demande Liz en empilant des chopes. Tu fais pas trop de bêtises ?

Je fais vraiment de mon mieux, Liz, dit Roy. Et toi ?

Oui, ça va. Elle semble fatiguée. Les chopes s'entrechoquent quand elle les empile. Elle prend une autre caisse. Liz est grosse et habillée en noir.

A l'autre bout du bar, le vieux Ted Matthews regarde la télévision, un verre posé près de lui sur le torchon du bar.

Pas de catcheuses aujourd'hui, Ted ? lui demande Roy.

Ted Matthews ne dit rien. Ses yeux restent fixés sur l'écran télé.

Liz s'efforce de tenir une caisse d'une seule main, en la pressant contre ses côtes. Elle est pleine de chopes tremblantes et du bruit du verre heurtant le verre.

Ted a raté les catcheuses aujourd'hui, elle dit. J'ai mis les lévriers.

Dommage, dit Roy. Un lévrier ça vaut pas une catcheuse, pas vrai, Ted ?

Ted Matthews ne moufte pas. Il continue de regarder la télé. Maintenant c'est la course attelée, les épreuves de l'après-midi. Sur l'écran, un buggy se retourne. Ted Matthews reste assis là, parfaitement immobile.

Je tire un tabouret et m'assois près de Roy.

Hé, Liz, viens un peu faire du gringue à Smithy ici présent, dit Roy.

Comment ça, Roy ? demande Liz en lui jetant un drôle de regard.

Viens le dérider, dit Roy. Il fait la gueule. Il fait la gueule parce qu'il a arrêté de boire. De picoler. Ordres du toubib.

Liz finit d'empiler les chopes et emporte les caisses vides dehors. Elle revient en se frottant les mains et brandit une chope en regardant Roy. Roy acquiesce et elle remplit la chope au robinet.

Il picole plus ? elle dit. Pourquoi ça, Smithy ?

Parce que, je dis. Parce que je me suis bousillé les boyaux. C'est la gnôle qui me les a bousillés.

Liz pose la bière de Roy sur le torchon du bar. Roy se penche en arrière pour glisser la main dans sa poche à la recherche de monnaie. Il empile les pièces sur le bar et tapote l'insigne du robinet des sodas en me montrant du doigt. Liz me sert un citron pressé, puis se met à trier les pièces.

Il t'a donné quelque chose pour ça ? me demande Liz. Le toubib ?

Ouais, je dis. Des comprimés à base de cochon.

Roy boit sa bière cul sec et rend la chope à Liz.

Ils fabriquent des médocs avec des cochons ? il me demande. Quel bien ça pourrait te faire ?

J'en sais rien, je dis. C'est juste ce qu'il m'a expliqué. Parce que les cochons ont un truc que j'ai pas. J'ai plus de ce truc-là à cause que je me suis bousillé les boyaux. A force de gnôle. A cause de la picole.

Liz rend à Roy sa chope pleine et continue de trier les pièces sur le comptoir. Roy souffle sur la mousse de sa bière.

Alors, tu peux boire après ça ? il me demande. Je veux dire, quand t'as pris tes cachetons ?

La chope de Roy est couverte de buée, la mousse coule sur le côté. Il pose sa bière et s'essuie la main avec le torchon du bar.

Les cachets c'est pas pour picoler, je dis. C'est pour faciliter la digestion. Pour mon estomac. Parce que lui aussi je l'ai foutu en l'air. A cause de la gnôle. Il garde plus rien.

Liz compte les pièces.

Tu manges pas, Smithy ? elle demande. T'as perdu l'appétit ? Elle ouvre le tiroir-caisse et glisse les pièces dedans, l'une après l'autre.

Roy se penche encore en arrière et se tortille pour accéder à son paquet de tabac. Puis il le fait claquer sur le comptoir.

Mon estomac garde rien, je dis. Dès que j'avale une bouchée, je suis malade. Je peux même pas regarder de la bouffe sans avoir mal au cœur.

Liz ferme le tiroir-caisse, qui sonne.

C'est pas bien, Smithy, elle dit. Tu devrais prendre davantage soin de toi.

Roy lève vers Liz sa chope vide toute ruisselante de bière. Liz la pose à l'envers sur le tas de récipients vides et lui en donne une propre. Roy sort ses feuilles de papier, en prend une. Il ouvre le paquet et en sort une pincée de tabac.

Bah, je prends soin de moi, je dis. C'est pour ça que je bois pas. J'ai pas touché à la gnôle depuis un bail. Pas une seule fois.

Roy roule sa cigarette et la glisse entre ses lèvres. Il adresse un signe à Liz, qui trouve un briquet sous le comptoir. Elle allume la cigarette de Roy, elle lui tend sa bière, puis elle se remet à trier les pièces sur le comptoir. Roy se tourne vers moi, en tenant sa chope sur son genou.

Mais un seul verre, c'est sûrement pas ça qui va te faire du mal, il dit. Juste un seul.

Je secoue la tête.

D'après le toubib, si je me remets à picoler, j'atterris direct à l'hosto, je dis. Et j'ai aucune envie d'aller à l'hosto.

Roy souffle sa fumée dans le vide. Il boit plusieurs gorgées de sa chope et la repose sur le comptoir. Son bras s'installe sur sa cuisse, Roy fait tomber la cendre entre ses genoux.

L'hosto c'est pas ce qu'il y a de pire, dit Roy.

Il tire sur sa cigarette et sirote sa bière, il balance ses cendres dans la tranchée en me regardant de ses yeux pâles, ses yeux bleus de bébé.

L'hôpital, il dit. On reste juste couché dans son lit, pas vrai ? On t'apporte tout sur un plateau. Des jolies infirmières s'occupent de toi.

Il pose le coude sur le comptoir, se tourne vers le bar.

Mais elles sont pas aussi jolies que toi, Liz, il ajoute.

Oui, merci Roy, dit Liz.

Je regarde Ted Matthews installé au bout du bar. Il a toujours pas bougé, pas d'un poil, il reste assis là, les yeux rivés à l'écran télé. Ted Matthews, il a un visage qu'on dirait en pierre.

Non, je dis. Je compte pas aller à l'hosto. Une fois que t'es à l'hosto, il te reste plus rien. Tout ce qui te reste, c'est toi et tes pensées. Non, je dis, j'irai pas à l'hosto. Je préfère être au grand air dans les vignes.

Je rentre chez moi en longeant la voie de chemin de fer désaffectée, et je passe devant les silos à blé abandonnés. Maintenant sur les silos y a plus que les corbeaux. Les toits en sont tout noirs. Il doit bien y avoir des centaines de corbeaux sur ces vieux silos.

Vous le croiriez pas, les rêves que je fais. Je rêve de gens que j'ai pas fréquentés depuis des années, des gens à qui j'ai même pas pensé depuis la dernière fois que j'ai vu leur dos, des gens que je connaissais presque pas. Des types avec qui j'ai bossé, une seule saison, voire dans un seul élevage de moutons. Des filles que j'ai connues, rencontrées en ville entre deux boulots, des filles que j'ai vues d'une année sur l'autre, et puis plus jamais. Des filles avec qui j'ai jamais été qu'une fois, rencontrées en ville devant une salle de danse, des filles dont j'ai seulement aperçu le visage à la lueur d'une allumette, dans les phares d'une voiture qui passait. Elles reviennent, elles remontent, avec une grande clarté dans mes rêves, leurs traits aussi nets que si je les avais vues hier, comme si tous ces gens étaient toujours aussi jeunes qu'autrefois, comme si moi aussi j'étais jeune, comme si j'étais le jeune homme que j'ai été.

Je rêve même des sœurs et des gosses de l'orphelinat, des gamins de l'école de la mission, des petits enfants dont je me rappelle plus le nom, depuis longtemps réduits dans mon souvenir à des shorts en haillons et des voix de crécelle, des visages crasseux. Les marmots que nous traitions de négros ou de cirages et laissions, couverts de bleus et en larmes, derrière les saules et les chênes du désert. Eux aussi, je les vois en rêve.

Mais surtout je rêve de Florrie. Et je fais ce rêve, qui se répète toutes les nuits, toujours le même, presque toujours le même. Je rêve que c'est la grand-rue, le soir, mais la rue est tout illuminée, pas seulement les lampadaires, mais éclairée partout, toute blanche comme la lumière des néons, une lumière forte, sauvage, aveuglante, les rues et les pubs sont éclairés pareil, car dans mon rêve les pubs n'ont pas de devanture et pas d'arrière-salle, on ne fait pas la différence entre la rue et le pub, les deux espaces se fondent l'un dans l'autre, et il n'y a rien que la rue et les pubs et la lumière partout aussi loin qu'on aille et on passe sans arrêt de l'un à l'autre. Il n'y a pas d'ombre portée par cette lumière et partout dans les rues et dans les pubs il y a des hommes, tout ce décor grouille d'hommes, des hommes partout, davantage d'hommes que la ville n'en a jamais vu, et ils sont massés ensemble et on ne sait pas où on est, seulement au coude à coude avec tous ces hommes, on se presse contre eux, ces hommes vous étouffent. Ces hommes boivent et leur vacarme est partout, un rugissement, tous parlent, crient, se disputent et hurlent, ils fument, crachent, rient et se battent, ils sifflent, rient et narguent, leurs visages émergent de la nuit éblouissante, rougis par l'alcool, bouffis de gnôle, les yeux vitreux exorbités, la lippe humide, ils grimacent, restent bouche bée, ces visages se tordent et deviennent monstrueux, étrangement déformés par l'alcool, à peine des visages humains, ivres morts et durs, tous sont durs, tous des visages d'ouvriers, et ils sont partout et leur vacarme est partout et il n'y a nulle place pour l'obscurité, le calme ou la solitude, seulement cette foule tonnante, dissipée, et je suis contraint de continuer à me déplacer à travers elle, parmi cette émeute d'homme et de pubs aussi vastes que le plein air, et la grand-rue plus lumineuse qu'en plein jour et immense comme un parc à bestiaux.

Et Florrie est là.

Florrie est là et elle fend cette foule d'hommes en me tournant le dos, elle s'éloigne de moi. Et je la suis, je l'appelle dans la foule des hommes et leur vacarme, dans toute cette ébriété délirante, mais elle continue de marcher sans jamais s'arrêter ni se retourner, elle avance et elle s'éloigne, en partant de plus en plus loin devant moi jusqu'à ce que je la perde quelque part dans cette nuit illuminée et rugissante.

Et dans ces rêves elle est jeune. Elle est aussi jeune que lors de notre première rencontre.

Et un jour, ou plutôt une nuit, dans un rêve, je l'ai enfin rattrapée, je lui ai enfin parlé. Elle s'est retournée vers moi en souriant, mais elle marchait toujours, elle s'éloignait toujours. Et j'essayais de rester près d'elle, je lui parlais, je lui parlais avec désespoir tandis qu'elle s'éloignait. Il faut que je te parle, Florrie, je disais. Je rêve de toi, Florrie. Je rêve de toi toutes les nuits. Il faut que je te parle. J'ai quelque chose à te dire. Mais elle se contentait de sourire en se retournant, comme font les femmes. Sans jamais dire un mot.

Et dans ce rêve je la perdais comme je la perds toujours, parmi les hommes qui boivent et les bars qui n'en finissent jamais.

Quand je me réveillais de ce rêve je désirais toujours lui parler, j'avais toujours quelque chose à lui dire. Même lorsque j'étais assez réveillé pour me rappeler qu'elle n'était plus là, plus là pour lui parler, même alors j'avais quelque chose à lui dire. Et je savais très bien ce que c'était. Dans le rêve et dans la vraie vie c'était la même chose. Je voulais lui dire que j'étais désolé. Je voulais lui dire que j'étais désolé à cause de la vie que je lui ai donnée.

Mardi, Spit n'est pas là.

J'espère que c'est pas grave, dit Boss.

Immobile, Boss regarde un cep de muscat. L'un des gamins a fiché sa pelle dedans. Tous immobiles, nous regardons ce cep.

Boss s'accroupit pour examiner l'entaille. Il pousse la partie supérieure du cep, qui se balance librement sur les fils de fer.

Eh bien, voilà du bon boulot, dit Boss au gamin.

Tout rouge et le souffle court, le gamin ne bronche pas. Il ne bouge pas. On dirait qu'il va pleurer.

Boss se redresse, les mains dans le dos.

Il a déjà vu le médecin ? il me demande.

Quoi ? je dis.

Spit. Est-ce qu'il a vu le médecin ?

J'en sais rien, je dis.

Boss s'accroupit encore et passe le pouce le long du bois fendu. Il détache l'écorce rêche et fibreuse.

Bon, je sais que des accidents ça arrive parfois, il dit au gamin. Mais tâche de faire gaffe à ces vieux ceps.

Il lève les yeux vers le gamin en souriant. Ses lèvres sourient, pas ses yeux. Ses yeux ne sourient pas.

Le gamin baisse la tête. On dirait qu'il va fondre en larmes.

Boss se relève.

Ils savaient que c'était une des vieilles rangées, pas vrai ? il demande à Wallace. Tu leur as dit, pas vrai ?

Oui, je leur ai dit, répond Wallace.

Ce cep est plus vieux que toi, mon garçon, il dit. Ce cep est plus vieux que nous tous.

Le gamin a toujours les yeux baissés, la mâchoire serrée.

Boss regarde longuement le cep. Il me regarde et me regarde encore sans rien dire, ses yeux paraissent pâles dans son visage semblable à du cuir, sombre, dur et ridé comme du cuir, son regard me traverse, Boss a l'esprit ailleurs.

Faut vraiment qu'il voie un toubib, il me dit. S'il se sent toujours patraque. On n'est jamais trop prudent.

Sûr, je réponds.

Bon, tu lui diras, dit Boss en souriant. Dis-lui qu'il faut qu'il aille voir le toubib. Dis-lui que c'est mon avis.

Il sourit, exhibe ses gencives, ses dents manquantes, ses couronnes en or.

Pour son bien, il ajoute.

J'extrais ma pelle hors de terre et la replante dedans. Je m'appuie dessus.

Je lui dirai, je promets.

Boss rejoint le cep suivant et se met à creuser la terre avec les doigts autour du pied.

Il se relève en grommelant.

Un truc qui va pas ? demande Wallace.

Non, répond Boss.

Il contourne le cep, puis se remet à creuser la terre. Il se relève, frotte ses doigts pour en faire tomber la terre, puis revient vers le cep brisé, qu'il regarde.

Lucy nous rejoint, le museau au ras du sol. Elle s'arrête et se couche un moment près de nous, en ahanant et reniflant, puis elle repart.

Qui les a plantés ? demande Wallace. Votre grand-père ?

Sans doute, répond Boss. Lui ou son père.

T'entends ça ? dit Wallace au gamin. Son arrière-grand-père a planté le cep. Son arrière-grand-père l'a planté, et toi tu balances ta pelle dedans. Faut que tu gamberges un peu. T'as un cerveau, non ?

Les joues toutes gonflées et les yeux brillants, le gamin regarde Wallace.

Vous voulez que je fasse quoi ? demande Wallace à Boss. Ligaturer ?

Boss continue de regarder le cep.

Ouais, il dit. Ouais, à ce stade c'est à peu près tout ce qu'on peut faire.

Il s'accroupit encore pour examiner l'entaille, il passe un doigt dessus.

Wallace va chercher de la ficelle dans le pick-up.

Debout, Boss regarde le cep brisé. Quand il lui donne des petits coups de chaussure, la partie cassée se balance sur le fil de fer.

Tâchez de faire gaffe à ces vieux ceps, il dit.

Après le boulot je vais jusqu'au Poachers avec Roy, puis je rentre chez moi à pied.

Des morceaux de verre scintillent sur les rails, éparpillés parmi les cailloux et les traverses, la lumière y brille tandis que je marche. Sur les côtés, l'épaisse masse spongieuse du trèfle d'hiver a diminué. Maintenant il est tout grêle et déchiqueté, jaune, fragile, presque mort. Le fossé d'argile piqueté de quartz est jonché d'ordures. Des sacs en papier couverts de taches de graisse, des boîtes en carton de fast-food, des canettes et des bouteilles de bière, un soutien-gorge. Des sacs plastique se gonflent, s'élèvent et planent comme des fantômes dans la brise. Des crottes de chien se sont transformées en craie. Le talus monte en bandes épaisses d'herbes hautes jusqu'aux clôtures en bois toutes craquelées et usées, couvertes de graffitis obscènes, les toits se dressent par derrière, des plaques de lichens retournées à la poussière dissimulent les tuiles en terre cuite. Çà et là, des éclaboussures colorées, les jacarandas en fleurs. Je longe une clôture affaissée et pourrie. Dans la cour une voiture éventrée est envahie d'ail bâtard, au milieu d'un fouillis de pièces de moteur rouillées. Je sens une odeur d'ail. Il y a des gosses un peu plus loin.

Debout les uns contre les autres dans l'herbe au pied du talus, ils me tournent le dos. Un colley va et vient derrière eux en grondant, aboyant et gémissant. A coups de pied les gosses écartent le chien. Ils baissent les yeux vers quelque chose.

Quand j'arrive à leur hauteur, l'un des gosses, une fille, se retourne.

On a attrapé un lapin, elle me dit. On a attrapé un lapin.

Certains des autres gosses se retournent vers moi, puis font volte-face. La fille me regarde, elle me dévisage. Elle est toute rouge et hors d'haleine, surexcitée.

Au milieu de leur groupe, un garçon est agenouillé. Il tient entre ses mains un petit lapin gris.

Je viens de le choper, il dit. Je l'ai vu couché là et je l'ai chopé.

Le chien, qui pousse des jappements et des grondements frénétiques, essaie de briser le cercle des gosses. Ils font de leur mieux pour le repousser. Il va et vient d'un côté puis de l'autre, il renifle et de la patte gratte le sol, glisse la tête entre leurs jambes.

Je regarde le lapin. Il tremble, il a les yeux exorbités. Il respire très vite, ses flancs montent et descendent. Ce n'est qu'un lapereau, il est presque mort de peur.

Autant abréger ses souffrances, je dis.

Je saisis le lapin par les pattes arrière et je lui fracasse le crâne contre un rail. Le chien vient renifler, puis se met à laper le sang et la cervelle sur le métal, les cailloux et les traverses.

Je vois la fille qui regarde avec un sourire crispé, puis elle lève les yeux vers moi, son sourire se brise et elle pleure à chaudes larmes. Elle s'essuie le visage du revers de la main, tente d'arrêter de pleurer, mais les larmes continuent de couler, elle est toute sale là où elle s'est frotté les joues. Elle lâche un sanglot, puis ce sanglot se mue en gémissement. Puis elle part en courant et en hurlant, elle traverse les herbes hautes en courant, elle longe le fossé, sa robe tourbillonne autour de ses jambes. Elle glisse dans le fossé et tombe, se relève, continue de courir. Elle continue de courir, glisse et pleure.

Je l'ai contrariée, je dis en la regardant s'éloigner.

C'est pas grave, répond le gamin qui a attrapé le lapin. C'est juste ma sœur. Elle pleure pour un rien.

Je voulais pas la contrarier.

C'est juste ma sœur, répète le gamin. Elle pleure tout le temps.

Le sang dégoutte de la tête méconnaissable du lapin, le chien arrive en humant et en léchant le sang par terre. Il s'assoit sans quitter des yeux le lapin que je tiens toujours, ses pattes griffent l'herbe, un grondement monte de sa gorge, il essaie d'attraper les gouttes de sang avec la langue, de les intercepter au vol. Le sang dégoutte sur le museau du chien, sur sa gueule et dans ses yeux. Il cligne, secoue la tête et renifle en quête de sang.

Dégage, je lui dis en lui flanquant un coup de pied. Le colley recule au ras du sol, puis il revient vers nous en rampant et gémissant, les yeux rivés sur le sang qui dégoutte toujours.

Je prends mon couteau dans ma ceinture et je montre aux gamins comment dépiauter un lapin.

Voyez comme la peau vient bien, je dis en la faisant rouler vers les pattes.

Je vide le lapin, puis jette la peau et les viscères parmi les herbes hautes. Le chien y va aussitôt.

Quand je tends au garçon le lapin dépiauté et vidé, il recule.

Allez, je lui dis.

Il le prend d'une main, le tient à bout de bras en le regardant comme s'il ne savait pas quoi en faire.

Apporte ça à ta mère, je dis. Elle te le préparera pour ton dîner.

Le gamin regarde le lapin d'un aïr bizarre.

Vous parlez de le manger ? il demande.

Tu voudrais en faire quoi d'autre ? C'est de la viande fraîche. Meilleure que tout ce que tu pourras trouver chez le boucher. Apporte-le à ta mère. Donne-le à préparer à ta mère.

Quand je m'en vais, le gamin tient toujours le lapin à bout de bras. Et le regarde d'un air bizarre. Comme s'il ne savait vraiment pas quoi en faire.

Mercredi, Spit n'est pas là.

C'est le jour de l'enterrement de George Alister. Wallace, les gamins et moi, chacun debout dans sa rangée, regardons la ligne lointaine des voitures qui traversent lentement les faubourgs de la ville. Elles s'engagent sur la grand-route et se dirigent vers le cimetière, emportant le corps de George Alister pour le mettre en terre.

Pour toujours et à jamais, dit Wallace. Pour toujours et à jamais.

Au loin, les voitures vibrent dans la chaleur, tout ce qu'on voit paraît liquide. Il y a l'éclair du chrome et du verre, bref et sitôt disparu puis revenant bientôt, ces explosions lumineuses ponctuant la route du cortège à mesure que celui-ci progresse.

Vous voyez la voiture de Roy ? demande Wallace aux gamins.

Wallace a les lunettes sur le front et il plisse les yeux pour regarder au loin. Ses lunettes glissent régulièrement sur son nez et chaque fois il les remonte sur son front. Les verres de Wallace sont aussi épais que des culs de bouteille, derrière eux ses yeux paraissent énormes et distants. Sans ses lunettes, Wallace ressemble à un autre homme.

Quelle voiture ? demande le gamin. La bagnole chic ou le pick-up ?

La bagnole chic, bien sûr, dit Wallace. On va pas à un enterrement en pick-up.

La main en visière, les gamins continuent de regarder. Les lunettes de Wallace lui tombent sur le nez, il les remonte sur son front, elles glissent encore, elles tombent pour de bon et Wallace tente de les attraper, il gesticule pour les saisir au vol et il réussit à les récupérer alors qu'elles tournoient en l'air. Impossible de me rappeler toutes les fois où les lunettes de Wallace ont été cassées.

Wallace remarque que je l'observe, il sourit en tenant ses lunettes entre ses mains. Il les fourre dans la poche de son short. Sans lunettes, Wallace paraît plus jeune, plus petit, en tout cas changé. Sans lunettes, Wallace pourrait vraiment être un autre homme.

Je la vois pas, dit le gamin.

Elle va arriver, rétorque Wallace.

Nous regardons tous au loin à travers les ondes de chaleur et les voitures flottant dans les gaz d'échappement qui en troublent les contours et donnent l'impression qu'elle sont en train de fondre. Cette brume brillante et vaporeuse s'agite violemment comme une chose vivante. Nous continuons de regarder au loin jusqu'à ce que toutes les voitures aient disparu.

Peut-être qu'il y est pas allé, dit le gamin. Il s'est fait porter pâle.

Wallace regarde toujours la grand-route à présent déserte.

Sûr qu'il y est allé, reprend le gamin. On se fait pas porter pâle à un enterrement. L'enterrement, c'est là qu'on est vraiment pâle.

Non, dit Wallace en sortant sa pelle hors de terre. Y a pas de doute, il est là-bas. Sans doute dans la bagnole de quelqu'un d'autre. Sans doute qu'il est aux côtés de la veuve. Tout devant avec la veuve. Pour la réconforter. Lui proposer son épaule pour pleurer dessus.

Quand Wallace me jette un regard mauvais, la peau autour de ses yeux nus est douce et craquelée.

En temps de détresse.

Nous nous remettons au travail. Wallace dégomme une pousse, puis, se souvenant de ses lunettes, il les sort de sa poche et les remet. Il prend sa pelle et la fiche aussitôt en terre, puis il se retourne vers les gamins.

Qui a jamais entendu dire qu'on allait à un enterrement en pick-up ? fait Wallace.

Boss arrive et demande si Roy aussi est malade.

Non, dit Wallace en taillant une vigne. Parti à un enterrement.

La main en visière, Boss reste là.

Bon, et Spit ? Il est toujours malade ou lui aussi est à un enterrement ?

Spit est malade, répond Wallace, Roy est à un enterrement. Il taille la vigne à toute volée en parlant. Il porte le deuil, il dit. Roy porte le deuil. Spit est malade et Roy porte le deuil.

Wallace s'interrompt pour s'essuyer le front avec son chapeau. Il retire ses lunettes, crache dessus, les essuie contre sa salopette, puis les lève vers le soleil. Immobile, Boss l'observe.

Bon, très bien, dit Boss. Spit est malade, Roy est à un enterrement, on n'y peut rien.

Non, acquiesce Wallace en examinant ses lunettes.

Je veux dire, on manque un peu de main-d'œuvre aujourd'hui, dit Boss. Mais si Spit est malade et que Roy est à un enterrement, alors c'est comme ça et pas autrement.

Roy sera là demain, dit Wallace. Peut-être même cet après-midi. Ça dépend du temps que prendra tout ce deuil.

Très bien, opine Boss. On n'y peut rien.

Il s'éloigne, les mains dans les poches. Puis il se retourne et revient.

Alors comme ça, quelqu'un est mort, il dit.

Wallace essuie ses lunettes avec son chapeau.

Je veux dire, si Roy est à un enterrement, je suppose que quelqu'un est mort, répète Boss. Je veux dire, est-ce que je tire là une conclusion raisonnable ? A moi, elle me paraît raisonnable.

Maintenant il fait son petit sourire futé.

Wallace finit d'essuyer ses lunettes et les remet.

George Alister, il dit.

Il sort sa pelle de la terre.

George Alister, fait Boss. George Alister, hein ? Les yeux baissés, il fourrage la terre du bout de sa chaussure.

Wallace se remet au travail.

Alors comme ça George Alister est mort, dit Boss.

Exact, confirme Wallace en taillant les pousses.

On sait comment c'est arrivé ? demande Boss en relevant la tête et en plissant les yeux.

Un genre de crise cardiaque, je crois, dit Wallace. Un truc comme ça.

Wallace tourne autour du cep et abat sa pelle en repoussant le feuillage du coude et de l'épaule.

Vous le connaissiez, pas vrai ? demande Wallace à Boss. George Alister.

Oui, dans le temps, dit Boss. J'étais à l'école avec lui.

Je croyais que vous étiez allé à l'école en ville, dit Wallace. A l'école de la grande ville.

Wallace se démène, il transpire, il est tout rouge. Il essaie de compenser l'absence de Spit et de Roy.

Avant, explique Boss. Quand on était rien que des petits morveux. A l'ancienne école de campagne. La petite école à classe unique.

Vous étiez amis, pas vrai ? demande Wallace en s'essuyant le front avec le bras.

Oh, ça je sais pas trop, dit Boss en croisant les bras et en levant les yeux vers le ciel. On a traîné un peu ensemble. Mais je crois pas qu'on peut dire qu'on ait été amis.

Wallace finit sa vigne et l'examine en ôtant des petites pousses avec les doigts.

Eh ben maintenant il est mort, il dit.

Après le travail, Wallace et moi on va à l'Imperial pour participer à la veillée funèbre de George Alister. Wallace se penche au-dessus du bar pour parler à Les.

Où sont les endeuillés ? il demande à Les. Je croyais qu'ils devaient porter le deuil ici.

Les est assis sur son tabouret. Quand il rote, ses joues gonflent. Il ne bouge pas de son tabouret.

Ils étaient ici, dit Les. Il regarde le comptoir, il attend que Wallace y pose de l'argent.

Me dis pas qu'ils sont déjà partis, reprend Wallace. Comment ils peuvent être déjà partis ? George Alister est mort, c'est où la cérémonie de deuil ?

Ils étaient ici, répond Les, mais maintenant ils sont partis ailleurs.

Du menton, il montre le comptoir.

Wallace sort quelques pièces de sa poche en grommelant. Il les abat sur le torchon du bar. Les regarde les pièces et se laisse glisser de son tabouret en grognant. Il sert une chope à Wallace et, la main toujours posée sur le levier, me lance un regard.

Régime sec, Les, je dis.

Les renifle et secoue la tête. Il se hisse de nouveau sur son tabouret, qui craque. Les passe toutes ses journées sur ce tabouret. C'est un petit gros à grosse bedaine, au visage bouffi, qui reste sans arrêt assis là à roter, et quand il rote ses joues gonflent. Tout le monde dit que, perché là-haut sur son tabouret, Les ressemble à un crapaud.

Wallace écluse sa bière et pose la chope vide sur le comptoir. Il revient à la table puis s'assoit.

Merde alors, ces putains d'endeuillés sont rentrés chez eux, il me dit. Pas très sentimental, hein ? Pas beaucoup de cœur, les potes de George Alister.

Tu veux aller au salon des dames, Smithy ? me lance Les. Je vais demander à ma femme de te préparer une bonne tasse de thé. On a aussi du Devonshire, si c'est celui que tu préfères. Elle fait des scones délicieux, ma femme.

Va te faire foutre, Les, je dis.

Les regarde quelqu'un au bar en souriant. Quand le type dit quelque chose, Les rit.

Wallace consulte sa montre et tend le bras pour que je regarde le cadran.

Déjà rentrés chez eux, il dit en secouant la tête. Alors quoi, rendre ses hommages, ça se fait plus ?

Il se lève et va aux toilettes.

Hé, Les, il demande en sortant, la veuve était là ?

De quelle veuve tu causes, Wallace ? dit Les. Il lance un sourire à l'homme du bar.

Wallace reste debout et remonte ses lunettes le long de son nez.

La veuve de George Alister, il dit. Nora. Nora Alister.

Je crois qu'elle était là, dit Les.

Wallace revient vers la table en pestant.

De quelle putain de veuve il croyait que je causais ? il me dit. Putains d'endeuillés de ce putain de George Alister. De quelle autre veuve il croyait que je causais ?

Il te fait juste marcher, Wallace, je dis.

Wallace lâche un juron et se tourne sur sa chaise.

Bon, et Roy Thompson alors ? il crie à Les. Il était là, lui ?

Roy Thompson ? fait Les. Il était là, Roy Thompson ? il demande au type du bar. Il change de position sur son tabouret, il écoute, puis se tourne vers Wallace en acquiesçant.

Wallace m'adresse un clin d'œil.

Tu l'as vu partir, Les ? il demande.

Les rote et secoue la tête.

Wallace me regarde encore.

Et la veuve ? il demande à Les. Tu l'as vue partir ?

J'ai pas surveillé les entrées et les sorties, Wallace, répond Les.

Wallace pivote à nouveau sur sa chaise et se penche sur la table.

Roy est parti, la veuve est partie, il dit calmement.

Il me lance un regard appuyé.

Le type du bar dit quelque chose à Les, et Les sourit.

Hé, Smithy ! il crie. Tu veux un jus de pomme ? On peut l'allonger à l'eau si c'est trop fort pour toi.

Va te faire foutre, Les, je dis.

Les éclate de rire. C'est un petit gros à grosse bedaine, qui passe toutes ses journées sur ce tabouret. Même quand il rit, Les ressemble à un crapaud.

La voiture de Spit n'est pas devant sa maison, ses chaussures ne sont pas sur le paillasson. Belle ouvre la porte en tenant le bébé dans un bras. Elle est toute rouge, elle a les yeux écarquillés, un peu fous. De sa main libre, elle écarte les cheveux de son visage. On dirait qu'elle a crié toute la journée.

Alors, où est ce putain d'enfoiré de Spit ? elle demande.

J'allais te poser la même question, Belle, je dis.

Je la suis dans la maison.

Dans le salon la télévision gueule et l'aîné est assis sur sa chaise haute. Il mange une bouillie au chocolat dans un bol en plastique.

Dis bonjour à ton grand-père, lui dit Belle.

Le gamin se contente de me regarder, puis il se met à frapper le bol avec sa cuillère, en souriant puis en riant.

Il a le visage, la salopette et toute la peau enduits de chocolat.

La moquette tachée est parsemée d'accessoires liés à la petite enfance. Des couvertures, un gigoteur, des marionnettes et des jouets à mastiquer. La pièce semble remplie de lait, de talc et de couches sales.

Belle pose le bébé sur une des couvertures.

Y a des sodas au frigo, elle me dit.

Je vais dans la cuisine me servir un verre de limonade, que je bois debout près de l'évier. Derrière la fenêtre le soleil tombe en biais sur la clôture, dont la moitié inférieure est plongée dans l'ombre. Le tricycle en plastique de l'aîné est renversé dans l'herbe haute. Quelques nuages tourbillonnants filent dans le ciel. Je range la bouteille au frigo, puis rince mon verre, que je pose à l'envers sur l'égouttoir.

Au salon, Belle essaie de faire boire le bébé au biberon, en lui parlant en langage bébé. Sur sa chaise haute l'aîné tape toujours avec sa cuillère en hurlant des paroles incompréhensibles.

Roy Thompson croit qu'il est parti pêcher, je dis.

Belle ricane, cajole son bébé.

Comme si on pouvait faire confiance à Roy Thompson, elle dit.

Le bébé rit, tend ses jambes dodues et talquées, puis les replie comme une grenouille dans l'eau. Il agite le biberon d'une main, puis le biberon roule par terre.

Bah, il reviendra bien assez tôt, je dis.

Belle ricane encore.

Je sais qu'il reviendra, elle dit. Ça, je le sais. Et c'est le cadet de mes soucis.

Elle ramasse le biberon, le redonne au bébé, se redresse. Elle porte un maillot de corps et un pantalon de jogging, tous deux trop petits pour sa corpulence. Elle a de gros bras plissés.

Il va revenir, elle poursuit, mais c'est pas ça le problème, non ?

Non, j'acquiesce. Non, c'est pas le problème.

Comme si on pouvait faire confiance à Roy Thompson. Ce vieux salopard.

Elle s'approche de son fils aîné, qui tape toujours avec sa cuillère. Elle la lui prend de la main pour essayer de le faire manger. Il a un sourire rusé et, chaque fois qu'elle tente de lui fourrer la cuillère dans la bouche, il tourne la tête. Il a le visage couvert d'une bouillie luisante de gélatine, comme de l'huile sur l'eau.

Alors ils vont le virer ? demande Belle. Spit. Ils vont le virer, hein ?

Ils vont pas le virer, mais ils vont pas le payer non plus. T'es pas payé quand tu bosses pas.

Belle saisit la mâchoire du gamin et tente de la lui ouvrir de force, en glissant la cuillère dans sa bouche. Le métal cogne contre les dents et il agite la tête en hurlant. Il y a de la bouillie partout et Belle lâche un juron en essuyant une tache sur son maillot. La tache s'étale.

Et les congés payés alors ? elle demande. Et les congés maladie ? Imagine qu'il tombe malade. Faudra bien qu'ils le paient, non ? S'il tombe malade ?

Je fais non de la tête.

Pas quand t'es saisonnier, je dis. Quand t'es saisonnier, t'es seulement payé pour le boulot que tu fais.

Belle renonce à faire manger le gamin, dont les cris noient le bruit de la télévision. Elle remet la cuillère dans le bol, enlève le bavoir de son fils, qu'elle installe par terre contre le canapé. Il est couvert de chocolat. La lueur de l'écran aux couleurs changeantes danse sur le gamin. Fasciné par les images, il se calme. Belle prend le bébé et l'installe sur la chaise haute. Elle lui donne le biberon, il le lance par terre, elle va le ramasser et le lui redonne. Les cheveux de Belle sont informes.

Mais comment ça se fait que Spit soit saisonnier ? elle me demande.

Nous sommes tous saisonniers, je dis. Sauf Wallace. Wallace est salarié.

Le bébé a encore jeté le biberon et Belle va le ramasser. Elle lui pose les deux mains dessus et essaie de l'obliger à prendre la tétine en bouche. Il refuse. Tout comme son frère, il ne veut pas manger. Il détourne le visage, agite les bras comme des ailes et pousse de petits grognements furieux.

Et toi, comment ça se fait que tu sois pas salarié ? demande Belle. Tu bosses à plein temps. Tu devrais être salarié.

Saisonnier, ça paie mieux, je dis.

L'aîné, adossé au canapé, regarde ses mains. Il les regarde comme s'il ne les avait jamais vues. Quand il s'aperçoit que je l'observe, il me dévisage, puis il examine de nouveau ses mains, et applaudit une seule fois. Il lève encore vers moi ses yeux écarquillés. Il semble surpris, comme s'il s'étonnait de pouvoir applaudir. Comme s'il le faisait pour la première fois. Il applaudit encore, sans jamais s'interrompre, il sourit, il rit et la bouillie qu'il a sur les mains jaillit un peu partout. Belle quitte la pièce puis revient avec une serviette mouillée, pour essuyer le visage et les mains de son fils. Elle le soulève du sol, l'emmène hors de la pièce et j'entends un robinet couler dans la cuisine.

Le bébé a jeté son biberon, je vais le ramasser sur la moquette, je le lui donne, il le prend par la tétine, le secoue et le jette encore. Il roule sous le canapé. Je me mets à quatre pattes et tâtonne à la recherche du biberon. On chante à la télévision.

Je trouve un petit camion de pompiers sous le canapé, je le fais rouler vers moi, puis, allongé sur le flanc, je continue de tâtonner à la recherche du biberon. Dès que je l'ai, je me relève et le redonne au bébé. Quand il le jette encore, je laisse tomber.

Belle revient avec l'aîné. Il est propre et elle l'a changé. Elle le rassoit contre le canapé. Je lui tends le camion de pompiers, qu'il approche tout près de son visage en le faisant pivoter sous ses yeux. Belle part à la recherche du biberon et le redonne au bébé. Dehors, se forme une éblouissante brume de chaleur.

Alors comme ça ils vont le virer, elle me dit.

Le problème, Belle, c'est pas qu'ils le virent ou pas. Le problème, c'est qu'il sera pas payé s'il bosse pas. S'il se pointe pas dans les vignes, il touchera rien.

Belle prend le camion de pompiers des mains de l'aîné, qui tente d'en casser un morceau avec les dents. Le gamin se met à brailler, et Belle lui chatouille les côtes. Il pleure en repoussant la main de sa mère.

Quand même, elle dit, ces salauds te laissent jamais une chance.

Le bébé lance le biberon, qui roule par terre.

En rentrant chez moi le long de la voie de chemin de fer, je vois les corbeaux dans l'herbe haute. Ils sont rassemblés en une masse tremblante et frénétique, ils se chamaillent et échangent des coups de bec. Leurs têtes montent et descendent.

Au-dessus de cette cohue luisante, d'autres corbeaux décrivent des cercles en croassant. Ils descendent des silos en vol plané, passent très bas à la verticale de ma tête, les ailes largement déployées, puis ils tournoient au-dessus de la mêlée, ralentissent, battent des ailes et se posent parmi leurs congénères déjà assemblés, des bagarres et des protestations éclatent alors, puis la masse noire reprend son activité tressautante. De temps à autre, il y a comme un hoquet lorsqu'un corbeau s'envole tout à coup et s'éloigne à tire-d'aile, poursuivi par quelques autres, qui l'assaillent de cris rageurs.

Ils ne semblent pas me remarquer avant que je sois tout près et ils se contentent alors de me lancer un coup d'œil avant de baisser à nouveau la tête pour s'activer encore plus vite qu'avant, sans se déplacer jusqu'à ce que je flanque un grand coup de pied dans toute cette masse répugnante. Ils s'envolent pour se poser derrière moi sur les voies en émettant des bruits menaçants.

Je m'accroupis dans l'herbe haute pour voir ce qui les excitait tant. C'est le lapin que j'ai dépiauté hier pour le garçon. Tout le haut de la carcasse est déjà dévoré jusqu'à l'os, les yeux ont disparu, les entrailles sont scrupuleusement intactes.

Les mouches grouillent sur cette carcasse, je les écarte de la main puis me retourne vers les oiseaux. Ils sont posés, la tête inclinée, chacun m'observe d'un seul œil qui cligne. Je ramasse une poignée de cailloux de la voie ferrée et les lance vers eux. Les corbeaux s'élèvent alors dans l'air puis se posent à nouveau, au même endroit qu'avant.

Je prends une grosse pierre, m'agenouille dans le fossé et commence à briser la dure croûte cuite d'argile jaune. Je jette la pierre et creuse à mains nues, retirant des blocs d'argile et des morceaux de quartz veinés de rouille. J'ôte l'argile autour d'une pierre, que j'extrais avant de la lancer sur les corbeaux. Ils se contentent de l'éviter avant de reprendre leur position initiale, en m'observant, tête penchée. Je continue de m'activer, je sors l'argile et l'entasse d'un côté du trou, je lance les cailloux vers les oiseaux. Je creuse profond, aussi profond que possible dans une argile aussi dure que peut l'être l'argile, et plus je creuse plus elle est dure. Je continue de creuser jusqu'à ce que mon chapeau et ma chemise soient trempés de sueur, jusqu'à ce que j'aie mal aux genoux et que je pense avoir creusé assez profond, mais quand je me relève pour regarder mon trou, il ne ressemble pas à grand-chose de plus qu'une vague dépression dans le fossé. J'essuie l'argile sur mon jean et je regarde les corbeaux.

Ce n'est plus moi qu'ils observent. Ils ont les yeux rivés sur la carcasse dans l'herbe haute. Je marche vers la voie en agitant les bras pour les faire partir, mais ils ne s'envolent même pas, ils sautillent simplement à l'écart en gardant les yeux fixés sur la carcasse. Quand je les contourne pour m'approcher d'eux de l'autre côté, ils sautillent simplement dans la direction opposée, sans manifester la moindre peur, comme si je n'étais rien.

Je rejoins le trou et le regarde en me disant qu'il est sans doute assez profond. Je vais ramasser le lapin mort et le lâche dedans. Il y entre, mais sa carcasse affleure presque à la surface du fossé.

Maintenant les corbeaux m'observent encore et ils s'agitent, ils s'approchent, sans sautiller mais en marchant le cou tendu en avant, la tête au ras du sol. Quand je me retourne, ils reculent, mais ils sont bientôt tout près et ils m'entourent. L'un d'eux s'envole vers les silos en croassant, et je les entends tous croasser en haut des silos, mais ceux qui m'entourent restent silencieux en m'observant et je sens maintenant que je les inquiète. Je sais que je les inquiète.

Je prends les mottes d'argile que j'ai entassées près du trou, je les pousse sur la carcasse et, quand elle est recouverte d'argile, je la tasse avec ma chaussure et je sens la carcasse en dessous. Je tasse l'argile le plus possible, j'en remets dessus et je tasse encore et je continue de tasser, mais je sens l'argile fragile et je sens la souplesse de la carcasse et je crois que toute cette mollesse argileuse n'empêchera jamais les corbeaux de la déterrer.

Silencieux et immobiles, les corbeaux observent. Ils bougent à peine quand je me retourne vers eux. Je ramasse de pleines poignées de cailloux de la voie ferrée, que j'entasse sur les mottes d'argile, en les enfonçant bien dedans. Une poignée après l'autre, cela devient un gros monticule de pierres au-dessus de la carcasse enterrée.

Puis je regarde les corbeaux qui ne semblent plus du tout inquiets, ils observent simplement le monticule de pierres. Ils comprennent ce que je viens de faire et maintenant ils attendent de voir s'ils peuvent accéder à l'argile sous ces pierres. Et comme les corbeaux sont très malins, ils y parviendront sûrement et voilà pourquoi ils sont si calmes, ils attendent. Mais c'est ça les corbeaux, et c'est quand même un gros tas de pierres que j'ai bien enfoncées dans le sol, et je n'aurais pas pu faire mieux sans une pelle et une pioche, et puis c'était seulement un lapin, seulement un lapereau après tout.

Dans le crépuscule les corbeaux sont des ombres fébriles. Je jette un dernier coup d'œil au monticule de pierres et je repars chez moi. Je m'essuie les mains sur mon jean et quand je les regarde je vois qu'elles saignent.

Jeudi, Spit n'est pas là.

L'un des gamins s'écroule à cause de la chaleur. C'est le taiseux, nous l'entendons tomber, sa pelle crisse contre le fil de fer, en tombant elle gratte le fil de fer qui résonne sur toute la longueur, et puis le bruit mat de son corps percutant la terre.

Dans la rangée voisine l'autre gamin s'apprête à sauter par-dessus les ceps.

Fais pas le con, dit Wallace. Il va pas s'envoler, quand même ?

Nous allons voir le gamin.

Rien de cassé ? lui demande Wallace.

Le gamin a retrouvé ses esprits, il essaie de s'asseoir mais en est incapable. Il a le regard vitreux. Wallace le saisit à bras le corps puis le porte jusqu'au pick-up. Il allonge le gamin sur le plateau et lui verse de l'eau sur la tête. Le gamin jette des regards effarés autour de lui, il essaie sans arrêt de soulever la tête, mais n'y arrive pas.

Reste allongé là, dit Wallace. Ça va passer.

Il tend la bouteille d'eau au gamin, qui s'en empare pour essayer de boire, et l'eau jaillit un peu partout car le gamin a du mal à tenir le goulot de la bouteille contre sa bouche. Il tourne la tête pour gerber et le vomi coule sur le plateau.

Il a besoin d'un truc plus fort que ça, dit Roy.

Le gamin ferme les yeux, frissonne, il a le visage tout blanc.

Emmène-le au Poachers, dit Roy. Il fait bon et bien frais là-bas. Eloigne-le de cette chaleur.

Ouais, faut qu'il souffle, dit Wallace.

Debout, nous observons le gamin jusqu'à ce qu'il ouvre les yeux. Il nous regarde d'un air ahuri et les referme. Wallace lui saisit les épaules et le traîne pour l'adosser à l'arrière de la cabine. Le gamin vacille, tente de se redresser.

T'as encore le vertige ? lui demande Wallace.

Le gamin opine faiblement, Wallace lui tend la bouteille d'eau, et il boit encore.

Il va bien, dit Wallace. Il fait glisser le gamin sur le plateau et l'aide à se tenir debout. Le gamin titube, Wallace le tient toujours. Puis il installe le malade dans la cabine du pick-up.

Si t'as encore envie de gerber, fais ça par la fenêtre, lui dit Wallace.

Le gamin est vautré contre la portière.

Du brandy, conseille Roy alors que Wallace contourne le pick-up vers la portière côté conducteur. Ça le remettra d'aplomb.

Nous les regardons partir avant de rejoindre nos rangées.

Au bout d'un moment, le pick-up de Wallace passe devant nous sur la route, puis revient.

T'as prévenu Boss ? demande Roy.

Wallace acquiesce.

Je termine la rangée de Wallace, qui prend sa pelle pour travailler dans sa rangée à mes côtés. Roy s'est arrêté, debout il regarde la route en attendant que nous le rattrapions. L'autre gamin trime toujours.

Il a dit quoi, Boss ? demande Roy.

Il est inquiet, pour sûr, répond Wallace. Il passera à la maison plus tard. Pour parler à la mère.

Roy se racle la gorge et crache.

Tu crois qu'il reviendra ?

Wallace s'attaque en marmonnant à un fouillis de pousses entremêlées.

Roy crache encore puis il étale son crachat dans la terre avec sa chaussure.

Moi je crois pas qu'il reviendra, il dit.

Wallace hausse les épaules et tire à deux mains sur une pousse.

C'était un bon journalier, je dis.

Ouais, fait Wallace en tirant très fort. Un bon journalier, mais il bossait trop dur, pas vrai ? Quand y en a un qui bosse vraiment dur, l'autre en fout pas une rame.

Du menton il désigne l'autre gamin.

Ouais, et alors ? dit le gamin. Moi au moins je tombe pas dans les pommes.

Wallace tente de séparer les deux ceps, mais ils résistent. Il lâche un juron et sort son couteau.

Bien sûr que non, dit Wallace. Toi tu te la coules douce, pas vrai ? Ton pote au moins il lambinait pas.

Wallace coupe les pousses et arrache des feuilles, qu'il jette dans la rangée. Il ôte son chapeau, puis essuie son front, ses lunettes, son couteau.

Ouais, mais moi je suis jamais tombé dans les pommes, répète le gamin. C'est les gonzesses qui tournent de l'œil.

Wallace remet son chapeau et ses lunettes, puis examine son couteau. Il en replie la lame et le range dans sa poche. Ensuite, il regarde le gamin en ajustant ses lunettes sur son nez.

C'est ça que tu crois, hein ? dit-il. Ça prouve que tu connais que dalle à la vie, petit.

Je fiche ma pelle en terre et m'appuie dessus. Il fait très chaud, il fait encore très chaud.

Il fait pitié, ce gamin, je dis.

Ouais, répond Wallace en saisissant sa pelle. Je sais.

La canicule dure toute la journée et personne ne pose la moindre question sur l'enterrement.

Après le boulot Roy gare le pick-up devant l'Imperial.

Tu t'arrêtes ici pour quoi faire ? je demande.

Boire un coup, répond Roy en tirant sur le frein à main. Tu crois quoi ?

D'accord, je dis. Mais ici ?

Roy ôte son chapeau et fait pivoter le rétroviseur pour s'y regarder. Il se lèche les doigts et se coiffe les cheveux en arrière à deux mains.

C'est un pub, pas vrai ? dit Roy en se regardant. C'est un pub, on sert à boire. Du pouce, il caresse le chaume de sa barbe.

Oui, je dis. Mais l'Imperial ? J'aime bien les soirées à l'Imperial. Les vendredis soir. Les samedis soir. Mais l'après-midi ?

Roy examine ses ongles.

Les après-midi à l'Imperial, je dis. Rien que des bons à rien, et en pagaille.

Roy examine son visage dans le rétroviseur, en tournant la tête de-ci de-là. Je regarde les hommes qui entrent dans le pub.

Eh ben, personne t'oblige, dit Roy.

Quand je descends du pick-up, Roy examine toujours son visage.

Je me dirige vers la rivière le long de la berge où se trouve le coin de pêche préféré de Spit. Feuilles et brindilles craquent sous mes pas. Les lézards détalent devant moi et les papillons dansent. Je ramasse un bâton et en frappe le sol tout en marchant.

Je trouve l'endroit sans problème, mais aucun signe de Spit. Les cendres d'un feu de camp éteint occupent une légère dépression, cernée de pierres. J'en prends quelques-unes et les frotte entre mes doigts. Elle sont encore chaudes, elles sentent l'urine. Je lance un cri, mais personne ne vient et personne ne me répond.

De l'autre côté de la rivière, des cormorans sont posés sur une branche morte tombée dans un bassin d'eau peu profonde. Ils sont immobiles, leurs ailes noires déployées sèchent dans les derniers rayons de soleil. Je ramasse une pierre et la lance en ricochets vers la berge opposée. Rasant la surface, elle rebondit six fois en décrivant une courbe, et l'eau étincelante jaillit au-dessus de la vase brune. Les cormorans regardent sans intérêt.

Accroupi sur les talons, je farfouille parmi les sous-bois cassants, l'écorce tordue, les feuilles décolorées et piquetées.

Il y a des hameçons et des longueurs de ligne, les hameçons tordus et méconnaissables, certains neufs, d'autres de couleur terne, d'autres encore rouillés. J'en saisis un et le brise entre mes doigts. C'est l'endroit préféré de Spit, depuis un moment déjà.

Je vais m'asseoir sur les racines d'un vieux gommier, je me penche pour laver les cendres sur ma main. Adossé entre les colonnes massives du tronc, j'allonge les jambes et j'attends.

Un pélican descend en vol plané et se pose sur l'eau devant moi, laissant des vaguelettes et des tourbillons dans son sillage. Puis il redresse le bec, bat des ailes et s'élève au-dessus de l'eau en s'ébrouant. Il plane bientôt vers l'amont de la rivière.

Quand je pars, le soleil se couche, tout rouge derrière les gommiers de la rivière. On dirait que le ciel s'embrase. Et la surface de l'eau s'embrase aussi.

En traversant la ville, je repère le pick-up de Spit garé devant Poachers. Il n'y a personne dans la salle, sauf Ted Matthews assis en train de regarder la télévision et Spit accoudé au bar qui parle à Liz.

Je croyais que tu pêchais, je dis à Spit.

J'ai pêché, répond Spit.

Liz me sert un citron pressé.

Roy Thompson pensait que tu étais à la pêche, je dis. Je reviens de la rivière, je t'ai cherché là-bas.

Ah bon ? fait Spit.

Spit tend sa chope vide à Liz et allume une cigarette, le buste penché, accoudé au bar.

C'est l'enfer à la maison, il dit.

Liz lui tend sa chope pleine, il la vide et la tend encore à Liz.

Ça va passer, non ? je fais.

Ouais, je suppose.

On entend la télévision très fort. Les lévriers sont sur l'écran. La lueur tremblotante baigne le visage de Ted Matthews. Liz pose une autre chope sur le comptoir.

Ça finit toujours par passer, non ? je dis.

Ouais, dit Spit. Au bout d'un moment.

Spit fouille dans la poche de son jean et en sort son porte-monnaie. Il tend un billet à Liz, elle ouvre le tiroir-caisse et rend la monnaie sur le torchon du bar. Spit écrase sa cigarette dans un cendrier et en allume une autre. Il prend son verre et se retourne, adossé au comptoir.

Comment était la pêche ? je lui demande.

Nulle, dit Spit.

Vendredi, Spit ne vient pas mais les gamins sont là, tous les deux.

Wallace est content. Il essaie de faire comme si de rien n'était, mais ça se voit. Wallace est content.

Pourquoi que tu te pointes aujourd'hui, il dit à celui qui s'est évanoui. T'aurais dû prendre ta journée. Te payer du bon temps. Construire ta maquette d'avion.

Je vais bien, dit le gamin.

Ouais, bon, te surmène pas aujourd'hui, dit Wallace. Vas-y mollo, d'accord ? Smithy fera ce que tu peux pas faire.

Wallace prend le jerrycan sur le plateau du pick-up. Il ordonne aux gamins de tendre les mains.

Pas comme ça, dit Wallace. Comme ça.

Il leur montre en mettant ses mains en coupe.

Wallace verse de la térébenthine sur les mains des gamins.

Faites-la bien pénétrer, il dit.

Les gamins se frottent vigoureusement les paumes.

Ça va vous durcir la peau, il dit. Vous donner des cals.

Il montre ses mains aux deux gamins.

Et la bonne vieille méthode ? propose Roy.

Wallace rit.

M'est avis que la bonne vieille méthode est la meilleure, dit Roy.

Ils veulent s'y prendre comme ça, ça les regarde, dit Wallace en remontant ses lunettes sur son nez. Moi j'en ai rien à faire.

Il regarde les gamins frotter leurs mains enduites de térébenthine pour la faire bien pénétrer, puis il donne une pelle à chacun. Ils passent leurs paumes le long du manche, qu'ils font briller.

Quand vous aurez des cals aux bons endroits, je vous ferai tâter de la pioche, dit Wallace. Histoire de vous muscler un peu.

Un moment il regarde les gamins.

Allez en route, il dit en entrant dans les vignes.

Boss passe voir comment va le gamin.

Il cherche les ennuis, pas vrai, Wallace, il dit.

Je le tiens à l'œil, répond Wallace.

Boss se penche sur la vigne.

Tu cherches vraiment les ennuis, pas vrai, il dit au gamin.

Je vais bien, répond le gamin.

Boss croise les bras et incline le buste contre le haut des ceps, en regardant le gamin.

Tu t'es imposé un rythme trop dur, il dit. C'est pas la peine.

Il sourit au gamin et se redresse bien droit en essuyant son pantalon.

Faut pas se surmener, pas vrai, Wallace ? il dit. Pas au point de te flanquer par terre.

Pour sûr, dit Wallace.

Il tranche un nœud. Les copeaux de bois jaillissent et il grogne en travaillant.

Je veux dire, ces ceps vont pas se carapater, hein ? dit Boss au gamin. C'est pas une compétition. C'est pas la course non plus.

Il tapote son pantalon.

Assure-toi qu'il y va mollo aujourd'hui, il dit à Wallace.

Ouais, je le tiens à l'œil, dit Wallace.

Il abat sa pelle à toute volée et le nœud s'envole avant de rebondir sur la terre.

Tu ferais bien d'y mettre un peu de goudron, dit Boss.

Exact, acquiesce Wallace.

Boss fait quelques pas dans la rangée, puis il pivote sur les talons et revient.

Ça t'ennuie qu'Iris t'emprunte quelqu'un pour l'après-midi ? il demande à Wallace.

Non, pas de souci, dit Wallace.

Boss regarde le ciel.

Juste un peu de jardinage, je crois, il dit.

Wallace s'accroupit pour examiner la vigne. Ses doigts frottent l'entaille blanche à vif.

Je t'envoie quelqu'un, il dit.

Au revoir, dit Boss.

Il s'éloigne.

Wallace se relève et montre le gamin, l'autre.

C'est toi qu'iras, Bla-Bla, il dit.

Roy éclate de rire.

Wallace sourit. Il regarde le gamin.

Il va adorer bosser pour Iris, dit Roy.

Qu'est-ce tu veux dire ? demande le gamin qui s'arrête de travailler et lève les yeux.

Roy et Wallace se regardent au-dessus des ceps, puis ils se tournent vers le gamin.

Nom de dieu, petit, tu vas trimer aujourd'hui, dit Wallace. On peut pas la berner, Iris. On peut pas échapper au boulot comme tu fais ici. Pas avec Iris.

Le gamin marmonne quelque chose.

Tu vas voir, dit Wallace.

Il va adorer Iris, fait Roy.

Wallace rit et se remet au boulot. Roy crache et sort sa pelle de la terre.

J'y vais, je dis. Ça me dérange pas.

Après le déjeuner je traverse des prés et des chemins pour me rendre à la cave. Le soleil tape fort et le pays souffre. Les prés sont jonchés de squelettes de bêtes d'élevage, l'herbe est rase, toute jaunie ou morte. Des eucalyptus solitaires se dressent, morts, desséchés et énormes, leurs branches tombées à terre toutes fendues et creuses. Des troupeaux de moutons infects et miteux s'agglutinent dans les lambeaux d'ombre, leur laine a pris la couleur de la terre. Je sens leur chaleur, je respire la puanteur de la lanoline humide et sale. Les béliers paradent parmi eux, braquent leurs cornes sur moi, émettent du fond de la gorge leurs avertissements.

Les mouches me trouvent. Elles grouillent et je marche en agitant sans arrêt une main, en m'assenant des tapes sur le cou. J'en attrape une et la regarde, sans vie entre mes doigts, son corps enflé teinté de bleu au soleil. D'une pichenette je m'en débarrasse. Les lapins détalent devant moi. Mon ombre bondit.

De durs chemins pierreux, encombrés d'herbes hautes, riches en terreau meuble sous la croûte qui exhibe les profondes empreintes des pneus des tracteurs et qui s'effrite sous mes pas. Les vignobles s'y adossent, les ceps franchissent les clôtures et leurs toiles d'araignée sauvages envahissent les chemins en un fouillis débordant de feuilles superposées.

Les maigres canopées jettent une ombre chiche, le soleil perce à travers cette pénombre figée. L'écorce des arbres est épaisse, scarifiée, elle craque dans la chaleur. La stridulation assourdissante des cigales. Je casse une branche sur un eucalyptus et la pèle jusqu'au bois pâle, puis à chaque pas je frappe le sol avec ce bâton nu.

Les chiens aboient sur mon passage. Le quartz émerge de la terre et scintille. Un seul cri d'oiseau retentit dans l'immensité morte. Une moto descend vers moi sur un pré ondoyant, bordé d'une haute clôture destinée à tenir les chevreuils à l'écart. Le fermier, Dan Patterson, me reconnaît et m'adresse un signe de la main, avant de retourner à son enclos de biches. Les cerfs paissent çà et là. L'un d'eux relève la tête pour m'observer tout en ruminant. Il est jeune, ses bois se réduisent à deux dagues d'où pendent plusieurs bandes de velours.

Des fermes au loin. Des champs de blé et d'orge blanchis. Des vergers de cerisiers géants, de citronniers à feuilles brillantes, de noyers, d'oliviers, et puis des vignes, partout des vignes, certaines ébourgeonnées en rangées propres et nettes, d'autres arborant toujours leur exubérance estivale.

Une bande de cacatoès à crête soufrée est posée sur les branches nues d'un très vieux gommier. Ils lancent leur appel strident, gonflent leur crête et s'envolent dans un grand froissement d'ailes avant de filer devant les nuages changeants. Je repère une tortue à demi morte qui traverse les herbes avec difficulté, je la ramasse et la remets sur le chemin de la rivière.

Dans un paddock un cheval trotte prudemment vers moi, un grand pur-sang Irish hunter. Il multiplie les écarts et les feintes en s'approchant, il renifle et renâcle. Une fois tout près de moi, il pose la tête sur mon épaule, et sa masse impressionnante se presse contre moi. Je lui caresse le nez et la crinière.

T'es un bon gros, toi, pas vrai, je dis.

Le cheval ferme les yeux à demi, il agite parfois le nez pour en chasser les mouches innombrables en émettant des sons bourrus. Ses naseaux se dilatent et soupirent, je sens son haleine brûlante. Les muscles tressaillent sous le poil luisant, ses postérieurs piétinent en éventail. La sueur me pique la joue et le cou. Des deux mains, je repousse sa tête. Le cheval s'appuie lourdement contre moi.

Ça va, mon gros, je dis.

Quand je m'éloigne, il me suit jusqu'à la clôture, s'arrête un instant pour paître et bat brièvement en retraite, puis il se retourne et braque sur moi ses grands yeux liquides, avant de se remettre à trotter derrière moi. Il presse son flanc contre moi tandis que j'escalade le portail. Quand je suis redescendu de l'autre côté, je caresse encore le nez couleur noisette. La clôture craque sous le poitrail du cheval, il renâcle et hennit lorsque je m'en vais, puis il fait demi-tour et part au galop.

Je coupe par l'ancienne ferme de Boss, son barrage vide et son silo à orge en ruine, la cour jonchée de matériel abandonné datant de l'époque du père et du grand-père de Boss, voire d'avant. Des vieilles presses en fonte et en bois fendu, des charrues, des jougs, des jantes rouillées, des machines dont on a oublié l'usage. Tout est désormais recouvert de cactus, une énorme masse envahissante de feuilles pâles qui s'étendent, dentelées, épaisses, plus hautes qu'un homme, ployant sous leur propre poids.

Je dépasse les écuries du père de Boss, remplies de selles presque tombées en poussière, les souris nichant parmi les couvertures et les uniformes, son sabre d'apparat rouillé jusqu'au fourreau, le vieux calibre .303 réduit en miettes, et il ne reste rien non plus des médailles sinon les médailles elles-mêmes, dispersées parmi les crottes de rongeurs, noircies et d'un vert terne, méconnaissables.

Dans le pré de derrière, les descendants de ses purs-sangs sont retournés à l'état sauvage, leurs côtes saillent sous le poil galeux. Sur mon passage ils font volte-face et détalent.

Je traverse la route vers la cave, puis cherche Boss dans la cabane de dégustation, dans la cabane de refroidissement, parmi les citernes et dans le chai. Je m'arrête pour bavarder avec les femmes, mais elles ne savent pas où il est.

Dehors, je contourne l'arrière de la baraque affaissée de l'ancienne cave. La pénombre y est fraîche, l'air chargé de vin et de fermentation. Je traverse le labyrinthe des tonneaux. Des tuyaux entremêlés courent sur le sol en terre battue. J'avise une échelle posée contre un tonneau et je la gravis. Il y a à peine assez de lumière pour y voir à l'intérieur, mais je distingue assez bien Boss assis dans ce tonneau, les jambes allongées, adossé à la paroi circulaire, à demi immergé dans les résidus qui le recouvrent par endroits, ses bras et ses jambes nus tout brillants de dépôts séchés, le corps intégralement violacé de Boss. Il mange une part de tarte.

Boss lève les yeux vers moi et se renfrogne.

Merde alors, à quoi tu joues ? il demande.

Il y a une autre part de tarte posée sur ses cuisses dans un sac en papier, et une bouteille de sauce tomate.

Vous avez dit qu'Iris avait besoin d'un coup de main cet après-midi, je réponds.

Alors qu'est-ce que tu viens foutre ici ? Iris est à la maison, pas vrai ?

Boss aspire l'air avec colère.

Enfin quoi, t'as perdu tout bon sens ?

Il prend une bouchée de tarte et la mastique.

Tu viens fureter ici, il dit. Tu viens mettre ton vilain nez partout. Je veux dire, tu t'attends à quoi ? Tu crois qu'Iris est au fond d'un tonneau ? Allez, réveille-toi.

Il déglutit et sourit, ses yeux sont tout blancs dans l'obscurité noyée de vin.

Je cherchais seulement Iris, je dis.

Eh ben, tu la vois ici ?

Il prend la bouteille de sauce tomate et la secoue.

Nom de dieu, il lâche.

Je redescends l'échelle et fais mine de m'éloigner quand Boss m'appelle. Je mets les mains en porte-voix contre la paroi du tonneau et crie :

Ouais ?

La voix de Boss m'arrive comme un écho.

Inutile de parler des parts de tarte à Iris, il dit.

D'accord, je dis et je m'en vais.

La maison de Boss se trouve au milieu de ce que nous appelons le vignoble maison. Avant l'arrivée d'Iris la vigne montait le long des murs, tapissait la véranda effondrée, escaladait les colonnes en bois chanfreiné, courait le long des gouttières. A la fin de l'été, des grappes mûres de raisin noir pendaient des poutres.

Mais Iris tenait à avoir un jardin à elle et c'est moi et Wallace qui avons dégagé les rangées sur le devant et plusieurs arpents sur les côtés. Tous les hivers, quand la terre est bien gelée, nous prenons nos pioches pour éliminer quelques ceps de plus, sous le regard catastrophé de Boss, et comme dit Wallace on croirait qu'on lui arrache la moitié des dents. Iris a donc eu son jardin et elle y cultive maintenant des roses qui remportent des prix aux concours horticoles locaux.

J'emprunte les allées du jardin. Aujourd'hui, les rangées de bouleaux argentés plantés sur les côtés sont hautes et brillantes. Sous la tonnelle en bois, abritées par les feuilles nouvelles de la glycine, des fleurs mauves prospèrent. Bientôt elles feront ployer leurs tiges, elles pendront comme des cloches, elles s'épanouiront et mourront et s'épanouiront encore tout au long de l'été. Les fleurs de jasmin, flétries, sont déjà tombées, les feuilles ont poussé avec luxuriance sur un long treillis en bordure de la pelouse centrale, taillées comme une haie. Au printemps la brise emporte l'odeur de ce jasmin jusqu'en ville. Et quand les premières nuits tièdes et odorantes interrompent la longue période de froid, je sais que la belle saison est là.

A genoux, Iris s'occupe de ses roses avec un sécateur. Elle porte de longs gants sales et un chapeau de paille. Elle se lève dès qu'elle me voit.

Smithy, elle dit. Je pensais qu'on m'enverrait un des gamins.

Eh ben c'est moi qu'on envoie, je dis.

Iris fait tomber la terre de ses gants.

Aujourd'hui il s'agit simplement de désherber les allées. Rien de bien excitant.

Ça me va très bien, je dis.

De sous son chapeau, Iris m'observe.

Et tes genoux, Smithy, elle dit. Comment vont tes pauvres vieux genoux ?

Mes vieux genoux tiendront le coup.

Iris fait claquer sa langue.

Bêtises, elle dit. Inutile de jouer au dur à cuire avec moi.

Iris retire ses gants et les jette dans la brouette. D'une main elle ôte son chapeau, puis de l'autre elle se lisse les cheveux.

Inutile d'essayer de m'impressionner, elle ajoute.

Iris entre dans la maison par la véranda fermée. Elle revient avec un coussin, qu'elle me tend.

Ce coussin en velours, couleur bordeaux, inclut une broderie figurant deux oiseaux sur une branche. Ces oiseaux sont bleus, ils ont des ailes colorées et striées de fil d'or. La branche occupe tout un côté du coussin. L'un des oiseaux commence à voler, mais le vent lui rabat les ailes contre le dos.

Vous voulez tout de même pas que je me serve de ce coussin, Iris, je dis en regardant la broderie.

Iris éclate de rire.

Il est vieux. C'est le coussin du chat. Le chat dort dessus. Regarde.

De la main elle rassemble des poils courts sur le coussin, puis elle le frappe de la paume. Un tourbillon de poussière en sort. Iris rit encore.

Elle me trouve un seau et une truelle. Je pose le coussin sur le gravier, m'agenouille sur les oiseaux, la branche et le vent.

Les massifs de roses courent le long de la clôture située devant la pelouse, et des roses isolées flanquent les allées derrière des haies de buis. Elles sont rouges, blanches et jaunes. Les roses jaunes ressemblent à de petits boutons hermétiquement clos, même en plein soleil. Les roses blanches déploient vers l'extérieur leurs pétales ridés et mous, de longues étamines lourdes de pollen en jaillissent. Les roses rouges ressemblent à ce qu'ont toujours été les roses rouges. Le jardin sent les roses et j'aime surtout les jaunes.

Je me mets au travail. La journée avance lentement dans le bruit des insectes.

La nièce d'Iris franchit la porte d'entrée et laisse battre le châssis grillagé. Il se referme en claquant et dans la maison la voix d'Iris retentit. La nièce est enveloppée dans une serviette de bain, elle porte des lunettes de soleil, elle tient des revues, un flacon de crème solaire et un walkman. Elle s'approche de la pelouse sans me voir et je suis sur le point de la saluer quand elle retire sa serviette, puis l'étend sur la pelouse. Elle ne porte pas grand-chose d'autre. Ensuite, je garde la tête baissée.

Le flacon de crème solaire crache et couine, puis la nièce étale la lotion sur sa peau. Je sens l'odeur de cette lotion. Le bruit métallique du walkman commence et la nièce est maintenant allongée immobile au soleil.

Iris franchit la porte, un plateau entre les mains. Du pied elle retient le châssis grillagé et le laisse se fermer lentement, puis elle pose le plateau sur une vieille table en fer forgé installée sur la véranda et recouverte de lamelles chaulées bien abîmées.

C'est l'heure du thé, Smithy ! elle crie vers le jardin.

Je me redresse sur les genoux et fais bouger mon dos.

Merci bien, Iris, je dis. Mais nous travaillons tout l'après-midi. Juste une pause clope le matin.

Sur la véranda, Iris, la main en visière, me cherche des yeux. Elle descend les marches et donne un petit coup de pied à sa nièce.

La nièce retire un de ses écouteurs.

Quoi ? elle dit.

Iris me cherche toujours.

Je me fiche de ce que vous pouvez bien faire là-bas, elle dit. Dans cette maison nous prenons le thé en milieu d'après-midi.

Elle redonne un petit coup de pied à sa nièce, qui lève les yeux derrière ses lunettes de soleil.

Entre donc te débarbouiller, me dit Iris.

C'est bon, je réponds. Je me débrouillerai avec le jet d'eau.

Comme tu voudras, dit Iris.

Je vais me laver les mains au robinet du jardin, puis rejoins la véranda en passant à côté de la nièce. Elle reste allongée au soleil. Dans l'air chaud une faible odeur chimique émane de la véranda. J'ai une épaisse couche de terre collée aux semelles.

Iris a préparé une théière et une assiette où des tranches de cake aux fruits dessinent une couronne, des tasses, des soucoupes, un sucrier et un petit pot de lait. C'est de la bonne porcelaine décorée de fleurs bleues, avec tous les accessoires assortis. Elle me sert une tasse de thé, puis pose une tranche de cake sur une assiette. Je mets trois cuillerées de sucre dans le thé et remue. Iris fait claquer sa langue et me propose le petit pot de lait. Je secoue la tête.

Assis, nous buvons notre thé. Iris occupe une chaise qui fait face à la pelouse. Elle a retiré ses chaussures d'intérieur et elle remue ses pieds nus. Quelque chose chez Iris me rappelle une petite fille. Parfois, en tout cas. Elle porte une robe d'été.

Du menton, Iris désigne sa nièce.

Elle est en disgrâce, dit Iris. Son père l'a envoyée ici pour la punir.

La nièce est allongée à plat ventre, le soutien-gorge dégrafé dans le dos. C'est un corps bronzé sur la pelouse.

Ah oui, je fais.

Elle menait une vie de patachon, explique Iris. Se couchait à n'importe quelle heure. Se levait Dieu seul sait quand. Son père a jugé que le moment était venu pour elle de découvrir comment vivent les vraies gens.

Elle interpelle sa nièce en criant.

C'est pas vrai ? elle crie.

La nièce ne l'entend pas.

Iris descend de la véranda sur la pelouse et donne un petit coup de pied à sa nièce.

Ho ! crie Iris.

Quoi ? fait la nièce en se retournant et en tenant son haut de bikini.

On t'a envoyée ici en disgrâce, pas vrai ? demande Iris.

La nièce baisse la tête contre ses bras croisés.

Iris revient s'asseoir.

Il suffit de la regarder, dit-elle en buvant une gorgée de thé. Elle se pomponne comme une midinette pour les garçons.

Bah, je fais. Y a des choses bien pires dans le monde.

Tout de même, dit Iris. La vie ne se réduit pas aux bains de soleil et aux garçons.

Iris ressert du thé. Je me ressers du sucre.

Tu ne manges pas mon cake aux fruits ? elle me demande.

Pardon, Iris. C'est juste que j'ai pas l'habitude de manger pendant les heures de travail.

Je prends le cake et en mords un peu de glaçage, que je laisse fondre en bouche avant de l'avaler. Iris me regarde.

Tu n'as pas l'air de manger beaucoup en général, dit Iris en ricanant.

C'est l'âge, je dis.

Iris ricane encore.

Je connais vos habitudes à vous autres, les hommes, chantonne Iris. Je ne suis pas aveugle. Je sais où vous allez après le travail. Peut-être que tu ne manges pas, mais tu n'as sans doute aucun problème avec la bière.

J'essaie de manger le plus de glaçage possible. Je mords dans le cake, mais j'ai du mal à avaler, ma bouchée me fait l'effet d'une brique dans l'estomac. Je repose mon assiette.

Comme tu voudras, dit Iris en remuant les pieds.

Elle bâille et s'adosse à sa chaise, en regardant encore sa nièce.

Ce matin, je lui ai demandé de plier des draps avec moi et maintenant elle boude, dit-elle. Apparemment, madame est trop fière pour s'abaisser à ça. Elle aide même pas à faire la vaisselle.

Nous regardons tous deux la nièce. Elle s'est retournée sur le dos, elle a remis ses lunettes de soleil. Les fils des écouteurs serpentent dans l'herbe.

Je n'ai jamais refusé que quelqu'un vienne faire un séjour ici avec nous, dit Iris. Tu le sais, tu l'as constaté. Et je suis toujours ravie de rendre service. J'adore avoir des invités. Mais j'attends d'eux qu'ils y mettent un peu du leur.

Le soleil de l'après-midi commence à contourner le côté de la maison, l'ombre des colonnes en bois s'allonge sur les planches de jarrah. Une légère brise se lève. Je me souviens d'autres étés.

Iris continue de parler de sa nièce.

Bah, on est jeune qu'une fois, je dis.

Vendredi soir, Roy et Wallace emmènent les gamins à l'Imperial pour leur apprendre à picoler. Ils disent que je viendrai, même s'il faut me traîner jusque-là et que je me débats comme un beau diable.

J'entre en ville en longeant les rails de chemin de fer. Une voix m'appelle. Levant les yeux, je reconnais Charlotte Clayton qui franchit sa porte de derrière. Elle agite la main et se met à marcher avec précaution le long du talus, puis elle glisse dans le fossé. Je la rattrape.

Pardon, Smithy, elle dit. C'est ces talons.

Nous suivons la voie ensemble, je lui tiens l'épaule tandis qu'elle trébuche sur les cailloux. C'est une fille mince aux longs cheveux, elle est sur son trente et un.

Où tu vas comme ça ce soir ? je lui demande.

Je dois retrouver des amies à l'Imperial. Ensuite on va en boîte à Albury.

Ah bon ? Y a de bonnes boîtes de nuit là-bas ?

Charlotte rit.

Sans doute qu'elles sont nazes, elle dit. Mais j'ai besoin de quitter la maison, de me changer les idées. Tu sais, avec mon mari qui sort, et le reste.

Je comprends, je dis. C'est pour quand ?

Lundi. Ce lundi.

Charlotte glisse sur les cailloux et lâche un juron. Elle s'agrippe à moi.

Je sais vraiment pas ce que je vais faire, elle dit. Je verrai en temps voulu, je suppose.

Nous suivons la voie, et tout du long Charlotte trébuche, peste et s'excuse.

D'habitude tu prends ce chemin pour aller en ville ? je lui demande.

Toujours. Et j'adore rentrer en longeant la voie. On a tout le ciel devant soi.

Oui, bon, tu devrais être prudente, je dis. Y a dans cette ville des types peu recommandables.

Charlotte rit.

Je sais, elle dit. Mais ce sont tous des potes à mon mari, pas vrai ?

Je secoue la tête.

Y en a aussi d'autres générations, je dis.

L'Imperial n'a pas encore commencé à se remplir. Quelques adolescents jouent au billard, et la racaille habituelle picole au bar. Le gros Les gonfle les joues sur son tabouret. Le vendredi soir, tous les travailleurs se rendent à l'Imperial.

Je regarde Les en passant devant lui, m'attendant à un commentaire. Le vendredi soir, Les boit aussi, comme un trou, une chope et un brandy posés sous le comptoir. J'adresse un signe de tête à quelques types que je connais.

Roy et les gamins occupent une table, un pichet de bière à moitié vide est posé dessus. Je m'assois avec eux. Roy roule une cigarette.

Où est cet enfoiré de Wallace ? il me demande. Toujours en train de dîner ? De jouer à la famille idéale ? Il secoue la tête, allume sa cigarette, remplit de bière les verres des gamins.

Les gamins me suivent, je bois une chope, ils descendent un verre, il dit.

Et Smithy ? demande l'un des gamins.

Smithy picole pas, répond Roy en tirant une bouffée de sa cigarette.

Comment ça ? demande le gamin.

Parce que j'ai assez bu, je dis.

Quoi, déjà ?

Non, je dis. J'ai assez bu dans l'absolu.

Vous en faites pas pour Smithy, dit Roy aux gamins. Et vous en faites pas pour Wallace non plus.

Pourquoi ? veut savoir le gamin.

Parce que tu le battras jamais, dit Roy. Tu battras jamais Wallace.

Je parie que si, dit le gamin. On va essayer.

Tu crois que tu peux ? fait Roy.

Pourquoi pas ? dit le gamin.

Parce que personne peut battre Wallace.

Roy vide sa chope et regarde les verres des gamins.

Je croyais que vous étiez venus ici ce soir pour picoler, il leur dit.

Les gamins se mettent à descendre leur bière sous l'œil attentif de Roy.

Je regarde les quelques personnes empruntant l'escalier situé au-dessus du bar, qui mène à l'étage des résidents où les ouvriers saisonniers louent des chambres et où habitent des vieillards. La rampe usée est lisse et brillante. Il manque des balustres, d'autres, brisées, penchent dans le vide au-dessus du lambris, le chaulage est crasseux à cause des mains des hommes qui s'y sont adossés et les planches sont enfoncées par endroits là où des têtes et des corps l'ont percuté violemment, et des poings l'ont presque traversé de part en part durant des bagarres de pub ou des mêlées amicales bien imbibées.

Wallace entre dans le pub en tenant son vélo d'une main et Roy dit : quand on parle du loup. Wallace fait mine de lancer son vélo au-dessus du comptoir vers Les, et puis par-dessus les deux billards. Les ne bouge pas de son tabouret, mais il regarde Wallace soulever le vélo qui pointe vers le plafond, la roue arrière tout en haut. Le tenant d'une main, il l'accroche au-dessus de la suspension qui éclaire le billard. Le long abat-jour vert oscille au bout de sa chaîne en cuivre et la roue avant tourne au ras du feutre. Wallace s'éloigne.

Les adolescents qui jouaient au billard interrompent leur partie et se tournent vers Les. Wallace s'installe au bar, Les ne moufte pas. La racaille rigole en se moquant des adolescents. Les sert une chope à Wallace, qui la boit cul sec, puis il va décrocher son vélo pour l'emporter au fond du bar. Il le pose contre le mur du fond et revient.

Les gamins suivent mon rythme avec leurs verres, lui explique Roy.

Wallace remplit les verres des gamins et emporte le pichet vide au bar. Il revient avec un pichet plein, remplit sa chope, la boit cul sec et la remplit encore.

Assis, ils picolent, et nous regardons le pub s'animer. Roy coince son mégot entre ses doigts pour tirer une dernière bouffée. Ce mégot est tout mouillé et brun, les doigts de Roy sont de cette même couleur depuis une éternité.

Je me lève pour rejoindre le comptoir. Les ne bouge pas d'un poil, car le vendredi c'est la femme de Les qui fait tout le boulot. Les se contente de rester le cul posé sur son tabouret qui craque. Il lèche ses minces babines de crapaud et lâche une blague à mon sujet. Les hommes installés au comptoir rigolent.

Sa femme arrive et me sert un citron pressé.

Bon, t'inquiète pas de ces blagueurs, Smithy, elle dit. Elle pose le verre sur le comptoir et refuse les pièces que je lui propose.

Il paraît que t'as laissé tomber, elle dit.

J'acquiesce.

C'est ça, je dis.

T'as laissé tomber pour de bon ? elle demande.

C'est ça, je dis. Pour de bon.

Eh bien, tant mieux pour toi, Smithy, elle dit. Et t'inquiète pas de cette racaille.

Ils ne m'inquiètent pas.

La femme de Les est mince, elle a des traits durs et des cheveux courts qui ont droit à la permanente. Elle porte un cardigan à motifs, son corps est musclé par le travail.

Et puis je t'ai vu à l'église, elle dit. Je t'avais jamais vu à l'église avant. T'as grandi dans la foi catholique ? elle demande.

J'acquiesce.

Alors comme ça tu fréquentes l'église maintenant ? elle demande. T'y vas régulièrement ?

J'envisage de le faire, je dis.

Eh bien, tant mieux pour toi, Smithy. Tant mieux pour toi.

A la table, les gamins ont déjà le visage bouffi par la bière. Wallace boit cul sec.

C'est l'heure du début des festivités et les hommes arrivent. C'est un moment calme où les hommes peuvent échanger quelques mots. Un signe de tête par-ci par-là, les hommes restent debout, le verre à la main, les silences durent longtemps, c'est l'heure où on parle en gardant les lèvres closes. Les hommes se rassemblent et attendent. Ils quittent le comptoir chargés de chopes, de verres et de pichets, les vides empilés très haut et tenus d'une seule main. Ils boivent durant les pauses d'une conversation apaisée, ils arborent toujours la fierté de la journée, ils suintent le travail accompli. Les poignets pivotent, les verres se vident, les hommes repartent vers le bar et je sais ce qu'ils attendent. D'autres hommes arrivent.

Non, c'est du boulot peinard, du travail facile, dit Wallace à l'un des gamins.

On bosse dur, quand même, proteste le gamin.

Le petit dit qu'on bosse dur, me répète Wallace.

Vous parlez de quoi ? je fais.

Des vignes.

C'est des vacances, je dis. Je me suis retiré des boulots pénibles. Les vignes, c'est des vacances.

Y a que le soleil qui t'accable, dit Wallace au gamin. L'autre jour, quand t'as tourné de l'œil, c'était le soleil, la chaleur. On s'arrête dès qu'il fait trop chaud.

Vous faites ça souvent ? demande le gamin.

Wallace hausse les épaules.

Pas trop, il dit. Presque jamais.

Encore des hommes, des voix, le bruit enfle, grave et étouffé, mais il croît malgré tout. Debout au bar, assis sur des tabourets, ils lancent leurs mégots allumés dans la tranchée au bas du comptoir, cette tranchée où les cendres rougeoient, ils posent le coude contre la barre en cuivre qui court tout le long du bar, le plaquage gratté et entamé jusqu'à l'acier par les couteaux d'hommes oisifs, en colère ou simplement ivres, et les innombrables entailles argentées brillent le long de cette barre et les hommes s'appuient dessus, la chope en main, les chopes sur le torchon du bar, les chopes sur les dessous cartonnés décorés d'emblèmes de brasseries, tout détrempés de bière ruisselante, et ils retirent leur chapeau, épuisés par leur journée.

Roy, dit Wallace. Oh, Roy.

Roy fume en tenant sa cigarette au-dessus de la main, et il regarde un groupe de filles rassemblées autour d'une des tables de billard. Wallace tend le bras et lui enfonce l'index dans l'épaule.

Ouais, quoi ? fait Roy sans quitter les filles des yeux.

Tu te rappelles ce jour-là ? dit Wallace.

Comment ça ? demande Roy qui mate toujours.

Ce sont des jeunes filles, des filles du coin en jean bleu et blouson assorti. Les blousons sont décorés de clous, d'étoiles, de paillettes dorées, de motifs cousus avec des fils aux couleurs vives, qui brillent joliment dans la lumière.

Certaines portent des colliers de cauris et elles sont maquillées, de gros traits noirs autour des yeux, du fard vert sur les paupières, une bonne couche de fond de teint inégalement appliquée sur tout le visage, qui se fend et se craquelle sur le front et à la commissure des lèvres, et qui souligne la nudité blanche et les taches de rousseur du cou. Une fille a retiré son blouson pour le nouer autour de la taille, elle porte seulement un maillot de corps en dessous, et c'est elle que Roy observe. Elle se penche pour boire un coup et Roy se retourne vers nous en souriant.

Une vraie fournaise, dit Wallace. Toi et moi on a été manger sur le pouce, au comptoir.

Ah ouais, fait Roy.

Donc, Roy et moi on repart à la cave pour dire à Boss qu'on jette l'éponge jusqu'au lendemain, mais y a Smithy qu'est toujours là dans les vignes. Tout seul là-bas, il travaille toujours. Faisait une chaleur infernale, pas vrai Roy.

Ouais, c'est vrai, dit Roy.

Une putain de canicule, dit Wallace.

Il faisait vraiment chaud, dit Roy. Il mate les filles.

Le Smithy, il a pas fait la pause, dit Wallace. Il a bossé toute la sainte journée.

Les vignes c'est des vacances, je dis. Pour moi c'est des vacances.

Les types âgés sont en tenue de travail tandis que les jeunes ont pris une douche, se sont changés et pommadé les cheveux. Les vieux se moquent d'eux. Beaucoup de femmelettes ici ce soir, ils disent. Les bibendums sont en short et maillot de corps tachés et sales, couverts du sang de l'abattoir, ou alors tout minces en chemise de flanelle et pantalon de travail, tous portent des chaussures à élastique latéral, des grosses chaussettes roulées sur la cheville, crasseuses et couvertes de sciure ou de bardanes. Et il y a des chapeaux de tous styles, même si la plupart son trop vieux et usés pour incarner un style quelconque, quelques-uns ont des plumes glissées dans la bande de tissu, cacatoès, rosalbin, des ailes entières et multicolores de perruche, d'autres arborent des badges métalliques émaillés. D'une main vive, les vieux ébouriffent la coiffure des hommes plus jeunes et leur reniflent les aisselles.

Doux Seigneur, ils disent.

Roy rote et prend le pichet. Qu'il vide dans les verres des gamins.

Buvez-moi ça, il dit. Vous me faites perdre mon temps.

Les gamins boivent.

Roy se lève et allonge les jambes l'une après l'autre. Il porte son short de pub, blanc, moulant, obscène. Roy porte ce short pour attirer les femmes, bien qu'il ne l'ait jamais affirmé clairement et que tout le monde se moque du short de pub de Roy derrière son dos. Il prend le pichet, puis pénètre dans la foule et le bruit.

Vous allez vous y faire, dit Wallace. D'ici quelques années.

Pas moi, dit l'autre gamin. Sûrement pas quand j'aurai assez de thunes pour une bagnole.

Roy a rejoint la table de billard où les filles jouent. Appuyé contre la table, sa bière dans une main et le pichet vide dans l'autre, il essaie de leur parler. Les filles continuent de jouer en le contournant comme s'il n'était pas là, et Roy continue de parler.

Wallace se retourne pour regarder.

Bon dieu, il lâche.

J'observe le dos du blouson d'une des filles où un papillon aux couleurs électriques est cousu. Ce papillon disparaît sous mes yeux quand la fille se détourne de la suspension lumineuse, et puis la broderie s'embrase soudain dès que la fille se penche pour jouer un coup, la lumière ruisselle et se fige tandis que la fille contourne la table, les points les plus lumineux suivent les courbes du motif jusqu'à ce que la fille se détourne encore, et le papillon disparaît. Je me demande si elle l'a cousu elle-même.

Quand j'aurai une bagnole j'irai à Sydney, reprend le gamin. La plage de Bondi. Je me mettrai au chômage. J'apprendrai le surf. J'aurai une copine. Une surfeuse.

Il sourit.

Une surfeuse, il répète en souriant. Au bronzage intégral.

Wallace dévisage longuement le gamin au-dessus de sa chope inclinée. Il la vide. Puis il regarde Roy qui a manœuvré tout près d'une fille, il la baratine pendant qu'elle fume sa cigarette, il regarde une autre fille jouer. Puis les yeux de Wallace reviennent vers le garçon.

T'as donc aucun respect pour toi ? fait Wallace.

C'est mieux que de bosser, dit le gamin. Mieux que d'enrichir les riches.

Wallace lâche un juron et se tourne de nouveau vers Roy. La fille se penche au-dessus du feutre, sa cigarette se consume dans le cendrier posé au bord du billard. Notre pichet vide est posé à côté et Roy tente de montrer à la fille comment tenir la queue, en se collant à elle. Il lui a mis une main sur le bras. D'un mouvement d'épaules elle se débarrasse de lui et s'éloigne en contournant le billard.

Bah, tu vas pas faire de vieux os aux crochets d'une femme, dit Wallace au gamin. Pas quand tu lui auras passé la bague au doigt. Dès que tu seras marié, ta moitié t'enverra chercher du boulot. C'est une leçon de la vie, mon gars. Dès qu'un homme se marie, c'est la femme qui le prend en main. Aussi vrai que je suis assis ici.

Pourquoi acheter un bouquin quand on peut l'emprunter à la bibliothèque ? dit le gamin en souriant.

L'autre gamin s'esclaffe. Il a le sourire d'un idiot.

C'est facile de dire ça à ton âge, reprend Wallace. Mais est-ce que t'as envie de finir comme Roy Thompson, là-bas ?

Du pouce il montre derrière lui l'endroit où Roy suit la fille autour du billard, s'appuie contre elle chaque fois qu'elle essaie de se concentrer sur un coup, en parlant, en faisant comme s'il tentait de lui apprendre à jouer. Il tient sa bière dans une main, sa cigarette entre les lèvres. La fille continue de le repousser.

Tu sais ce que c'est Roy Thompson ? dit Wallace. C'est un Casanova de village.

Il le répète.

Un Casanova de village.

Il l'a déjà dit, cent fois.

D'accord, c'est un adulte, explique Wallace. Mais il a jamais grandi.

Wallace tend devant lui une main couverte de cicatrices et de cals, où la crasse s'incruste dans les rides profondes et autour des ongles. Il compte sur ses doigts.

Il vit toujours chez ses parents, tout adulte qu'il est. Il court toujours la gueuse. Il a toujours peur du noir.

Conneries, dit le gamin.

C'est pas des conneries, dit Wallace. Tout adulte qu'il est, il a toujours peur du noir. Il a peur des araignées, aussi.

Il regarde Roy et la fille. Puis il tend le pouce derrière lui.

Regarde-le un peu, il dit. Il drague toujours comme un putain d'ado. Il frise la soixantaine, mais il croit qu'il a seize ans. Foutu Roy.

Roy est sympa, dit le gamin.

Wallace fait claquer ses paumes sur la table.

Roy c'est mon pote, il déclare au gamin. Et je dirai jamais rien contre lui. Mais il a jamais grandi, ça c'est sûr. C'est la vérité.

Wallace s'adosse au rembourrage en vinyle. La banquette siffle à cause des trous de cigarette, on voit la mousse sale et tachée de goudron à l'intérieur. Elle couine sous la pression du dos en sueur de Wallace. Il pose les coudes sur la table, ses bras poilus sont bronzés. Les muscles saillent, puis disparaissent.

Maintenant regarde-moi bien, dit Wallace. J'ai ma maison à moi, une femme, des gosses. J'ai des responsabilités. J'ai une famille à charge. Mais je vais laisser un héritage, tu piges ? Parce que ma famille, elle va continuer longtemps après ma mort. Ça fait de moi un acteur de l'histoire. Un membre de la civilisation humaine.

Il s'adosse encore au vinyle sifflant et couinant, puis il incline sa chope pour en écluser la dernière goutte. Il la pose sur la table.

Ouais, mais Roy a une plus belle voiture que toi, dit le gamin.

Wallace reste assis, la main autour de la chope vide, et il lâche un juron.

A la table de billard, la fille s'en prend à Roy avec sa queue, elle essaie de le frapper à l'entrejambe. Roy recule vite en renversant de la bière, sa cigarette tombe de ses lèvres. Elle le coince contre le lambris et il évite son attaque en se réfugiant contre le râtelier des queues de billard, qui tombent dans son dos, l'une d'elles lui frappant le côté de la tête. Roy brandit une main au-dessus de lui, l'autre grande ouverte est plaquée contre le haut des cuisses. Les types du bar rigolent. Les autres filles se liguent contre Roy et l'injurient. Des fleurs cousues aux pétales parfaitement nets ornent les poches revolver de leurs jeans. Elles l'entourent en lui hurlant des injures, puis elles l'abandonnent tout tremblant contre le râtelier.

Roy a bien failli y laisser ses couilles, dit un des gamins qui s'est retourné pour ne rien rater de la scène. Il se rassoit en souriant.

Les types assis au bar ou debout autour de l'autre table de billard éclatent de rire tandis que Roy s'éloigne des filles. Même Les rigole et cligne des yeux tandis que des larmes s'en écoulent lentement. La femme de Les sort de derrière le comptoir, toute rouge de colère. Elle dit aux filles qu'elles ne pourront plus remettre les pieds dans ce bar si jamais elles recommencent leur petit numéro, et que de sa vie elle n'a jamais vu un comportement féminin aussi abject.

Et toi, Roy Thompson, si tu as l'intention de te comporter comme un animal, tu peux aller dehors avec les chiens, elle ajoute.

Qu'est-ce que j'ai fait ? pleurniche Roy, toujours plié en deux.

Wallace se retourne vers nous en secouant la tête.

Bah, ce serait pas la première fois, il dit au gamin. Je veux dire, pour de vrai. Autour de cette même table de billard, avec un coupe-couilles de taureau. Ce jour-là il a bien failli perdre ses burnes.

C'est des conneries, Wallace, dit le gamin. T'arrêtes pas de raconter des conneries.

Non, c'est pas des conneries, proteste Wallace. Pourquoi que je te raconterais des conneries comme ça. C'est la vérité, hein, Smithy ?

J'étais pas là, Wallace.

Ouais, mais t'en as entendu parler, non ? Et puis t'étais ici ce jour-là, pas vrai ? Le jour où Roy avait pas son chapeau.

Ouais, c'est vrai, je dis.

Roy se dirige vers le bar en évitant les filles. Les hommes l'acclament et l'appellent.

C'était pas un combat égal, hein mon petit Roy ? ils disent. T'as été dominé numériquement, pas vrai, Roy ?

Alors un jour Roy se pointe au boulot sans son chapeau, dit Wallace. Il se met à se lamenter, il est en retard parce qu'il a pas trouvé son galure.

Au bar, les hommes assènent des tapes dans le dos de Roy et se moquent de lui en brandissant les poings.

Tu connais Bob Carter ?

Non, dit le gamin.

Bien sûr que si. Un malabar. Il bosse à l'abattoir.

Ah ouais.

Un type au bar offre un brandy à Roy.

Le courage de la gnôle, il dit.

Eh ben, le Roy, il s'envoyait sa femme. Alors un jour Bob Carter rentre à la maison et trouve le galure de Roy accroché au montant du lit.

Assis au bar, Roy roule une cigarette. Ses mains tremblent. Il se plaint d'une voix de fausset.

J'ai pas fait de provoc, on l'entend dire. C'était une agression gratuite.

Alors Bob Carter va cherche un coupe-couilles de taureau, il prend le chapeau de Roy, il part à sa recherche et le trouve en train de picoler ici. C'est une vraie armoire à glace, Bob Carter, et je blague pas, il saisit Roy dans une main, comme ça.

Wallace leur montre, en levant la main et en fermant le poing. Ses muscles saillent.

Sans blague, dit Wallace. Il te le colle contre le feutre du billard, en tenant le coupe-couilles de taureau dans l'autre main. Et il s'en serait servi, c'est la vérité. Si Mickle-Rosbif et moi on l'avait pas ceinturé, il s'en serait servi. Demandez à n'importe qui ici. C'est un sacré malabar, Bob Carter.

Roy se glisse sur son siège.

Z'avez vu ça ? il dit. Un putain de bataillon de féministes qu'on a là sur les bras. Il descend son brandy.

Raconte-leur aux gamins, dit Wallace. Est-ce que Bob Carter il a pas failli te les couper ? Te trancher les couilles ?

Bob Carter ? dit Roy. Non, c'était juste une blague.

Il a découvert que tu baisais sa régulière, pas vrai ? dit Wallace. Il a trouvé ton galure sur le montant du lit.

C'est vrai, dit Roy. Mais Bob Carter et moi, on est potes.

Il est arrivé quoi à votre chapeau ? demande le gamin.

Qu'est-ce tu crois qu'il lui est arrivé à mon chapeau ? dit Roy. Je le porte, pas vrai ?

Roy se met à rouler une cigarette, puis il baisse les yeux vers la table et les verres vides.

Je croyais qu'on picolait ce soir, il dit. C'est la tournée de qui ?

La tienne, dit Wallace. Sauf qu'au lieu d'aller au bar t'es allé aux filles.

Wallace aime bien sa phrase.

Les filles au lieu du bar, il répète. On envoie Roy au bar et à la place il va aux filles.

Roy grommelle, lèche sa cigarette, la lisse et la coince derrière l'oreille. Il glisse de sa chaise.

Les filles au lieu du bar, dit Wallace, le regard joueur derrière ses grosses lunettes. Il est comme ça, Roy.

Je sens une main sur mon dos, un baiser sur mon front.

Désolée Smithy, dit Charlotte Clayton en se léchant le doigt avant d'essuyer le rouge à lèvres sur ma tête. Il y a deux filles avec elle. Elles arrivent de la salle et tous les hommes les reluquent en sifflant bruyamment et en émettant des commentaires qui mettent ces filles mal à l'aise. Toutes sont sur leur trente et un, les cheveux bouclés et le visage maquillé, leurs grands yeux liquides cernés de noir, la minijupe au-dessus de bas foncés, le haut à peine visible, l'un bordé de dentelle, l'autre décoré de sequins noirs tout du long, sa forme évoquant des oiseaux tournant en vol. Elles portent des hauts talons et serrent contre leur buste de minuscules pochettes en cuir.

On y va, dit Charlotte.

Sois prudente, je dis.

Les gamins les regardent partir. Ils les suivent des yeux jusqu'à ce qu'elles aient franchi la porte, puis ils se retournent en souriant. L'un d'eux émet un sifflement admiratif.

C'est laquelle ta petite amie, Smithy ? me demande le gamin en souriant toujours.

Moi je ferais gaffe à qui je regarde comme ça, dit Wallace à voix basse.

Tu veux dire, regarde pas ce que tu peux pas t'offrir, dit le gamin.

Wallace est sérieux.

Non, je veux dire, fais gaffe à ta manière de la regarder, il explique calmement. Tu pourrais t'attirer des ennuis, mon gars.

Y a pas de mal à reluquer, proteste le gamin.

C'est ce que tu crois, hein ? dit Wallace en le dévisageant.

Wallace remonte ses lunettes sur son nez et s'adosse à la banquette en regardant un ivrogne tituber devant lui avec un verre de whisky dans une main et une bière dans l'autre. Le pochard retrouve l'équilibre, se tient bien droit, descend le whisky puis la bière, la tête renversée en arrière, sa pomme d'Adam montant et descendant très vite. Il pivote et retourne vers le bar.

Le sage sait quand il faut garder la tête baissée et la bouche fermée, dit Wallace. Quand on parle du diable, il se montre.

Qu'est-ce tu veux dire ? demande le gamin.

Je veux dire que certaines femmes causent plus d'ennuis que de raison, dit Wallace. C'était la régulière de Brett Clayton.

L'odeur de la bière est partout et elle m'évoque des souvenirs, des bribes de souvenirs informes et absurdes, tout imprégnés de l'odeur, de la fumée et du bruit qui m'entourent et ce sont les souvenirs oubliés de toute une vie.

C'est qui Brett Clayton ? demande le gamin.

C'est qui Brett Clayton ? répète Wallace. Le gamin sait pas qui est Brett Clayton, il me dit.

Il se tourne vers le gamin.

Tu connais John Gibson, il dit.

Non, fait le gamin.

Bien sûr que si, dit Wallace. Le type qu'on a découvert sur la berge de la rivière, une balle de .22 dans la nuque.

Ah oui.

C'est Brett Clayton qu'a fait ça, dit Wallace. La drogue. Des histoires de drogue.

Le gamin regarde autour de lui dans le pub.

C'est lequel Brett Clayton ? il demande.

Wallace ricane. Il est pas ici, qu'est-ce tu crois ? Il est en taule.

Oh. Ouais, d'accord.

Non, pas pour avoir descendu John Gibson, dit Wallace. Le flicaillon a jamais pu le prouver. Incompétent, voilà ce qu'il est. Un flic incompétent. Tout le monde sait que Brett Clayton l'a fait, mais dans cette ville on a un flic incompétent.

Alors pourquoi il est en taule ? demande le gamin.

Parce qu'il a battu sa femme, dit Wallace.

Il a battu qui ?

Wallace lâche un juron, les phalanges contre les lunettes. Tu crois qu'il a battu qui ? Foutu en taule pour coups et blessures à sa régulière.

Quoi, elle ? fait le gamin avec un signe de tête vers la porte.

Eh ben c'est sa femme, dit Wallace.

Ouah, lâche le gamin en s'adossant à sa chaise avant de siroter sa bière.

Demande à Smithy, dit Wallace. Smithy sait tout. Il est même allé au procès, pas vrai ?

J'acquiesce.

Plaidé coupable, je dis.

Wallace se tourne vers le bar à la recherche de Roy, qui parle avec un type assis en équilibre sur un tabouret, une chaussure dans la tranchée inférieure. Wallace se penche en avant, met les coudes sur la table.

C'est Smithy qui l'a découverte, il dit. Battue et couverte de bleus, pas vrai, Smithy ?

C'est vrai, je dis. Couverte de bleus.

Près de l'ancienne voie de chemin de fer, dit Wallace. C'est là que tu l'as trouvée, pas vrai, Smithy ? En rentrant du pub. Après la fermeture. Tu l'as trouvée près de la voie, hein ? Battue et couverte de bleus.

C'est ça, je dis.

Quand Wallace bombe le torse, son maillot se tend sur ses pectoraux. Puis il se laisse de nouveau aller contre la table.

Nue, ajoute Wallace.

Merde, lâche le gamin, le bavard. Il regarde encore la porte. J'aurais bien aimé voir ça.

Quand je regarde le gamin, il baisse les yeux. Il tend le bras vers sa bière.

Roy revient avec le pichet, des verres et des chopes propres. Il pose les verres et les remplit. Il boit une gorgée debout, puis me regarde.

T'as du rouge à lèvres sur la tête, il dit.

Je sais.

Tout le monde boit.

Tout le monde boit et tous les hommes sont en train de boire et leurs visages alcoolisés brillent, leurs yeux et leurs lèvres brillent à cause de la gnôle, ils sont ivres ou ivres mort et ils parlent fort. Les voix se brouillent et les tabourets craquent. Ils se raclent la gorge et crachent dans la tranchée, leur vacarme semblable à un tonnerre sourd et ininterrompu. Les hommes s'agglutinent au bar et autour des tables, assis, debout ou appuyés, certains rouges de colère, d'autres joyeux, leurs traits arborant une satisfaction enfantine. Ils bondissent, vacillent ou marchent vers le bar.

Pas question, dit l'un des gamins à Wallace. Je vais certainement pas faire un truc pareil.

Bien sûr que si, dit Wallace. C'est la tradition. Pas vrai, Smithy ?

Quoi donc ? je demande.

La fête de Noël d'Iris, dit Wallace.

Je crois bien que oui, je dis.

Y aura qui là-bas ? demande le gamin.

Boss. Iris. Des filles de la cave.

C'est pas des filles. C'est rien que des vieilles dames, dit le gamin.

Elles sont pas si vieilles.

Le gamin secoue la tête.

Je ferai pas un truc pareil.

T'as vraiment pas le choix, dit Wallace. C'est la tradition.

Y aura de la bière ? demande le taiseux en levant son verre.

Ouais, mais pas assez, dit Wallace. Boss aime pas qu'on boive de la bière. Alors on apporte notre bière.

Mais à quoi ça sert ? fait l'autre. On peut pas se mettre minable.

Bien sûr qu'on peut se mettre minable, dit Wallace. Pas question que j'aille à la fête de Noël d'Iris sans d'abord me mettre minable. On se bourre la gueule avant d'y aller.

Wallace prend sa chope et la vide.

Ah bon ?

Sûr. C'est la tradition, assure Wallace en posant sa chope. La table est trempée de bière renversée, souillée de traînées de cendres, les sous-verre sont tout imbibés.

On se met à boire de la Crown dès le matin, vers dix heures, explique Wallace. On picole jusqu'au début de la fête, et une fois là-bas on continue de picoler. On prend la grosse glacière de Roy. On descend des cannettes doubles, ce que Boss nous donne. J'ai jamais été autant bourré qu'à la fête de Noël d'Iris.

Wallace remplit sa chope et la vide.

L'an dernier Smithy était tellement pété qu'il est tombé dans le bassin des poissons d'Iris.

Je croyais que Smithy picolait pas, objecte le gamin.

L'an dernier, si.

J'étais pas bourré, je dis. Simplement je l'ai pas vu ce bassin.

Comment peut-on louper le bassin à poiscaille d'Iris ? dit Wallace. Il est énorme. Le plus grand bassin à poiscaille que j'aie jamais vu.

Ouais, je dis. Mais y a plein de nénuphars et de lentilles d'eau dessus. Impossible de faire la différence avec le reste du jardin. Pour ça que je suis tombé dedans.

Et alors, tu fichais quoi à vadrouiller dans le jardin d'Iris d'abord ? demande Wallace.

J'allais pisser, je dis. J'ai contourné la maison. Pour être discret, me planquer derrière un arbre. J'ai coupé à travers le jardin. Savais pas qu'y avait un bassin à poissons là-bas.

Eh ben t'aurais dû, dit Wallace. C'est toi et moi qu'on a construit ce machin.

Ouais, bah, je fais.

Et nous on est de l'autre côté de la maison, dit Wallace en pointant le pouce dans son dos. Au barbecue. Alors on entend un grand bruit d'éclaboussures et voilà Smithy qui gueule à pleins poumons. On fait le tour fissa et on découvre le Smithy au beau milieu de la flotte, qui se débat comme s'il allait se noyer, il a perdu son chapeau, il s'est emmêlé les pinceaux dans les nénuphars, il a le visage couvert de boue et de lentilles d'eau, et il gueule comme un porc qu'on égorge. Incapable de se sortir de la flotte. Il est trop pété pour s'en sortir tout seul.

Wallace remplit son verre et le porte à ses lèvres.

T'étais sacrément en panique, il dit. J'ai bien cru que tu te noyais. Dans un bassin à poiscaille, putain.

Wallace rit et boit, mais la bière se trompe de chemin, et le voilà qui tousse et rit et devient tout rouge. Les gamins rient aussi en me regardant.

Pour rien au monde j'aurais manqué ça, pas vrai Roy ?

Un sacré spectacle, confirme Roy qui lève les yeux au-dessus de sa cigarette.

Et ensuite, dit Wallace en remontant ses lunettes sur le nez. Ensuite, vous savez comment Iris l'appelle ?

Quoi ? demande le gamin.

Tu te rappelles, pas vrai Smithy ? dit Wallace en me regardant.

Je le dévisage, j'observe les yeux globuleux qui me fixent derrière leurs épaisses parois de verre, ces yeux qui brillent et dansent, entre les pattes d'oie toutes ridées de joie. La bouche de Wallace sourit.

Oui, je me rappelle, je dis.

Un vieil imbécile, dit Wallace. Il pouffe de rire et boit une gorgée. Voilà comment Iris l'appelait. C'est ce qu'a dit Iris. Un vieil imbécile.

Partout le vacarme des hommes.

Je regarde la vitrine. Le soleil s'est couché parmi les tonalités assourdies et lasses, le ciel bas semble figé, la lourde couverture nuageuse s'embrase, un rougeoiement sale sur les replis ondoyants et les ombres. La lumière tremblotante et lugubre des lampadaires me parvient à peine, embrumée, à travers la vitrine couverte de l'humidité et de la buée émises par les corps brûlants et mouillés des hommes à l'intérieur du bar. Elle éclaire un seul fil de toile d'araignée, où s'accrochent les minuscules coques d'insectes vidés et momifiés, dont les enveloppes tremblent au rythme de vibrations rapides et imperceptibles. La base du panneau en est jonchée, mouches et papillons morts et en train de pourrir, pris dans l'épaisse masse de la toile, s'évasant en entonnoirs dans les angles. Les ulcères de ma gorge, ma bouche et ma langue me piquent et je me mords la langue pour ressentir une douleur plus vive. Le taiseux finit son verre, fait claquer ses lèvres et lâche un soupir de contentement. Il a le visage bouffi, les yeux alourdis. Il me regarde sans me voir, oscille un peu sur sa chaise.

Je suis pas encore bourré, il dit en prenant le pichet pour se resservir.

Si, tu l'es, je dis.

Je me lève et rejoins le bar.

En traversant la masse houleuse de visages rubiconds, de gueulantes et de rires, j'entends qu'on m'appelle par mon nom, mais je marche jusqu'à l'extrémité du bar où les lumières sont tamisées et où un homme est assis seul à une table obscure dans l'angle. La femme de Les me sert un autre citron pressé et je le bois, le liquide amer m'irrite la bouche et la gorge. Je me perds dans mes pensées.

La femme de Les revient au bout du bar en portant des caisses de verres vides.

Comment ça va là-bas, Smithy ? elle me lance. Ça gaze ?

Je la regarde porter d'autres caisses. Elle les pose dans un grand fracas, puis elle s'essuie les mains en me souriant. Je commence à lui dire quelque chose.

Répète un peu, chéri, elle demande.

Tu m'as déjà posé cette question, je dis. Tu m'as demandé si j'avais grandi dans la foi catholique. C'est les sœurs qui m'ont élevé. Dans le nord. L'orphelinat aborigène, l'école de la mission, quelque part dans le nord. Sûr qu'on était plein à pas être aborigènes. Y en avait plein qu'étaient pas orphelins non plus.

La femme de Les compte les verres, elle se relève, pose les paumes contre ses reins, s'appuie dessus en faisant rouler ses épaules.

C'est un truc de ton passé que j'oublie régulièrement, Smithy, elle dit. Je crois toujours que t'es d'ici, mais c'est pas le cas, hein ?

Non, je dis. Je viens du nord.

Mais Florrie était d'ici, pas vrai ?

Oui, Florrie était d'ici. C'est pour ça que je suis venu. Moi, à l'origine, je suis du nord. L'orphelinat aborigène. L'école de la mission.

De grandes exclamations fusent à l'autre extrémité du pub. Un chien de berger a échappé à sa laisse et s'est rué à l'intérieur. Il renifle tout l'endroit en haletant. Les hommes tournent leur visage rubicond et tendent le cou pour voir le chien.

Donne-lui un verre, disent les hommes.

Au bout du bar Les ne bouge pas de son tabouret. Il regarde le chien tandis que son propriétaire l'attrape et le hisse dans ses bras comme un bébé, en laissant le chien lui lécher la face.

Donne-lui une bière ! crient les hommes.

Le propriétaire porte son chien jusqu'au bar, puis laisse l'animal laper sa bière et pencher la tête pour atteindre le pichet, en geignant et en gigotant dans les bras de l'homme tandis que sa langue s'active entre la bière et les babines, et le chien cligne des yeux en éclaboussant le visage de son maître. L'homme tient le chien comme il peut dans ses bras, l'animal plonge le museau dans le pichet et le ressort couvert de mousse. Toujours gémissant, il se débat pour lécher le restant de bière.

O.K., ça suffit, dit Les.

Le propriétaire porte le chien au-dehors et sur leur passage les hommes éloignent leur verre. Le chien de berger gigote et se débat, il allonge la langue pour essayer d'atteindre les verres. L'homme enchaîne son chien dehors avec les autres clebs, puis l'excitation retombe.

Les soeurs étaient correctes, je dis à la femme de Les. J'ai jamais appris à lire ni à écrire, mais c'était de ma faute. Je m'amusais à descendre la rampe d'escalier à califourchon, mais un jour je suis tombé et je me suis fendu le crâne. Le médecin qui vient m'examiner déclare que je serai idiot à vie. Il dit que c'est pas la peine de rien m'apprendre, parce que je serai toujours idiot.

La femme de Les regarde l'autre bout du bar où les hommes sont massés près des robinets à bière.

Mais c'était supportable, je dis. Grandir là-bas. Je passais le temps à me balader partout, je m'occupais des volailles et de la vache, je la trayais tous les matins, je ramassais les œufs. Et puis j'ai tondu, quarante-sept ans.

La femme de Les se tourne vers moi.

Bon, tant mieux pour toi, Smithy, elle dit. Maintenant excuse-moi, mais faut que j'aille m'occuper de ces lascars là-bas.

Mais oui, vas-y.

Viens avec moi si tu veux bavarder un peu, elle dit. Sauf que, si je fais pas couler les robinets, ces gaillards vont se mettre à gueuler comme des putois.

Je longe le bar et m'installe près des robinets. Les hommes tiennent leur chope, leur pichet ou leur verre vide. La femme de Les prend un pichet et le place sous le robinet. Je suis collé aux hommes, je sens leur chaleur. Ils sentent la sueur, la bière et le tabac. Je lève les yeux vers Les, qui m'observe de son tabouret.

Quoi ? je dis. T'as quelque chose à me dire ? Un commentaire à faire ?

Quoi, moi, Smithy ? il demande. J'aurai jamais rien de mal à dire sur toi. Les regarde les hommes au bar. Vous m'avez déjà entendu dire une vacherie quelconque sur Smithy ? il fait. Les est saoul.

La femme de Les tend des pichets, des chopes et des verres, et elle reprend les vides. Les hommes posent leur argent sur le torchon du bar. Je joue des coudes pour m'approcher du comptoir. Un homme me flanque une tape dans le dos et dit quelque chose. Je m'appuie au bar et m'adresse à la femme de Les au-dessus des robinets.

Mais il y avait une sœur en particulier, je dis. Sœur Bernard. Elle enseignait la musique, elle disait que même si j'avais un grain y avait aucune raison pour que je puisse pas apprendre la musique.

La femme de Les tend un pichet et en prend un autre.

Quoi, Smithy ? elle dit. Faut parler plus fort.

Une des sœurs, je braille. Sœur Bernard. Elle a découvert que j'avais un talent. Je savais chanter. Elle disait que j'avais un talent naturel.

Je sens une main sur mon épaule, quelqu'un s'empare de mon chapeau. Je me retourne, un jeune gars l'a soulevé de ma tête, exhibant ainsi mes cheveux blancs. Tout le monde rigole. Des deux côtés du bar et aux tables, tout le monde rigole.

Tu ressembles à un vieillard, Smithy ! crie un des gamins à notre table. Wallace est assis près de lui, tout sourires.

Je suis un vieillard, je dis. Je récupère mon chapeau. Le jeune gars me tape l'épaule et s'en va.

La femme de Les secoue la tête.

Moi je trouve ça très classe, Smithy, elle me dit. Ils ont aucune raison de rigoler, Smithy. L'âge est une bénédiction, non ? T'as plus de sagesse, plus de plein de choses, tu crois pas ?

Elle me sourit.

Peut-être, je dis.

Elle retourne aux robinets et à l'argent.

Je chantais vraiment bien ! je lui crie encore. Comme un vrai petit choriste.

Ah mais c'est formidable, elle dit. C'est vraiment merveilleux. C'est une histoire géniale, Smithy.

Je secoue la tête.

Le fait est, je dis, que j'avais du talent. J'avais du talent mais je l'ai perdu en route. A la place, je suis parti tondre. C'était mon choix. Tout a été mon choix. Mais parfois je me demande si j'aurais pas pu en faire quelque chose. En tirer parti, tu vois.

Un homme emporte sa chope sans payer. Aussitôt, la femme de Les se penche au-dessus du bar et l'agrippe par la chemise alors qu'il fait mine de tourner les talons.

Oh là, lâche la femme de Les. Tu crois que c'est une dégustation gratuite ?

Pardon, fait l'homme. Il est saoul, il transpire, il tripote son argent, laisse tomber des pièces et s'accroupit pour les ramasser. Pardon, il répète en tendant un paquet de billets et de pièces.

La femme de Les rit.

T'inquiète pas, mon chou, elle dit. Tout le monde peut se gourer.

L'homme reste là et continue de s'excuser. Il sue comme un bœuf et en partant il oublie sa chope. La femme de Les secoue la tête et me regarde en souriant.

T'es pas heureux d'être au régime sec ? elle me demande.

Oui, je suppose que oui, je dis.

Y a pas si longtemps, je t'ai vu dans un état à peu près pareil.

Elle opine du chef, en haussant les sourcils.

Je t'ai même vu pire que ça, elle ajoute. Je t'ai vu dans un état bien pire.

Je sais.

Alors fais gaffe de pas retomber dans le tonneau, elle dit. Y a rien de plus sournois que les mauvaises habitudes.

Non, j'ai tiré un trait pour de bon, je dis. Pas question de retourner en arrière.

Bon, tant mieux pour toi, Smithy, dit la femme de Les.

Je retourne m'asseoir à l'autre bout du bar.

Le plein rugissement de l'ivresse envahit maintenant le bar. Les hommes se bousculent. Les tabourets basculent, glissent, percutent les planches. Il y a le fracas des verres quand la femme de Les descend une caisse après l'autre. La sonnerie du tiroir-caisse, les pas pesants d'hommes ivres sur le plancher, la voix indignée de l'épouse de Les lorsqu'un poivrot renverse une table et qu'une main maladroite laisse tomber un verre, qui explose sur le carrelage en déclenchant une clameur hilare. La tête d'un homme glisse contre un mur et il vomit de la bière et de la bile et la puanteur des deux. Les lèvres, une fois libérées, déversent leurs flots de paroles, le volume des voix augmente sans arrêt, les hommes crachent ce qu'ils ont gardé en eux durant des jours, des semaines, une vie entière, ils voient seulement des visages brouillés et ils s'adressent non pas aux hommes mais à une entité plus vaste que les hommes et ils ignorent qu'elle est vide et indifférente. Et puis il y a les hommes qui parlent et il y a les hommes qui sont silencieux et ceux qui parlent ne savent pas ce qu'ils disent et ceux qui sont silencieux n'écoutent pas, mais ils boivent pour atteindre ce silence, le silence de leur âme. Et j'étais l'un de ces hommes.

Wallace quitte la table pour rejoindre le bar. Il abat sa chope sur le comptoir, que la bière éclabousse, puis il s'effondre à demi contre le bar.

Je viens de trouver des surnoms à ces deux-là, dit-il en montrant les gamins.

Ah oui, je dis.

Çui-ci c'est Aspro, il dit. Parce que c'est un lambin. Et çui-là c'est Cocaïne, parce qu'il est encore plus lambin que le premier.

Je croyais que t'allais le surnommer Bla-Bla, je dis.

On peut faire les deux, dit Wallace.

Il se met à parler, maintenant il est presque saoul, et j'ai du mal à suivre ce qu'il raconte. La femme de Wallace l'a envoyé un jour chez un orthophoniste, lequel a déclaré que son problème c'était son prognathisme. Ensuite, il a été voir un médecin en ville qui a dit qu'il pouvait briser la mâchoire de Wallace et la remettre droite, mais Wallace devrait porter deux ans un masque en fil d'acier et même alors il ne pouvait faire aucune promesse. Et Wallace parle comme il l'a toujours fait, les mots se bousculent et jaillissent en éclats bourrus et en stridences gémissantes. La plupart des gens ne comprennent strictement rien à ce qu'il dit et quand il picole même nous avons du mal à piger ses paroles. Mais je sais ce qu'il dit quand il voit l'instituteur.

Oh bon dieu, il dit. Le putain d'instituteur.

L'instituteur est ivre mort et il avance lentement, d'un pas vacillant, un pied après l'autre, en marchant sur des œufs. Il tient un verre de porto et tente de ne pas en renverser une goutte, mais le liquide s'agite dans le verre et déborde à chaque pas. Son chandail est taché de porto et l'homme transpire par tous les pores de la peau, il a les cheveux collés au front, le regard vitreux. La salive a dégouliné dans sa barbe, où elle reste collée, toute visqueuse et semée de bulles blanches. On dirait qu'il va s'écrouler à tout moment. Il est à deux doigts de passer devant nous sans s'arrêter quand il voit Wallace. Il se penche pour dévisager Wallace en renversant la moitié de son verre.

Wallace ! s'écrie l'instituteur.

Wallace lâche un juron sourd, ne réagit pas, se détourne.

Wallace ! répète l'instituteur. Il regarde au fond de son verre clapotant, marmonne quelque chose, puis se remet à parler d'une voix forte et inarticulée.

Wallace ! il lance. Comment va, Wallace ?

Bien, répond Wallace sans se retourner.

L'instituteur regarde encore dans son verre, l'agite et s'approche de Wallace.

Wallace, il dit. Il se penche lentement en avant et saisit la main de Wallace. Lequel la retire, ferme le poing, lâche un juron, le fouillis de ses dents dévoilé par un rictus.

Non, non, dit l'instituteur. Tout va bien, Wallace.

Il reprend la main de Wallace et, de ses doigts tremblants, essaie d'ouvrir doucement son poing crispé. Il tient la main ouverte de Wallace et l'examine, en serrant les doigts et la paume.

Wallace, il dit doucement, fasciné. Regarde ça, Wallace, il dit.

Il brandit sa propre paume vers Wallace.

Et regarde ça, il dit. Regarde ça.

Wallace ôte sa main de celle de l'instituteur en lâchant un autre juron.

Non, non, dit l'instituteur. Regarde ça, Wallace.

Il lâche la main de Wallace, puis se redresse en titubant, les yeux mi-clos.

Toi, Wallace, il dit. Ça. Il tapote la paume de Wallace. Moi, il dit. Il tend sa main tremblotante. Il la regarde sans réussir à rien voir.

Moi, il dit en se frappant durement la tête d'un doigt. Je suis un hypocrite.

Moi, il dit. Le pouce levé, il porte l'index à sa tempe. Il aplatit le pouce et émet un bruit de pistolet.

Il reste debout là, le regard fixe et humide, en vacillant sur ses pieds, sans voir personne. Il reste là un bon moment, puis ses yeux se ferment et il oscille dangereusement. Wallace regarde ailleurs en jurant à voix basse, puis il boit en gardant la tête baissée.

L'instituteur ouvre les yeux et regarde autour de lui.

A ta santé, Wallace ! il crie.

Il se tourne lentement pour me considérer, en plissant les yeux comme si j'étais très loin.

A ta santé toi aussi, mon pote ! il crie.

L'instituteur reste là, ses lèvres remuent mais il ne dit rien, puis avec une violente embardée il s'éloigne.

Wallace le regarde partir.

Putain d'instit, lâche Wallace. Tu sais ce que c'est ce type-là ? C'est ce qu'on appelle un imbécile éduqué.

C'est ce que dit toujours Wallace sur l'instit.

Il vide sa chope et se redresse.

Enfoirés d'instits, ouais, Smithy, il me dit en me claquant l'épaule avant de s'éloigner.

La femme de Les propose à manger dans des bols en bois sur le bar. Les hommes attablés se lèvent, se déroulent les jambes et s'approchent. La femme de Les rejoint le bout du bar et pose un bol de dim sums devant moi. L'odeur me donne la nausée.

Les hommes se pressent au bar, ils mangent d'une main et boivent de l'autre, et ils continuent de parler, ils n'arrêtent jamais de parler. La femme de Les place à côté des bols des flacons en plastique de sauce tomate, de sauce soja et de vinaigre. Je regarde Wallace, Roy et les gamins. Wallace parle, il agite les bras en tout sens, son baratin semblable à un hurlement. Le taiseux a la tête qui tombe.

Oh ! je leur crie. Je siffle. Oh !

Wallace lève les yeux au milieu d'une phrase, les bras largement écartés. Du doigt je montre le taiseux et lui fais signe de rappliquer. D'un geste brusque du bras Wallace l'arrache à sa chaise. Il se retourne vers Roy, sans cesser de parler. Le gamin avance en titubant et en tanguant vers moi. Je vais le soutenir par le bras et l'aider à marcher. Je l'installe sur une chaise.

Le gamin tourne lentement la tête et me regarde. Il a les yeux injectés de sang, les paupières lourdes. Son visage a une expression narquoise.

Smithy, il dit comme si c'était rigolo. Il me tapote le dos, son bras m'enserre.

Smithy, il répète en souriant.

Ouais, bon.

Je fais glisser le bol de dim sums vers lui.

Tu ferais bien de bouffer ça, je dis. Sinon, tu tiendras jamais la soirée.

Tu devrais boire, Smithy, dit le gamin en levant son verre comme pour porter un toast. C'est bon.

C'est bien de boire quelques coups après le boulot, je dis. Et y a pas vraiment de mal à se cuiter le vendredi soir, même tout le dimanche. Mais j'ai passé la moitié de ma vie à me cuiter.

Tant mieux pour toi, dit le gamin en me portant un nouveau toast.

Non, je dis. Tu comprends pas. Quand je picolais, d'habitude je devais picoler pour être sobre. Le matin je devais picoler pour être sobre, tu piges ?

Qu'est-ce tu veux dire ? fait le gamin. Tu veux dire que t'arrivais pas à te cuiter ?

Quand je picolais assez, j'étais pété, je dis. Mais tu comprends toujours pas. Tiens, je dis en poussant les dim sums plus près de lui.

Le gamin prend un dim sum et le mange. Il se lèche les doigts et regarde le bol.

Vas-y, je dis.

Il en prend un autre.

Eh bien ça a causé ma ruine, je dis. La moitié de ma vie j'ai été pété et maintenant je me souviens presque de rien. Toutes ces années, parties en fumée. Je me souviens presque pas de ma vie. Parce que je l'ai bue, tu comprends. Et ça m'a bousillé à l'intérieur aussi, j'ai la santé foutue. Selon les toubibs, la seule façon pour moi de rester en vie c'est de m'installer à l'hôpital et de me faire nourrir par un tube. C'est la gnôle qu'a fait ça.

La moitié de ta vie, dit le gamin d'un air pensif sans réussir à articuler. Il sourit, tente de me regarder, mais il a les yeux qui roulent dans leurs orbites.

Il prend le dim sum, le tient au-dessus de sa tête renversée en arrière, le fait tomber dans sa bouche.

Ouais, je dis. La moitié de ma vie à picoler, l'autre à bosser. Parce qu'on bosse seulement quand c'est la saison. On s'arrête sur un domaine, on trouve une ville, et puis on passe au domaine suivant. Mais en dehors de la saison on bosse pas. Inutile. La paie était bonne, à condition de bosser dur, assez bonne pour l'époque en tout cas. Suffisante pour nourrir ta famille, acheter une maison, tout ça. Hors saison, y avait rien d'autre à faire que d'aller au pub. Moi je fréquentais le pub depuis l'ouverture jusqu'à la fermeture. Je me cuitais tous les jours, je rentrais chez moi, je dînais, je me couchais. J'ai jamais passé de temps avec ma femme. Jamais vu le gosse grandir. Et aujourd'hui je regarde ma vie et je l'ai gâchée, pas vrai ? On n'a qu'une seule chance dans la vie et j'ai déjà bousillé la mienne. Je l'ai niquée. Je l'ai bel et bien niquée.

Le gamin acquiesce en engloutissant les dim sums.

Oui, quand t'es jeune tu bosses, tu te cuites, tu fréquentes des femmes, tu fais ci et ça, mais tu penses jamais aux conséquences. Tout bouge, tout passe et tu prends jamais le temps de réfléchir. Mais ça va vite. Ça va si vite que tu le remarques à peine. Tu remarques à peine que tout passe. Et puis c'est fini. C'est fini avant même que tu le saches. Tout. Un jour ça s'arrête tout simplement. Parce que c'est terminé. Pour moi en tout cas. Tout s'arrête.

Je pose le coude sur le torchon du bar, il est trempé. Je regarde la tache mouillée sur ma manche.

Maintenant, je dis, je me fais toutes les réflexions que j'aurais dû me faire dans ma jeunesse. Quand j'aurais pu accomplir les choses qu'il fallait. Mais tout ce qu'il me reste aujourd'hui c'est des souvenirs et des regrets. Et je ne peux absolument rien y faire. C'est fini. C'est ma vie. Partie en fumée. Je peux rien y changer. Je peux pas retourner en arrière. Je peux rien rectifier. Tu comprends ce que je dis ?

Le gamin a les paupières mi-closes, sa tête commence à dodeliner. Ses cheveux sont tombés sur son visage et dans la bière.

Ouais, il maugrée, faut bien regarder où qu'on met les pieds.

J'ai jamais dit ça. C'est pas du tout ce que je viens de t'expliquer.

J'observe les hommes le long du mur. L'un d'eux fume une pipe de bruyère à gros fourneau, coincée entre les dents alors qu'il parle, et il gratte des allumettes qui explosent en flammèches avant de disparaître dans le fourneau. Il tire dessus tant qu'il peut, la fumée monte en volutes, puis disparaît. Il parle à Bob Martin, qui a eu la rotule brisée quand le cric a glissé de sous son pick-up. Ce n'est pas le seul infirme dans le pub. Il y a des hommes qui ont une pince en métal à la place de la main, un bras en plastique, ou qui boitent sur une prothèse de jambe. La plupart ont eu un accident du travail, ils ont été dédommagés, et certains ne sont pas très vieux. Aujourd'hui, Bob Martin cultive les orchidées.

Je regarde le gamin écroulé sur sa bière.

Je crois que t'as assez bu, je dis.

Moi ? il fait. Il relève la tête et de la main rejette ses cheveux en arrière. Il boit une gorgée. Non, il fait. Je commence à peine.

Je vois John Langtree venir vers nous d'un pas lourd, sa grosse bedaine secouée de gauche et de droite tandis qu'il avance. Il se penche et colle son visage, semblable à une tranche de viande crue, juste sous le nez du gamin. Sa bedaine pousse contre les deux tabourets.

C'est qui ta petite amie, Smithy ? il crie en crachant ces mots au visage du gamin.

Laisse tomber, John, je dis.

Oh ! il braille en regardant le gamin dans les yeux. Quand son index touche la poitrine du gamin, celui-ci ouvre grand les yeux.

Tu crois pouvoir te mesurer à lui ? il crie en me montrant du doigt.

Le gamin cligne comme si on venait de le réveiller en sursaut. Il a un sourire crispé, il se tourne pour me regarder.

Tu crois pouvoir te mesurer à lui ? crie encore John Langtree en faisant pivoter vers moi son énorme carcasse flasque pour me brandir l'index au visage.

Ce vieux ! il crie. Il te fait l'effet d'un vieillard fragile ? Tu crois pouvoir te mesurer à lui, hein ? Hein ? Un jeune freluquet comme toi ? Tu te crois musclé peut-être ?

Quand John Langtree se redresse, sa bedaine bascule au-dessus de sa ceinture. Il me pose une main sur l'épaule. Il a des mains et des bras énormes, son visage bouffi est encadré de grosses bajoues violacées. Sa chair déborde partout, mais ivre ou sobre ce n'est pas un brave type.

C'est un vieux tondeur, voilà ce que c'est, il dit en m'assénant une grande claque sur l'épaule. Y a rien de plus coriace qu'un vieux tondeur. Et tu crois pouvoir te mesurer à lui ? Conneries !

Il ôte sa main de mon épaule et d'un doigt pousse violemment le front du gamin. La tête du gamin bascule en arrière et il saisit la barre qui longe le comptoir.

Tu crois que les boxeurs c'est des durs ? rugit John Langtree en gardant le bout de l'index sur le front du gamin. Tu crois que les lutteurs c'est des durs ? Il vide sa bière et pose la chope sur le torchon du bar d'un geste brusque. C'est des tocards !

Du dos de la main il s'essuie la bouche.

Y a rien de plus coriace qu'un vieux tondeur, il dit.

Il se laisse tomber contre le bar, son coude heurtant le comptoir. Il se penche vers le gamin.

Tu crois pouvoir te mesurer à lui ? il gronde. Ouais ? Il reste penché là, assurant son équilibre contre la barre, son visage furieux et ses joues embrasées tout contre celui du gamin. Puis il remue la tête en jetant un regard mauvais au gamin.

Laisse-le tranquille, John, je dis.

John Langtree continue de fusiller le gamin du regard. Le gamin sourit. John Langtree marmonne et se redresse. Contrairement au gamin, je ne le regarde pas. Je regarde droit devant moi.

John Langtree reste debout là, l'index machinalement tendu dans le vide, et il y a un long silence. Son bras retombe, John regarde dans le vide, il marmonne et transpire, puis il pivote et s'affaisse contre le bar, tout près de moi.

T'étais un sacré tondeur, pas vrai, Smithy ? il dit.

Je sens son haleine fétide et brûlante contre ma joue, mais je ne me tourne pas vers lui.

Exact, je dis.

Il ôte sa main du bar pour la poser une fois encore sur mon épaule.

T'étais le plus rapide, pas vrai ? il fait.

Exact, je dis.

John Langtree reste immobile, la main sur mon épaule. Quand je m'en débarrasse, il marmonne encore et cherche sa chope des yeux.

Il se penche vers moi contre le bar, le bois craque sous son bras nu, son visage est tout près du mien.

Combien de temps t'as été le plus rapide ? me demande John Langtree.

J'ai tondu quarante-sept ans et ensuite j'ai plaqué tout ça, je dis.

John Langtree me regarde. Son coude tombe sur le comptoir, son corps résonne contre le bois.

Ouais, mais combien de temps t'as été le plus rapide ? il redemande.

C'est là que j'ai tout plaqué, je dis. Quand j'ai plus été le plus rapide.

John Langtree reste là, à scruter mon visage. Je regarde ailleurs. Il rote, s'essuie la bouche avec le bras, jette un coup d'œil au gamin, lâche un juron à voix basse. Son bras passe derrière moi pour essayer d'attraper le gamin par les cheveux. Il rate son coup, grogne, se laisse glisser le long du bar jusqu'à ce que son corps se presse contre le mien, tout humide et puant. Je me lève et John Langtree glisse à nouveau, heurte le tabouret, ses pieds crissant contre le carrelage. Il cligne des yeux, tend le bras et s'empare des cheveux du gamin, il tire dessus et sur la tête du même coup, les tordant sur le côté. Le gamin gémit de douleur et ses mains battent l'air. Son tabouret penche dangereusement. J'avance la jambe pour redresser le tabouret et je regarde John Langtree.

Il tire fort sur les cheveux du gamin, qui gémit encore en levant la main vers les mèches que John Langtree serre dans son poing.

C'est quoi ça ? gronde John Langtree. Comment que t'appelles ça, putain ?

Bien que ses cheveux soient malmenés par une poigne de fer et qu'il ait le visage collé au comptoir, le gamin sourit.

C'est juste la mode, John, je dis.

John Langtree tire une dernière fois, puis laisse tomber. Le gamin redresse la tête, se prend les cheveux entre les mains pour les examiner en choisissant de minces mèches blondes et en se passant la main sur le crâne. Souriant toujours, il les ramène en arrière. Il saisit sa chope et boit une gorgée.

John Langtree se laisse glisser du tabouret de bar, et il lâche un juron quand l'assise se dérobe sous son corps. Il cale alors son buste contre la rampe en grognant, des bourrelets roses de chair nue déforment le dos de son maillot trempé. Trouvant enfin son équilibre, il s'approche de moi d'un pas vacillant.

Qu'est-ce tu dirais si qu'on s'occupait de lui comme au bon vieux temps, il me chuchote à voix basse. Si qu'on l'emmenait aux cabanes. Histoire de lui filer un bon coup de tondeuse.

Je passe devant lui et me réinstalle sur mon tabouret.

John Langtree se retourne en cherchant le gamin des yeux. Il le repère, saisit une pleine poignée de cheveux blonds en tirant la tête du gamin en arrière et il le regarde dans le blanc des yeux. Le visage de John Langtree est violacé et mauvais.

Voilà ce qu'on aurait fait dans le bon vieux temps, il gueule. On t'aurait emmené aux cabanes de tonte et t'aurais eu droit à une bonne coupe.

C'est juste un gamin, John, je dis. Lâche-lui la grappe, tu veux.

John Langtree marmonne et laisse les cheveux du gamin lui retomber sur le visage. Il reste là à nous fixer des yeux, je ne le regarde pas, il s'éloigne.

Tu ferais bien de rester à l'écart de ce type, je dis au gamin.

Non, il était super, dit le gamin en souriant. Un sacré blagueur.

Non, je réponds. C'est un taulard. T'approche pas de lui.

Avec ses doigts le gamin ramène une fois encore ses cheveux en arrière. Il transpire. Il se frotte les yeux avec les paumes et me dévisage, un peu moins bourré que tout à l'heure, mais il a toujours les yeux fatigués et saturés de bière. Il tend la main vers sa chope.

Alors comme ça t'étais tondeur, Smithy ? il me demande en buvant.

Bien sûr, je dis. Je t'en ai pas parlé, peut-être ? Je t'ai pas parlé de la saison ?

Oh, il fait d'une voix paresseuse. Je croyais que tu parlais de la saison comme pour les vendanges ou d'un truc de ce genre.

Non, ça a rien à voir, je dis. Avant d'être vieux j'ai jamais fait les vendanges. J'ai été tondeur toute ma vie. Quarante-sept ans. A ton âge j'étais déjà tondeur express et pas beaucoup plus tard je suis devenu le plus rapide.

Le gamin pose sur moi son regard ensommeillé.

J'étais vraiment pas beaucoup plus vieux que toi quand je suis devenu le plus rapide. Je me rappelle bien, je me rappelle le domaine. Saltbush. T'as déjà été dans la région de Saltbush ?

Le gamin secoue la tête.

Y a pas plus chaud qu'une cabane de tonte dans la région de Saltbush. Et c'est pas juste mon avis. Tout le monde le disait, dans l'ancien temps. C'était de notoriété publique. Il faisait plus chaud que l'enfer, dans une cabane de Saltbush. T'as déjà mis les pieds dans une cabane de tonte ? T'as déjà bossé dans une cabane ?

Le gamin secoue encore la tête négativement, et puis sa tête retombe, ses cheveux s'étalent sur le comptoir.

Eh ben faut vraiment y être pour comprendre ce que je dis. Ça pue. Ça pue la sueur humaine et ça pue le mouton. T'as tout un troupeau de moutons infects qui transpirent. Y a rien de pire que cette puanteur. La lanoline. Tu sais ce que c'est, la lanoline ? je demande au gamin.

Le gamin secoue la tête.

T'en es recouvert, je dis. A force de transporter des moutons du matin au soir. La lanoline, la laine crasseuse, la merde de mouton. L'iode, l'ammoniac, le diesel. C'est à ça que les moteurs marchaient autrefois. Au diesel. Y a rien de pire que la puanteur d'une cabane de tonte.

C'est l'anniversaire de Mick-le-Rosbif. Wallace et Tony Malone essaient de le flanquer par terre, mais Mick-le-Rosbif leur échappe sans arrêt. Ces trois types sont des costauds, ils se bagarrent dans tout le pub et autour des tables de billard. Wallace et Tony Malone avancent au ras du sol en essayant de le plaquer, Mick-le-Rosbif court en les injuriant et en jetant des coups d'œil derrière son épaule. Les observe leur manège d'un air agacé.

Je me rappelle le domaine, je dis. Je me rappelle même cette journée. Le domaine de Saltbush. La cabane surchauffée, puante. Mais j'étais jeune en ce temps-là. J'étais fort et je le savais. Et puis j'étais sacrément fier. J'avais ma fierté en ce temps-là. Plein de fierté. Tu sais ce que c'est quand t'es jeune. Quand t'as tout ton avenir devant toi. T'es arrogant. J'étais fier et j'étais arrogant. J'étais aussi jeune que toi aujourd'hui.

Je m'apprête à saisir mon verre, mais m'aperçois que je n'en ai pas.

J'imagine qu'il faut en profiter tant qu'on peut, je dis.

Wallace et Tony Malone ont coincé Mick-le-Rosbif contre un billard. Mick-le-Rosbif feinte à gauche et à droite, mais les deux autres ne bronchent pas. Ils se ruent sur lui et les trois hommes se démènent contre le billard. La table bascule sur deux pieds, les boules s'entrechoquent et dégringolent par terre avant de rouler sur le plancher. Les joueurs se plaignent. Les a les yeux écarquillés.

J'étais arrivé à une tonne en un seul après-midi, je dis au gamin. Tous les autres me regardent, les vieux me disent, à force de t'éreinter comme ça tu tiendras jamais le coup, petit, et ils secouent la tête, mais ça fait que m'aiguillonner. Je transbahute les moutons comme un dératé et j'ai mal partout, mais c'est supportable. Personnellement, je me sentais même plutôt bien. Je ruisselle de sueur et je tonds à toute vitesse, mais je tonds régulier aussi, sans faire trop d'entailles. Tu les tonds, tu les balances sur le toboggan, t'en prends un autre. Et je continue au même rythme. C'est comme ça, la tonte. Si tu la prends au sérieux. Si t'en tires de la fierté. Et je continue sans mollir. J'ai mal à tous les muscles, mais je continue sans ralentir d'un poil. Alors, ce jour-là, je deviens le tondeur le plus rapide de l'année.

Wallace, Tony Malone et Mick-le-Rosbif s'empoignent sous la table de billard qui se lève et retombe, qui est à deux doigts de se renverser, tandis que les joueurs tentent de la maintenir immobile. Mick-le-Rosbif se libère, passe devant le bar en courant et sort sur la terrasse. Les deux autres foncent à sa poursuite. Les tabourets et les chaises basculent à terre, et puis les voilà qui reviennent à fond de train, ils nous dépassent en fonçant comme des chevaux de course. Wallace plaque Mick-le-Rosbif, les trois hommes percutent le sol, Tony Malone s'assoit sur le torse de Mick-le-Rosbif. Wallace se relève, ramasse ses lunettes sur le plancher, les remet. Il prend un pichet de bière sur le comptoir et le renverse lentement sur la tête de Mick-le-Rosbif. Les hommes rient et s'esclaffent. Tony Malone tend une main à Mick-le-Rosbif et l'aide à se relever.

Espèces d'enfoirés, dit Mick-le-Rosbif en secouant la tête. Espèces de putains d'enfoirés.

Il restait encore une bonne dizaine de milliers de têtes à tondre et on les a tondues, je dis. Ensuite, on est tous partis dans la camionnette du patron, on a fait le tour de l'usine, tous les tubes vibraient autour de nous. Et puis on va au rade le plus proche, y a une autre équipe qui vient de finir sa saison et avec tous les hommes rassemblés là le rade sent la même odeur que les cabanes de tonte. Les gars de mon équipe, ils m'offrent du brandy, et je me rappelle m'être regardé dans le miroir du bar, debout avec mon verre de brandy à la main. Je me suis regardé longtemps. Tous les hommes m'appelaient tondeur express ou roi de la vitesse et ils disaient que j'avais encore une ou deux choses à apprendre. Ils parlaient des tondeurs express qu'ils avaient connus, des femmes qu'ils avaient connues, des grandes villes, des fermiers et des syndicats et de leurs maisons et ils m'ont envoyé dehors avec un gars de l'autre équipe et je l'ai mis K.O. et à mon retour dans le bar je me suis encore regardé dans le miroir. Quand le taulier a annoncé la fermeture, je me souviens d'un type qui a descendu toute une bouteille de gin. La bouteille entière, en moins d'une minute. Il s'est pincé le nez pour le faire. On quitte donc le pub et on retourne à la camionnette. Mais y avait ce vieux tondeur, il s'appelait Percy Olsen, et ce Percy Olsen il s'assoit par terre devant le rade et y a les hommes debout autour de lui qui fument et boivent à la bouteille, mais le vieux reste assis sur son cul. Les hommes ont beau l'appeler, il reste assis là et il veut pas venir, alors ils essaient de le remettre sur pied mais il refuse de se lever et ils doivent le traîner jusqu'à la camionnette et, je m'en souviens, il a perdu ses pompes pendant qu'on le traînait et il disait pas un mot et un homme le hisse à l'arrière de la camionnette, en s'aidant du genou comme on fait avec les moutons, ils l'installent face à moi et puis ils vont chercher ses pompes et ils les lancent derrière lui et on s'en va. Les autres hommes continuent de parler et de picoler et je me rappelle Percy Olsen assis là en face de moi, qui regardait rien. Il regardait rien du tout.

Ma main cherche mon verre et je me rappelle une fois encore que je n'en ai pas et je regarde le gamin et le gamin se penche et vomit sur la moquette et il a un hoquet, il crache, s'essuie la bouche, vomit encore et il continue de vomir jusqu'à ce qu'il ne reste plus rien. Je me tourne vers Les, qui regarde, et je souris.

En rentrant chez moi le long de la voie de chemin de fer, je me rappelle cette autre nuit.

C'était une nuit qui ressemblait un peu à celle-ci. L'air tiède, la brise dans l'herbe haute qui bruissait continûment, se balançait d'avant en arrière comme le flux et le reflux de la mer. Et je bougeais au rythme de cette marée.

Et puis l'odeur sèche et terne de cette herbe et des récoltes lointaines, l'air frais, les sombres contours des clôtures, des maisons et des arbres poussant au-dessus de moi dans les jardins et tachant le ciel vitreux. La silhouette des chouettes, immobiles comme des accessoires fixés aux branches, et soudain elles tombaient et planaient devant moi, leurs ailes battaient l'air, palpitaient de profondes vibrations. Des grenouilles coassant dans les sous-bois, le bourdonnement nocturne des insectes, le jacassement rauque des opossums et des moustiques tout autour de moi. Le crissement des feuilles.

C'était ainsi, je m'en souviens. Une nuit comme celle-ci.

J'étais saoul cette nuit-là, gentiment saoul. Juste assez pour ne pas sentir les pierres sous mes chaussures ni mes crampes d'estomac. Juste assez pour me déplacer sans effort et pour sentir sans penser. J'avançais au gré des bourrasques chaudes qui me poussaient agréablement dans le dos, me dirigeaient, me portaient, et j'avais l'impression de dériver. Juste assez saoul pour oublier qui j'étais et ce que j'étais sinon un homme en marche, en marche vers cet immense dôme semé d'étoiles à l'horizon, et dans l'obscurité il me semblait marcher dans le ciel. Juste assez saoul pour tout oublier.

Et c'est le bruit que j'ai d'abord perçu, le gémissement. L'alcool m'ayant émoussé les sens, ces pleurs m'ont semblé venir de très loin, puis j'ai cru qu'ils m'entouraient avant que je ne réussisse à les identifier pour ce qu'ils étaient, et ç'a été la même chose avec la forme brumeuse le long de la voie, cette masse brouillée, brun foncé, approchant, et cet étrange geignement aigu m'a transpercé avant que je ne comprenne, et ça m'a glacé les sangs, la femme blanche et nue émergeant des ténèbres et le sang qui coulait sur elle, qui coulait de ses yeux et sur sa tête et il coulait tout noir sur son corps pâle éclairé par la lune et elle avait la bouche ouverte et ses pleurs étaient sonores et terrifiants et elle a continué de venir vers moi, les bras tendus devant elle, et elle m'a saisi. Et j'ai cru ma dernière heure arrivée.

Samedi, je travaille un peu au jardin et j'aide mon voisin à changer un pneu. Nous parlons de l'invasion de sauterelles et de ce que le gouvernement compte faire.

M'est avis qu'ils vont empoisonner la moitié du pays, il dit.

Le samedi, j'essaie de m'occuper.

Dimanche, je vais à l'église.

Après le service, l'assemblée des fidèles se réunit dehors. Il y a des paysans, des commerçants et leurs épouses. Des veuves italiennes en noir. Les ouvriers restent debout, mal à l'aise, tandis que les femmes parlent. Le prêtre promène d'un groupe à l'autre son doux visage souriant, son rire haut perché qui domine parfois le brouhaha général. Les enfants jouent à des jeux bruyants sur la pelouse, ils courent et se poursuivent. Les adolescents flirtent parmi les cyprès.

Je suis debout près du mur de l'église dans l'ombre d'un contrefort. Un gamin passe en trombe devant moi et s'assomme presque contre les briques. Je l'attrape.

Fais attention, je lui dis.

Le gamin lève les yeux vers moi, recule, me regarde comme si j'étais une bizarrerie, une entité qu'il essaie vainement de comprendre. Puis il fait volte-face et part en courant et en criant encore plus fort qu'avant.

Je ne porte pas mon chapeau, mes mains montent sans arrêt vers mes cheveux pour les lisser. Je m'avachis un peu et plisse les yeux face au soleil. J'attends le prêtre.

L'assemblée des fidèles restant sur place, je rentre dans l'église au bout d'un moment. C'est frais et vide, des rais de lumière tombent des ouvertures élevées, ils révèlent la danse des grains de poussière, descendent selon des angles acérés cernés d'ombres sur les bancs et le plancher. Le sol est brut et nu sous cette lumière.

Je m'assois, mais sans m'agenouiller. Je cherche mes mots, mais les mots ne viennent pas.

Il est tard, debout à l'évier je bois un verre d'eau, prêt à me coucher pour la nuit. La sonnette résonne et Charlotte Clayton est à la porte, les yeux comme ceux d'un enfant.

Je suis désolée, Smithy, elle dit. J'ai marché et marché encore. Et puis j'ai vu ta maison.

Elle détourne les yeux.

C'est demain, pas vrai ? je dis.

Elle acquiesce et me regarde.

Je m'en crois pas capable, elle dit. Je crois pas pouvoir l'affronter.

Charlotte va chercher quelques affaires chez elle et je commence à préparer l'ancienne chambre de Spit. Rien n'a vraiment changé depuis le jour où Spit et moi on s'est disputés. Roy y a souvent dormi, quand il était trop bourré pour rentrer chez lui. Mais je me suis jamais fendu en quatre pour Roy. Je regarde la chambre.

Au-dessus du lit trône un grand poster d'une femme nue allongée sur le capot d'une voiture de sport. Je commence par l'enlever, ainsi que toutes les autres femmes nues punaisées aux murs et aux portes, des pages arrachées dans des magazines.

Il y a une fille qui sort de l'eau, ses seins couverts de gouttelettes bien visibles, une autre en jupe blanche plissée, pliée en deux et sans rien sous la jupe, une femme assise nue les jambes largement écartées, une rose rouge dressée entre elles. Rien que des nichons, des culs, des voitures et des motos, toutes ces femmes vous regardent droit dans les yeux et toutes ont la même expression. Je les enlève toutes et les jette par terre en tas.

Sur la vieille commode en bois de rose, le miroir aussi est couvert de photos. Encore des filles nues et, en dessous, de longues bandes de photos prises dans un photomaton. Spit et ses potes, faisant des grimaces, gonflant leurs biceps, montrant leur cul. Spit et Belle en train de s'embrasser, de s'étreindre, leurs langues se touchant, d'innombrables rangées de photos. Il y a Spit avec d'autres filles aussi, Spit à différents âges avec les cheveux longs et une boucle d'oreille, des T-shirts moulants exhibant ses tatouages, un paquet de cigarettes coincé dans la manche, sa main en tenant une allumée pendant qu'il embrasse ces filles, des filles dont je ne me souviens pas. J'enlève ces photos et les range dans la commode.

Il y a encore d'autres choses en bas du miroir. Un diplôme de natation portant le nom de Spit et un tampon couleur bronze. Un ruban vert où on lit Troisième Place en lettres dorées décolorées. J'ai beau réfléchir, je ne me souviens pas que Spit ait participé à la moindre compétition ni même qu'il ait appris à nager. Une photo tombe à terre, je la ramasse, l'examine, puis je m'assois sur le lit de Spit et l'examine encore.

C'est une photo de famille, un vrai portrait, que nous avons réalisé dans un studio avant que Florrie n'entre à l'hôpital. Maintenant je me souviens de ces photos, je me rappelle les avoir reçues par courrier durant une cuite, j'ai ouvert l'enveloppe et je ai les flanquées à la poubelle dès que j'ai vu la première. Ce n'était pas par colère ou à cause du deuil, rien à voir avec tout ça, mais parce que je ne ressentais rien et que désormais je me fichais de tout. Et je ne savais pas que Spit en avait récupéré une. Je ne savais pas non plus qu'il l'avait gardée toutes ces années.

Nous avions pris la voiture pour aller tous les trois en ville, bien décidés à passer une bonne journée, et j'avais demandé à Florrie si elle voulait faire quelque chose en particulier quand nous serions là-bas. Je voulais dire par là aller au restaurant, faire du shopping dans un grand magasin, un truc comme ça. Et Florrie m'a répondu que ce qu'elle aimerait vraiment, ce serait de faire une photo de famille, une vraie, par un professionnel, car nous n'en avions aucune de ce genre-là. Et ce matin-là elle a sans doute téléphoné à un photographe, pris rendez-vous, et préparé des vêtements pour nous trois.

Nous sommes donc allés nous faire photographier au studio avant de nous promener un peu en ville, j'ai acheté une glace à Spit devant une camionnette, puis nous avons accompagné Florrie à l'hôpital. Je ne savais pas qu'elle n'en ressortirait pas vivante.

Je m'assois sur le lit et regarde la photo. Il y a Florrie assise sur une chaise, elle s'est mise sur son trente et un avec son chapeau décoré de fleurs en plastique. Devant elle, Spit est un gamin en uniforme scolaire, assis par terre en tailleur, les jambes minces et bronzées, il sourit pour la photo. Tous deux sourient pour la photo. Et il y a moi debout derrière eux, très droit en chemise à manches courtes et cravate, les cheveux gris acier coiffés en vagues impeccables, mes traits durs de tondeur, la mâchoire serrée car je ne souris pas pour le photographe, je suis le seul à ne pas sourire.

Je regarde longtemps cette photo et je sens mon cœur se serrer, puis je la lance sur la commode avec les autres affaires de Spit.

Je change des draps qui n'ont pas été changés depuis longtemps et j'ouvre la fenêtre pour aérer la chambre. Puis je rassemble le grand poster et toutes les autres photos de filles nues et je les jette dans la poubelle extérieure. Les photos et les autres affaires de la commode, je les mets dans un sac plastique que je laisse sur la table du couloir. Je crois que je le donnerai à Spit quand je le verrai.

Il y a encore une bouteille de brandy dans le placard de la cuisine, je m'en sers un grand verre et je m'assois à la table. Le brandy brûle les ulcères de ma bouche, de ma gorge, puis tout du long jusqu'à ceux de l'estomac et de mes intestins. Je me plie en deux de douleur. A la gorgée suivante, j'ai un goût de sang et de bile dans la bouche. Je verse le restant du verre dans l'évier, puis je bois un peu de limonade froide, mais mon ventre me brûle toujours. La douleur déferle par vagues et je vais m'asseoir aux toilettes, le buste penché en avant, jusqu'à ce que le sang et les mucosités disparaissent et que je me sente un peu mieux.

Charlotte n'est pas encore revenue et il est tellement tard que je me demande si elle reviendra jamais. Je retourne dans la chambre de Spit. L'air tiède de la nuit chasse peu à peu l'odeur de renfermé. Je vérifie que toutes les affaires de Spit ont disparu et remarque la poussière sur la commode et la tête de lit. Je l'essuie avec ma manche. Quand j'ouvre les portes de la penderie, davantage de poussière s'en échappe en volutes, avec des papillons morts, dont les ailes répandent leur poudre. Le placard contient seulement des cintres en fil de fer et un blouson kaki clouté. Je prends ce blouson et le retourne pour m'en servir de chiffon, essuyer le placard et les tiroirs, les petits tapis et le rebord de la fenêtre.

Je passe devant la table du couloir et m'arrête pour regarder le sac plastique. Je me rassois sur le lit, contemple la pendule un bon moment, puis je retourne dans le couloir et sors la photo. Je la pose sur le manteau de cheminée du salon, à côté du porte-gâteau en cristal de Florrie. Je la regarde jusqu'à ce que la sonnerie retentisse.

Charlotte a pleuré. Je monte sa valise dans la chambre de Spit.

C'est pas grand-chose, je dis.

Charlotte m'attrape le bras et pose la tête contre mon buste.

Essaie de dormir un peu, je dis.

Elle regarde la chambre en reniflant.

Je peux pas.

Essaie quand même.

Elle acquiesce, se détourne.

Lundi, Spit n'est pas là. Charlotte est toujours au lit quand je pars.

Wallace engueule les gamins.

Vous appelez ça picoler ? il dit. Des raclures de tablier de serveuse, voilà ce que vous êtes tous les deux.

Ouais mais j'ai pas gerbé, dit le bavard.

Au moins il a essayé, confirme Wallace.

Après le boulot, Wallace me ramène chez moi en voiture et nous voyons le pick-up de Roy garé devant l'Imperial.

Roy picole à l'Imperial maintenant, je dis à Wallace. L'après-midi et tout.

Wallace sourit et se gare contre le trottoir.

Roy n'est pas au bar. Du pouce, Les indique le salon.

Wallace me sourit encore.

Allons-y, il dit.

Wallace marche jusqu'à la porte et tente de regarder à travers les lettres du verre dépoli. Quand ses lunettes heurtent la vitre, il lâche un juron et les remonte sur son nez. Il plisse les yeux, en ferme un pour mater avec l'autre, puis il s'écarte. Il pousse la porte du pied, avec précaution, il l'ouvre de quelques centimètres et grimace quand les gonds grincent. Il regarde par la fente, puis laisse la porte se refermer doucement.

Il revient en secouant la tête et s'approche du bar.

Nora Alister est venue ici ? il demande à Les.

Les secoue la tête.

D'habitude elle passe ? demande Wallace. L'après-midi ? Le lundi ?

Les se laisse glisser de son tabouret, remonte son short, va au robinet.

Tu prends quoi, Wallace ? il demande.

Wallace sort quelques pièces de sa poche et les lance sur le torchon du bar. Les lui sert un verre et Wallace me montre du pouce. Quand j'arrive, Les me sert un citron pressé accompagné d'un regard venimeux.

Va jeter un coup d'œil, suggère Wallace.

Nous vidons nos verres respectifs et allons regarder par la porte du salon.

Assis, Roy boit un verre. Il est seul à sa table, seul dans le salon. Son chapeau est posé sur le dossier d'une chaise, il a les cheveux coiffés en arrière et tout luisants de gomina. Cette crème miroite sur la peau sous ses cheveux clairsemés et sur toute la partie chauve de son crâne. Wallace me donne un coup de coude en me montrant quelque chose, et je constate que Roy porte son short de pub. Assis, il regarde par la fenêtre.

Wallace me sourit, puis nous retournons au bar.

Tu devrais huiler un peu ces gonds, Les, dit Wallace.

Il regarde le pub.

Tu fous pas grand-chose ici, hein, il dit à Les. Regarde-moi ça. Tout se barre en couilles.

Les change de position sur le coussin de son tabouret, qui craque.

Tu m'adresseras tes critiques quand t'auras un pub à toi, Wallace, il dit.

Ses yeux jaunes globuleux nous regardent tous les deux.

Tu leur as pas appris à tenir la bière, pas vrai ? il dit.

Sa voix ricane, son visage ricane et il me dévisage en attendant une réponse.

Il s'installe confortablement sur son tabouret et croise les bras.

Sauf que toi-même tu tiens pas la bière, hein ? il dit en ricanant de plus belle.

Wallace me donne un coup de coude.

Sans doute que tu mets aussi de l'after-shave, il dit.

On va partir quand Wallace dit, Eh ben vise un peu qui ramène sa fraise. Il dit ça tout doucement, presque en chuchotant.

Brett Clayton vient d'entrer dans le pub avec un groupe d'hommes. Il est plus mince que dans mon souvenir, ses cheveux sont plus longs. Son visage est émacié, allongé, pas rasé. Il jette un coup d'œil autour de lui avant de s'asseoir. Il a des yeux pâles, presque décolorés. Spit est avec les autres hommes. Ils choisissent une table près de la vitrine. Quelques-uns d'entre eux vont au bar prendre des chopes et des pichets.

Me demande quand il est sorti, fait Wallace. Il fait tourner le verre entre ses doigts tout en observant le groupe.

Wallace parle tout doucement.

Je le croyais interdit de bar, il dit.

Il regarde Les.

Spit arrive et s'appuie au bar à côté de nous, il pose sa chope sur le comptoir et agite un paquet de cigarettes pour en faire sortir une.

Depuis quand t'es pote avec Brett Clayton ? je lui demande.

Brett est O.K., dit Spit en haussant les épaules. Il tapote le bout de sa cigarette contre le dos de sa main et l'allume.

Les aussi regarde le groupe. Il ne rote plus, ne souffle plus, il a les traits figés, ses yeux globuleux sont écarquillés. Les vaisseaux éclatés qui dessinent des cartes délirantes sur tout son visage virent à l'écarlate et aux tons lavande. Il attend, nous le regardons attendre.

Spit vide sa chope, puis retourne à la table. Le groupe est de plus en plus tumultueux. Wallace et moi, on continue d'observer Les.

Pour finir, Brett Clayton se pointe au bar. Il laisse une poignée de monnaie tomber de son poing sur le torchon du bar. Les reste immobile à regarder les pièces. Il n'arrive pas à en détacher ses yeux. Un ange passe. Puis il se laisse glisser de son tabouret et sert un pichet à Brett Clayton.

On dirait qu'il est plus interdit de séjour, marmonne Wallace dans son verre.

Brett Clayton prend son pichet, puis se dirige vers l'endroit où Wallace et moi sommes assis. Debout à côté de moi, il boit. Il se tient bien droit. Il boit lentement.

Tu sais où est ma régulière, Smithy ? il demande sans me regarder, pas une seule fois. Il regarde droit devant lui, vers le fond du bar.

Ouais, je dis.

Elle crèche chez toi ?

Exact, je dis.

C'est bien ce que je pensais, il dit. Il vide sa chope, la laisse sur le comptoir et va retrouver ses potes.

Quand je me tourne vers Wallace, il est toujours assis là, il me regarde, il me quitte pas des yeux, sans dire un mot, sans rien dire du tout, ses yeux énormes et lointains sont fixés sur moi derrière les verres épais.

Lorsque je rentre chez moi, Charlotte est pelotonnée sur le canapé, les pieds ramenés sous les cuisses. Elle porte l'ancien peignoir de Florrie. Elle regarde dans le vide. Malgré la chaleur, le poêle à gaz est en marche. On dirait qu'elle n'a pas bougé de là depuis qu'elle est levée.

La photo de famille est posée devant elle sur la table basse.

Quand j'entre, elle m'adresse un pâle sourire. Qui disparaît aussi vite. A la commissure des lèvres et sur le front, sa peau frémit.

Bon, je l'ai vu, je dis. A l'Imperial.

Elle lève les yeux, à peine intéressée. Elle a le regard fatigué.

Il picolait, je dis.

Elle hoche lentement la tête.

T'as mangé quelque chose aujourd'hui ? je lui demande.

Charlotte secoue la tête.

Tu veux que j'aille t'acheter quelque chose ? Pour te redonner un peu de couleur ?

Je peux rien avaler, elle dit.

Je m'assois près d'elle sur le canapé. Elle prend la photo et la regarde.

C'est ta famille ? elle me demande.

Oui. Y a un bail.
Charlotte montre Spit sur l'image.
Quel âge il a maintenant ? elle demande.
Quoi, Spit ?
Oh, c'est Spit ? elle dit en approchant la photo de son visage. Le Spit de Belle ?
Oui.
Elle regarde le petit garçon aux jambes nues sur la photo.
Je comprends maintenant, elle dit. Je savais pas que c'était ton fils.
Aujourd'hui il vit sa vie, je dis. Il a sa propre famille.
J'allonge les bras, tends le cou.
Lui aussi était à l'Imperial, je dis. Avec ton mari. Je savais pas qu'ils étaient amis.
Je crois pas qu'ils le soient vraiment, elle dit. Enfin, on connaît Spit et Belle, on les voit souvent. Mais j'ai jamais pensé qu'ils étaient potes.
Spit, je dis. Je baisse les yeux vers mes mains. Spit n'est pas parfait. Il a ses défauts comme tout le monde. Mais il sait ce que Brett a fait. J'aurais cru, tu vois, après ce qui s'est passé…
Bah, les garçons sont solidaires, pas vrai ? fait Charlotte.
Ouais, je suppose.
Charlotte remonte encore ses pieds sous ses cuisses. Elle dit :
J'aime bien Belle.
Oui. Belle n'a pas la vie facile. J'imagine que c'est le cas de la plupart des femmes. Des épouses d'ouvriers en tout cas.
Charlotte tourne vers moi ses yeux fatigués.

Brett n'a jamais travaillé un seul jour de sa vie, elle dit. Je ne sais pas où il trouve son argent. Il n'en parle pas, je ne lui pose pas de question.

Elle regarde encore la photo.

Mais j'entends les rumeurs, comme tout le monde.

Elle montre la photo de Florrie.

Ma femme, je dis. Je l'ai perdue. Cancer.

Charlotte continue de regarder le portrait, dont elle suit le contour avec un doigt.

Florrie, je dis. Florence. Mais je l'ai toujours appelée Florrie.

Charlotte pose la photo sur la table basse.

Florence, elle dit. C'est à cause de la ville ?

J'en doute. De mon temps c'était un prénom commun. Florence, Florrie, Flo.

Charlotte garde la tête baissée, son visage est triste. Elle écaille son vernis à ongles.

Quand j'étais à l'école, mon professeur d'italien disait que Florence était la plus belle ville du monde.

Ça, j'en sais vraiment rien, je dis.

J'aurais pu aller là-bas. A Florence.

Tu aurais dû. Ça aurait élargi ton horizon.

Charlotte acquiesce faiblement.

Je sais. J'aurais dû. Mais je l'ai pas fait.

Elle se penche pour examiner encore la photo, puis elle se pelotonne sur le canapé. Elle regarde dans le vide. Dehors la lumière faiblit.

Mardi, Spit n'est pas là et Lucy attrape un serpent.

Dans les rangées, on l'entend gronder. Roy lâche sa pelle et accourt en perdant son chapeau. Nous le suivons. Il s'est arrêté au bout de la rangée, il regarde.

Bon dieu, il dit. Elle attaque le mauvais bout.

Lucy a les babines retroussées et elle montre les crocs, la queue du serpent serrée dans la gueule. Elle émet des bruits frénétiques, un mélange de grognements, d'aboiements, de gémissements. Elle secoue violemment la tête et balance le serpent de droite et de gauche, lequel tente de se cambrer, les crocs à venin dénudés.

Roy avance en brandissant sa pelle. Le serpent rampe vers lui. Il recule en lâchant un juron.

Je m'approche et décapite le serpent.

Le corps du serpent se tord et Lucy continue de le malmener. Quand Roy va lui prendre la queue dans la gueule, Lucy gronde et décrit des cercles autour du serpent secoué de spasmes. Elle s'assoit, le souffle court, la langue pendante, elle lève les yeux vers Roy en gémissant.

Ah merde, il dit. Je crois qu'elle s'est fait piquer.

Il prend Lucy dans ses bras et la chienne fait mollement claquer ses mâchoires vers lui. Il lui caresse la tête en la regardant dans les yeux.

Oh mon dieu, ma fille, il dit. Oh Seigneur.

Il la porte dans la rangée, vers son pick-up.

Wallace, prends le volant ! il lance par-dessus l'épaule.

Pour aller où ? demande Wallace.

Chez le véto, dit Roy. Allez, magne-toi.

Nous suivons Roy. Il dépose Lucy avec précaution à l'arrière du pick-up en lui caressant la tête et en lui parlant doucement. Elle a les yeux mi-clos.

C'était un serpent brun, Roy, je dis. Si elle s'est fait piquer, elle sera morte avant que t'arrives là-bas.

Roy monte sur le plateau et s'assoit près de Lucy, il fait glisser son corps sur le métal pour installer la tête de la chienne sur ses cuisses.

Il a pas tort, Roy, dit Wallace.

Roy lève les yeux vers nous. Il pleure.

Prends le volant, putain, il dit à Wallace.

Wallace jure à voix basse et lance sa pelle. Il prend les clefs à Roy et nous les regardons partir.

Je retourne à l'endroit où gît le serpent mort, je creuse un trou dans la terre, j'y fais rouler la tête et je l'enfouis. Puis je ramasse le long corps et je l'examine, en tâtant les écailles avec les doigts. Je le lance vers le fond du vignoble. Il décrit un arc tournoyant puis atterrit sur le fil de fer de la clôture, où il reste un moment accroché avant de glisser à terre, la lumière courant sur les écailles en un bref éclair liquide. Les corbeaux fondent dessus.

Bon, on se remet au boulot, je dis aux gamins.

Chacun retourne dans sa rangée.

Tu crois qu'elle va crever ? demande un des gamins.

Si elle s'est fait piquer, je dis. Si elle s'est fait piquer, elle meurt.

Boss arrive peu après.

Il marche vers nous d'un air renfrogné, puis s'arrête, les bras croisés, en nous regardant travailler. Il nous observe un moment.

C'est quoi ce pataquès ? il finit par dire. Tout le monde est malade ou y a encore des enterrements ?

La chienne de Roy vient de se faire piquer par un serpent, je dis en repoussant le feuillage d'un cep.

Quoi ? il fait. La petite chienne de berger ?

Ouais, je dis en fichant ma pelle en terre. La chienne de Roy.

Je sors mon couteau.

Wallace et lui l'ont emmenée à Corowa, je dis. Chez le véto.

Ah, quel dommage, dit Boss en repoussant son chapeau sur la nuque avant de se gratter le front. J'espère qu'elle va s'en tirer. Je croise les doigts.

Il va examiner quelques feuilles, qu'il retourne. Je me penche pour couper les pousses à la base du cep.

T'as vu le serpent ? me demande Boss qui examine toujours les feuilles.

Ouais, je dis en me relevant et en fermant mon couteau. Un serpent brun.

Je range mon couteau dans l'étui, je retire ma pelle de la terre.

Boss arrête de trier les feuilles et me regarde.

Un serpent brun ? il fait. Elle sera morte avant qu'ils arrivent.

C'est ce que j'ai dit.

Alors à quoi bon faire tout ce bout de chemin jusque là-bas ? demande Boss. Piquée par un serpent brun. Vous auriez mieux fait de l'abattre. Vous auriez dû venir à la cave pour prendre le fusil. Je veux dire, c'est la chose la plus humaine à faire, non ?

Je passe au cep suivant.

Ah là là, pauvre petite bestiole, dit Boss. C'est une mort vraiment moche.

Eh ben ils étaient pas sûrs que la chienne a été piquée ou non, je dis en tranchant une grosse pousse.

Vous auriez dû le savoir très vite, dit Boss. Je veux dire, où est la logique dans tout ça ? C'est pas la peine de l'amener chez le véto si elle a pas été piquée, et c'est pas non plus la peine de l'amener si elle a été piquée.

Bah, le Roy il est comme ça, je dis en serrant le manche de la pelle au-dessus du fer avant de l'abattre à toute volée.

Boss croise encore les bras au-dessus de sa bedaine.

Enfin, à quoi il jouent, là ? L'après-midi est fichu maintenant, pas vrai ? Spit est toujours malade. Et ces deux-là font les crétins.

Il regarde les gamins travailler.

C'est vraiment une perte de temps, non ? Ça nous fait perdre notre temps à tous.

Boss secoue la tête et s'éloigne. Puis il se retourne et revient.

Quand je lève les yeux, il me sourit.

On dirait bien la fin des temps, pas vrai Smithy ? il dit.

Quoi ? je fais en contournant un cep.

La fin des temps, il répète en souriant, la bouche ouverte. Allez, Smithy, tu fréquentes l'église, toi, pas vrai ?

Je m'arrête de travailler pour lui faire face.

La fin des temps ? je dis.

Bah ouais, dit Boss en levant la tête vers le ciel. Les signes.

Il brandit une main devant lui et compte sur ses doigts.

Bon, un, l'invasion de sauterelles, il dit. Ensuite, Spit malade. Et je sais pas, moi, tu penses quoi ? Les serpents, c'est une plaie ?

Je hausse les épaules.

Y a peut-être un truc à double sens, là, dit Boss. Quelque chose comme ça.

J'en sais rien, je dis.

En tout cas, y a cette invasion de sauterelles, il dit. Quand même, ça pourrait pas être plus biblique, non ?

Comme il a le soleil derrière lui, je mets la main en visière.

Bon, après ça, y a la guerre, reprend Boss en se touchant un autre doigt. Y a toujours une guerre quelque part dans le monde.

Et puis, bon, il dit avec un sourire en se fourrant les mains dans les poches avant de se balancer d'avant en arrière, oui, je pense toujours que la suivante c'est la sécheresse, mais c'est pas ça, hein ?

Il me sourit et montre ses gencives.

Je garde l'impression qu'on s'est fait un peu rouler, là, il dit en pouffant de rire. Je veux dire, maintenant ça fait quelques bonnes années de sécheresse. Parfois on a vraiment un sentiment de fin du monde. Les récoltes se barrent en couilles. Les vendanges sont mauvaises. Mais c'est la mort, pas vrai ? J'ai pas raison ? On peut pas oublier cette bonne vieille mort, hein ?

Non, on peut pas.

Je ramasse ma pelle.

Eh bien nous avons la petite chienne de Roy si ce serpent brun l'a piquée.

Il reste là.

Et il y a eu George Alister, pas vrai ?

Boss lève les yeux vers le ciel, se gratte le menton.

Bon, ça fait qu'y reste quoi d'autre ? il demande.

Je fiche ma pelle en terre et retourne une motte en la regardant. Là-bas, près de la clôture, les corbeaux se chamaillent, s'envolent, allongent leurs ailes, puis reviennent se poser à l'endroit où se trouve la dépouille du serpent, cachée derrière les ceps. D'autres corbeaux arrivent. Je lève les yeux vers Boss.

La famine, je dis.

Wallace et Roy reviennent juste avant la fin de la journée. Lucy bondit du plateau et court vers nous, tout excitée. Elle renifle nos chaussures, en jappant et le souffle court, elle lève les yeux vers nous. Puis elle fait volte-face et détale à fond de train dans les rangées.

Roy approche en fumant une cigarette.

Fausse alerte, il dit.

Quand je rentre, Charlotte est comme hier pelotonnée sur le canapé, blême et sans énergie.

Comment tu te sens ? je demande.

Ça va, elle répond d'une voix à peine audible.

Elle se met à pleurer en silence, les larmes coulent sur son visage, s'agglutinent sur son nez et son menton, puis gouttent sur le peignoir.

Je sors mon mouchoir de ma poche, mais il est sale et couvert d'huile. Je prends une serviette de table dans le tiroir de la cuisine et la lui donne. Elle la tient mollement dans sa main. Cette serviette nous a été offerte par la sœur de Florrie à son retour d'Ecosse, et les images de châteaux, de cerfs et de montagnes ont pâli. Les larmes de Charlotte tombent sur un grand chardon violet.

Autour de ses yeux le mascara dégouline avec les larmes et trace des lignes sur son visage. Ces yeux noircis me rappellent la fameuse nuit.

J'ai l'impression que tout est fini pour moi, elle dit.

Comment ça ?

Elle renifle et hausse les épaules.

L'impression que c'est la fin du monde, elle dit. Qu'il ne reste plus rien pour moi.

Je m'assois en face d'elle et vais lui poser une main sur l'épaule, mais elle tressaille et je retire aussitôt ma main.

C'est pas que je quitte Brett ou pas, elle dit.

Elle sanglote puis respire.

Je regarde son visage et ses yeux, les pupilles dilatées, la peau tendue et ridée du front.

Tu dors bien ? je demande.

Non, pas bien. La nuit, tout semble pire. J'arrête pas de me réveiller et de regarder le réveil. Toute la nuit. Parfois je crois que j'ai dormi, mais quand je regarde le réveil y a que dix minutes qui ont passé, vingt minutes. Je reste allongée en attendant le matin.

Je déteste les nuits, elle dit.

Tu devrais essayer de faire une bonne nuit, je dis. Une bonne nuit de sommeil fait parfois des merveilles.

Quand je dors, je rêve, elle poursuit. La nuit dernière j'ai rêvé que je marchais en ville, à la recherche de mes chaussures. J'avais perdu mes chaussures et il faisait un froid glacial. Alors j'en ai trouvé tout un tas sur la place de la ville et je me suis mise à chercher mes chaussures, mais c'étaient que des grosses godasses et des bottes d'homme. J'ai jamais trouvé mes chaussures. On dirait que je peux pas dormir sans rêver.

Le poêle à gaz cliquette. Le soleil de l'après-midi entre à flots par la fenêtre de derrière. Charlotte a le visage fermé et je regarde ce visage et ces yeux cernés de traînées noires et je pense sans arrêt à cette nuit-là.

Pourquoi t'essaierais pas de manger quelque chose ? je propose à Charlotte. Le ventre plein, tu dormirais mieux.

Et puis, j'ajoute, il faut que tu gardes des forces.

Charlotte n'écoute pas. Elle regarde ses ongles.

Mes parents me pardonneront jamais, elle dit. Ils me feront plus jamais confiance, pas après ce que je leur ai fait subir. Je leur ai tout balancé au visage. Je les ai déçus. J'ai bousillé ma vie.

J'éloigne mes jambes du feu. Dehors, le jour torturé s'en va. Les oiseaux appellent. Ils volent en groupes nombreux, le ciel pâlit derrière eux, une faible lumière tombe de la cime des arbres. Le léger mouvement des feuilles suggère la fraîcheur du soir.

T'as pas encore vécu ta vie, je dis. Tu fais que commencer. Y a rien que tu puisses pas faire, réfléchis-y.

Elle secoue la tête, du revers de la main elle s'essuie le visage, puis soupire en levant les yeux vers moi.

Je t'ai dit que j'aurais pu aller à Florence, tu te rappelles ? elle dit.

Oui, tu me l'as dit.

J'ai l'impression que ç'a été ma grande erreur. Je crois que, si j'étais allée à Florence, ma vie serait différente. Tout serait différent.

Elle s'essuie le nez, détourne le regard.

Je m'en aperçois seulement maintenant, elle ajoute. Mais c'était y a si longtemps. J'ai même pas l'impression d'être la même personne qu'à ce moment-là.

Elle a le visage rouge et bouffi de larmes.

Je peux pas prendre un nouveau départ, elle dit. Je peux pas. J'ai pas la force. J'ai le sentiment que tout est fini, que c'est déjà fini. C'est comme si j'étais morte et que j'avais seulement continué sur mon élan. Comme si j'étais un fantôme.

Charlotte regarde par la fenêtre la brise dans les arbres, en tordant la serviette entre ses mains, et je ne dis rien. Car cette nuit-là j'ai cru qu'elle était la mort en personne.

Mercredi matin, je suis assis sur mon lit en tenue de travail et j'attends que Roy passe me prendre. Charlotte est réveillée. Je reste dans ma chambre pendant qu'elle se prépare, j'écoute la douche couler, puis le sèche-cheveux, j'écoute Charlotte s'activer. Puis je l'entends crier.

Elle est debout dans le salon, les yeux fixés sur la fenêtre de derrière.

Je l'ai vu, elle dit. Derrière la clôture.

Je sors, rejoins le portillon de derrière qui donne sur la voie de chemin de fer.

Le ciel est couvert, il vente. Les arbres s'agitent. L'herbe s'aplatit et se redresse dans un grand bruit coléreux. Le long du fossé, les ordures glissent sur le sol et se dispersent. Derrière les clôtures, les sèche-linge circulaires pivotent lentement, le métal grince contre le métal, les vêtements claquent violemment en tous sens.

Je regarde la voie, mais il n'y a personne.

A mon retour, Charlotte n'a pas bougé d'un centimètre.

Je secoue la tête.

Personne, je dis.

Charlotte s'assoit.

Eh bien il était là, elle dit.

J'allume le poêle à gaz, prends une couverture, fais mine de l'étaler sur elle.

Non, ça va, dit Charlotte. J'ai pas besoin de ça. J'ai simplement eu très peur, voilà tout.

Elle accepte néanmoins la couverture, l'étend sur elle en la tirant jusqu'au menton.

C'est rien que mon foutu mari qui fait l'enfant, elle dit. Ça m'a vraiment surprise.

Dans la cuisine je sers un verre de brandy.

Bois ça, je lui dis en lui mettant le verre entre les mains.

Elle boit une gorgée et s'étrangle.

Bon dieu, c'est infect, Smithy, dit Charlotte. Pourquoi tu m'as donné ce truc-là ?

Bois tout, je dis. Ça va te calmer les nerfs.

Mes nerfs vont bien, elle proteste. Je vais bien. Je t'ai dit, il m'a juste fait peur. Je m'y attendais pas. Bien sûr que je m'y attendais pas, de si bon matin. Tu parles d'une bêtise à faire.

J'entends le pick-up de Roy arriver dans l'allée, le moteur emballé. Le klaxon résonne deux fois et je sors.

Roy a ouvert la fenêtre côté conducteur, il y laisse pendre un bras.

Le vent est chaud maintenant, fort et plein de bourrasques. Un vrai temps de chien.

Je viens pas, je dis.

Roy passe la tête par la fenêtre et lève les yeux vers le ciel.

Pourquoi ? il demande.

Ça me regarde.

Roy me dévisage, ses rares cheveux malmenés par le vent. Du bout de la chaussure, je gratte le gravier. Roy arrête le moteur. Tout est gris.

Et je raconte quoi à Boss, moi ? il demande.

Inutile de lui dire quoi que ce soit, je réponds.

Mais il va vouloir savoir, dit Roy. Ça te ressemble pas de manquer une journée.

Il allonge le cou, le frotte, me regarde encore.

Tu veux que je lui dise que t'es malade ? il demande.

Non.

D'accord, mais t'es malade pourtant, non ? il fait. Je veux dire, t'as des problèmes pour digérer. C'est un problème médical, ça, non ? T'as un vrai problème médical sur le dos.

Ouais, bon, c'est pour ça que je veux pas que tu lui dises, d'accord ? Lui dis rien de rien.

Bon dieu, lâche Roy. J'essaie seulement de t'aider.

Roy se dresse au-dessus de son siège pour prendre son paquet à tabac dans son short. Il roule lentement le tabac dans la feuille de papier, en ôtant des brins avec les ongles pour les remettre dans le paquet. Les arbres oscillent et tanguent.

C'est pas ton problème, il dit doucement tout en roulant. Il incline la tête pour lécher le rebord de la feuille, puis il lisse le menu cylindre sans le quitter des yeux.

Eh bien maintenant c'est mon problème, je dis.

Roy gratte une allumette, se détourne de la fenêtre, met ses paumes en coupe et allume sa cigarette. Il tire vigoureusement dessus en agitant la main pour éteindre la flamme. Il me dévisage, approche de ses lèvres l'extrémité incandescente de la cigarette et souffle dessus pour en chasser de menues braises qui s'envolent.

Les bourrasques nous entourent, elles soulèvent la poussière mêlée au gravier et la font tournoyer avant de la disperser.

Roy retire la cigarette de sa bouche.

T'es pas un peu trop vieux pour jouer les héros ? il demande.

Je tourne les talons et me dirige vers la maison. Quand j'atteins la porte d'entrée, j'entends Roy démarrer.

A l'intérieur, le poêle à gaz crachote. Je m'assois en face de Charlotte pour regarder les flammes orange et bleues lécher la céramique ajourée. Le ciel reste couvert, le soleil réduit à un disque jaune sale derrière les nuages. La circulation matinale commence, rugissement sourd et lointain. Le vent hurle.

Charlotte reprend une douche. Je débarrasse la table basse et m'installe dans le fauteuil. Les flammes du poêle à gaz chauffent mon jean et j'en éloigne mes jambes. Je regarde la journée.

Charlotte arrive en peignoir, une serviette autour de la tête. La vapeur de la douche la suit dans le salon. Elle a le visage rouge et luisant. Elle s'accroupit près du poêle.

Putain de Brett, elle dit en se séchant les cheveux avec la serviette. Tu sais, je pourrais appeler la police à cause de ça, le faire retourner en prison. Rien que pour ça.

Alors, pourquoi tu le fais pas ? je dis.

Parce que, elle répond. Elle presse ses cheveux entre deux pans de serviette, une mèche après l'autre.

Eh bien, c'est compliqué, elle reprend. Tout ça est compliqué. Je veux dire, c'est pas comme si Brett m'avait frappée, d'accord, oui, je sais qu'il l'a fait l'autre fois, mais il y avait une raison.

Il n'y a pas de raison pour faire une chose pareille, Charlotte. Tu le sais très bien.

Mais il y en avait une, dit Charlotte. John Gibson. C'était entièrement à cause de John Gibson et de ce que Brett lui a fait. Parce que je savais. Je veux dire, Brett l'a vraiment fait, il a tué John Gibson et je sais très bien que tout le monde dit qu'il l'a fait, mais moi j'en suis sûre. Je suis la seule personne à vraiment le savoir.

Quoi, il te l'a dit ? je demande.

Non, elle répond en regardant les flammes. Mais je le sais. Je l'ai vu.

Sans doute que je devrais pas te raconter tout ça, elle ajoute.

Je tapote mon jean. Charlotte finit de se sécher avec la serviette, puis elle la met sur le dossier du canapé.

Je ne veux pas dire que je l'ai vu abattre John Gibson, mais c'est les trucs que j'ai vus la nuit où c'est arrivé, après le retour de Brett. Je dormais quand j'ai été réveillée par une odeur de feu. De pétrole en train de brûler. Et quand j'ai ouvert les yeux, toute la chambre était éclairée. J'ai cru que la maison brûlait. Mais quand j'ai regardé par la fenêtre, j'ai vu Brett debout devant l'incinérateur, qu'il tisonnait avec un tuyau de plomb. Et le truc bizarre c'était qu'il ne portait pas de vêtements. Il se tenait debout là en caleçon.

C'était bizarre, mais je ne lui en ai jamais parlé. Il ne s'est jamais douté que je l'avais vu. J'ai simplement fermé la fenêtre et je me suis rendormie.

J'ai trouvé ça bizarre, elle dit. Mais quand Brett est bourré.

Les cheveux de Charlotte, mouillés et assombris par l'eau, lui tombent sur le visage et les épaules. Elle en saisit quelques mèches et les tient devant elle pour les examiner.

C'était le lendemain, elle dit. Il portait une vieille paire de Dunlop Volleys. Depuis que je le connais, je n'ai jamais vu Brett porter autre chose que des bottes. Alors quand j'apprends la nouvelle pour John Gibson, je comprends tout. Je sais que c'est Brett qui l'a fait, et que les gens ont raison de le soupçonner. Mais moi j'en suis sûre.

Charlotte prend la serviette sur le canapé, la secoue et commence à la plier.

Quand la police est venue, j'ai menti. Oui, j'ai menti. Et ç'a été très facile.

Elle finit de plier la serviette, puis passe la main dessus pour la lisser. Elle s'assoit, la peau luisante, ses longs cheveux mouillés.

Je ne vaux pas mieux que lui, elle dit.

J'ouvre la bouche pour parler.

Non, elle dit. C'est vrai. Tu ne peux pas me dire que c'est pas vrai.

C'est pas si simple, Charlotte, je dis. J'ai connu plein d'épouses prêtes à mentir pour leur mari, prêtes à dire n'importe quoi pour éviter des ennuis à leur mari. Sans même réfléchir.

Mais ça, elle dit.

J'ai connu des femmes qui ont raconté des mensonges bien pires.

Charlotte m'adresse un regard amer.

Y a pas pire que ce que j'ai fait, non ?

Si.

C'est juste que… je t'en ai jamais parlé, Smithy. J'aurais pas pu t'en parler. Pas à ce moment-là, la nuit où tu m'as trouvée sur la voie de chemin de fer. Parce que c'est pour ça qu'il l'a fait. Parce que j'ai menacé de tout raconter. J'ai dit que j'allais voir la police pour leur dire que j'avais menti, et que j'allais tout leur dire. On était en pleine dispute. Je me rappelle même pas pourquoi. Mais je lui ai parlé de l'incinérateur, je lui ai dit que je l'avais vu. Et ses bottes. J'ai dit que j'allais tout raconter à la police et Brett a eu peur. Je l'avais jamais vu trembler de peur comme ça. Alors j'ai eu l'impression, je sais pas, c'était comme si j'avais une sorte de pouvoir sur lui. Mais, Smithy, je lui ai vraiment flanqué la trouille. Alors il s'est mis à me frapper.

Charlotte penche la tête en avant, ses épaules s'affaissent.

Sans s'arrêter, elle dit. J'ai bien cru qu'il allait me tuer.

Feuilles et brindilles tombent sur le toit comme une légère averse. Les pies et les passereaux fondent du ciel, se réunissent et se chamaillent dans les arbres. Les hochequeues s'agitent et cliquettent. Le feu brûle.

Brett aurait dû aller en prison pour ce qu'il a fait à John Gibson, dit Charlotte. A la place, on l'a condamné pour ce qu'il m'a fait. Et j'étais aussi coupable que lui. Je le méritais. Je mérite bien pire.

Arrête, Charlotte, je dis.

Elle secoue la tête.

Non, elle fait. J'étais contente. Quand il me frappait, j'étais contente. C'était comme un soulagement. Parce que ça me bouffait de l'intérieur. Et puis sa réaction. Il savait que ce que j'avais fait était moche aussi.

Mais c'est lui qui l'a fait, je dis. Tu n'as strictement rien à voir là-dedans.

Je sais que ça paraît fou, elle dit. Mais ça me semblait juste. Pour moi c'était juste. Je voulais que ça se passe comme ça.

Elle se redresse, ramène ses cheveux en arrière à deux mains, elle les serre contre l'arrière de sa tête. Son visage est dur.

Je ne me pardonnerai jamais, elle dit. Jamais. Je suis incapable de regarder Carol Gibson dans les yeux. Ses enfants non plus. Quand je les vois en ville, je change de trottoir. Elle le sait. Tout le monde le sait.

Je sens l'odeur des cheveux de Charlotte, chauffés par le feu, cette odeur mouillée emplit la pièce. C'est parfumé comme des affaires de femmes. Elle prend une profonde inspiration.

Parfois j'ai juste envie de m'enfuir, elle dit. De quitter cette ville. D'en finir avec tout ça. Mais ça ne changerait rien, n'est-ce pas ?

Je me lève, rejoins la fenêtre pour regarder la cour de derrière et les couleurs éteintes de la journée. Les branches du camélia oscillent au gré des bourrasques, les fleurs déjà épanouies et mortes s'obstinent sur les branches, charnues, brunes et poussiéreuses. Les rince-bouteilles envahissent tout. Près de la clôture, de pâles pamplemousses se balancent et l'écorce feuilletée du niaouli bat contre le tronc, son feuillage s'agite furieusement. Le vent malmène le lierre. Il agite l'écorce du gommier fantôme, en pleine mue, couverte de taches roses et grises, ses bords fendus roussis par le feu. En dessous, la nouvelle peau est blanche et lisse, elle hachure de côtes la base du tronc. L'ancien sac de frappe de Spit pend à la branche, il grince sur sa corde effilochée, le sac usé, affaissé et fendu, perd sa bourre. Les oiseaux affluent pour la ramasser au printemps et leur manège dure depuis des années.

L'après-midi, je vais à pied en ville à la recherche de Brett Clayton. J'ai simplement envie de voir son visage. Le jour reste froid et humide, l'air épais, souillé, barbotant de crasse. Le vent est tombé, tout est immobile. Les gaz d'échappement stagnent. Cette journée a quelque chose d'étrange, d'irréel.

Je trouve Brett Clayton au Crown, attablé dans le fond avec ses potes. Les pichets vides jonchent la table et celles qui l'entourent. Les autres clients restent à l'écart.

Spit me rejoint au bar. Il semble encore plus émacié que d'habitude. Il n'est pas rasé, il a les yeux injectés de sang, les paupières rouges, le visage gris. Il pue.

Vous êtes tous en train de vous cuiter ? je lui demande.

Spit hausse les épaules.

Ils sont très bruyants à la table. Brett Clayton crie à notre intention.

Hé, Spit ! C'est ton vieux ?

Brett Clayton s'adosse à sa chaise, un pied posé sur la moquette, l'autre contre la table. Il nous regarde fixement de ses yeux vitreux. Ce sont les yeux vitreux et le regard fixe d'un ivrogne violent.

Ouais, crie Spit par-dessus l'épaule.

Brett Clayton se tourne vers ses potes.

Le vieux de Spit, il dit. A la colle avec ma régulière.

Ses potes éclatent d'un rire bruyant.

Les verres tintent, ça sent la bière. Un nuage gris de fumée de cigarettes ondoie au-dessus de la table. Derrière le comptoir, la serveuse essuie des chopes avec un torchon. Les autres clients nous regardent en biais et restent silencieux.

Hé, Spit ! crie Brett. Demande à ton vieux si c'est vraiment l'amour ou juste un truc physique.

Ses potes rient et boivent.

T'inquiète pas pour Brett, me dit Spit.

Quand je pars, c'est moi qui tremble.

Le soleil tombe et les ombres montent. Il fait moins lourd, des odeurs de cuisine flottent dans l'air frais. Les oiseaux tournoient et chassent les insectes au crépuscule, le jour file dans la brise. Les hommes sont rentrés chez eux, quelques voitures circulent. Très loin dans l'espace granuleux, des fermiers sifflent et appellent leur chien, en route vers leur maison, las, le grondement des tracteurs.

C'est la nuit, l'obscurité, Charlotte et moi sommes assis. Je n'ai pas allumé la lumière. Je suis las moi aussi, après cette journée, je sens mon âge et ma faiblesse, la maladie en moi, mes os douloureux. Charlotte parle et il y a seulement la lueur des flammes qui danse sur son visage, une lumière douce parmi l'ombre, comme si ses traits bougeaient, comme si je les rêvais, et mes yeux s'efforcent de la voir.

Brett et moi on est partis en auto-stop après notre mariage, elle dit. C'était notre lune de miel, j'imagine, une lune de miel dérisoire, mais nous ne pouvions pas nous offrir mieux. Nous logions chez son cousin à Melbourne, et à cette époque nous n'avions aucun endroit à nous. Après tout ce qui s'était passé, ma famille refusait de me parler, et Brett ne voulait pas habiter chez son père. Son père était toujours vivant à l'époque, même s'il était déjà malade, et Brett n'avait quasiment plus affaire à lui depuis déjà un bon moment. Nous sommes donc partis en auto-stop, vers Surfers Paradise, c'était notre destination, mais on n'y est jamais arrivés, on a seulement été à Sydney, et comme nous n'avions pas d'argent, ç'a été une sacrée galère, tout ce voyage, rien à voir avec une vraie lune de miel, mais c'était quand même notre lune de miel, voilà.

C'étaient surtout des routiers qui nous prenaient dans leur semi-remorque. On allait sur les aires de repos, là où les camions étaient garés, les chauffeurs dormaient ou se reposaient, et la plupart étaient d'accord pour nous emmener. Certains se montraient amicaux, d'autres t'adressaient à peine la parole, mais ils avaient envie de compagnie, je suppose, ou ils se disaient que c'était normal. Selon Brett, il était inutile d'essayer de faire du stop au bord de la route. Comme il avait déjà fait beaucoup de stop, il connaissait les ficelles.

Bref, nous étions dans un camion, en route vers quelque part. Il faisait nuit, je ne savais plus où nous étions, quelque part en direction de Sydney, et le routier était un jeune type, de l'âge de Brett. La plupart des routiers étaient des gros types d'âge mûr qui ne parlaient pas beaucoup, même les sympas, et de toute façon je me serais souvenue de celui-ci. Il avait les cheveux longs et des tatouages, il ressemblait beaucoup à Brett, j'ai d'abord cru que c'était une bonne chose, qu'ils s'entendraient peut-être bien, que ce type nous emmènerait peut-être jusqu'à Sydney, ce qu'il nous avait promis quand nous étions montés dans son camion.

Mais pour une raison ou une autre, je sais pas pourquoi, dès qu'on est partis, je crois que c'était peut-être à cause de Brett, peut-être qu'il lui faisait pas confiance, ou il voulait juste nous faire peur, ou frimer, mais le routier a sorti un long couteau, il nous a pas vraiment menacés avec ce couteau, mais il nous l'a montré en disant qu'il pouvait nous tuer s'il avait envie. Je ne sais pas pourquoi. Sans doute que c'était à cause de Brett, un truc qu'a dit Brett. Je veux dire, beaucoup de gens n'aiment pas le look de Brett, mais j'aurais pensé que ce type-là n'y aurait pas attaché d'importance, parce que, comme j'ai dit, il ressemblait un peu à Brett. Mais c'est peut-être pour ça, peut-être qu'il s'est méfié de Brett parce qu'il savait comment il était, puisqu'il lui ressemblait.

En tout cas, après avoir rangé son couteau, il s'est montré amical et très bavard, rien à voir avec les autres routiers, mais Brett était furieux de tout ce numéro avec le couteau. Je l'ai bien remarqué sur le moment et je redoutais que Brett fasse quelque chose. Il m'a d'ailleurs dit ensuite qu'il aurait bien cassé la gueule à ce type s'il n'avait pas conduit le camion, et je suppose que Brett avait de bonnes raisons d'être en colère. Je veux dire, même si ce type essayait seulement de nous impressionner, de nous faire comprendre qu'il ne fallait rien tenter contre lui, son petit numéro dépassait les bornes.

Je sais pas où c'était précisément, mais on a fini par s'arrêter sur une aire de repos. On était au beau milieu de nulle part. On est descendus, Brett a suivi le type aux toilettes et j'ai pensé qu'il allait se passer un truc, mais il n'est rien arrivé, enfin, Brett a dû lui dire quelque chose.

Je lui ai demandé ensuite, il m'a simplement expliqué qu'il avait parlé calmement avec le type, mais le fait est que le type est sorti des toilettes, il est monté dans sa cabine et il a démarré. Je sais pas ce que Brett lui a dit, mais on s'est retrouvés en rade.

Il était tard, tu connais ces aires de repos, y a des rangées de camions garés sur le parking, l'un arrive ou part de temps à autre, mais ils ont l'air bizarre, ils sont un peu effrayants, ou alors c'est moi qui ai trouvé tout ça effrayant, se retrouver comme ça au milieu de nulle part, sans personne dans les parages, rien que des camions garés toutes lumières éteintes, et les routiers endormis dans leur cabine. J'ai cru qu'un autre routier nous prendrait en stop, mais Brett était toujours en rogne et il a dit qu'il en avait marre des routiers.

On a donc décidé de camper, ou plutôt c'est Brett qui a décidé. Je n'étais pas très contente, je ne savais pas où nous étions et l'endroit m'effrayait. Et puis il faisait un froid glacial. Maintenant je me souviens, c'était sans doute l'hiver. Je me souviens qu'à notre arrivée à Sydney il pleuvait tout le temps. Cette nuit-là il ne pleuvait pas, le ciel était dégagé, mais il faisait un froid terrible, et le matin il y avait du verglas. J'aurais préféré trouver un autre camion, mais avec Brett d'une humeur massacrante ce n'était pas une bonne idée.

Nous avions une tente, au moins. Le cousin de Brett nous avait prêté sa tente et un peu de matériel de camping. On s'est donc éloignés du parking des camions pour chercher un endroit où camper, je me rappelle qu'il faisait très sombre et que nous avons traversé beaucoup de broussailles. Là où on était, il faisait nuit noire, on ne voyait rien sauf les étoiles et, quand on s'est éloignés du parking, ç'a été encore plus dur d'y voir quelque chose. Je ne savais vraiment pas où nous étions ni où nous allions et j'étais toute égratignée à cause des broussailles et j'étais trempée, tout était couvert de rosée. Je me suis mise à avoir vraiment peur. Je veux dire, j'étais qu'une gamine, je n'avais jamais fait une chose pareille, mais j'avais confiance en Brett, je me disais qu'il avait déjà fait ça. Je croyais qu'il savait ce qu'il faisait, alors que c'était pas le cas, mais j'étais rien qu'une gamine, je ne connaissais rien. Mais je croyais que Brett savait, lui.

On a donc continué d'avancer dans les broussailles jusqu'à ce que les sous-bois s'éclaircissent, et puis on a marché dans des prés, j'imagine. Je ne sais pas si nous étions sur une propriété, ni où on était, mais c'était très loin du parking des camions. On entendait toujours les allées et venues des semi-remorques et le sifflement des freins, mais on ne voyait pas grand-chose, seulement des lumières au loin. Pour finir, on est arrivés en haut d'une colline, on a vu un feu en contrebas et on a pensé que c'étaient sans doute d'autres auto-stoppeurs qui campaient, comme nous.

Brett m'a dit d'attendre pendant qu'il allait voir de quoi il retournait. Je crois qu'il avait ce genre d'égards envers moi. J'ai donc attendu pendant qu'il descendait la colline. Le feu était comme caché dans un fossé, nous ne l'avions pas vu du tout avant d'arriver en haut de la colline et je suis restée là dans le froid, j'entendais la voix de Brett et une autre voix, et j'ai attendu très longtemps, absolument gelée jusqu'aux os, j'ai attendu et attendu encore. J'étais presque en larmes quand Brett est revenu. Il a dit que tout allait bien, que ces gens étaient cool. J'ai cru que c'étaient des jeunes, comme nous, mais je me trompais.

En bas il y avait ce couple, je crois qu'on appellerait ça un couple. Mais ce n'était vraiment pas ce que j'attendais. Je croyais que ce serait des jeunes avec un sac à dos, quelque chose comme ça, des auto-stoppeurs, des jeunes, comme j'ai dit. J'étais vraiment contente à l'idée d'avoir de la compagnie, jusqu'à ce que je voie ces gens, qui ils étaient, cet homme, ce type atroce, et cette jeune fille.

Cet homme, cet homme était vraiment, tu sais, quand il y a quelque chose qui cloche ? Quand tu sens qu'il y a un truc qui ne va pas, quand tu le sens dans ton ventre ? Eh bien, il y avait un truc qui ne collait absolument pas chez ce type. Il avait sans doute la cinquantaine, peut-être plus, mais il semblait dur, vraiment dur. Complètement édenté, il avait une longue barbe, un visage marqué, brûlé par le soleil, on voyait bien qu'il vivait dehors. Et puis il avait un problème de dos, il marchait tout voûté, et même quand il était assis il avait le dos courbé, et quand il te parlait il tordait le cou pour te regarder. Je me rappelle ses yeux qui me regardaient sans arrêt. Il s'est montré assez aimable, mais ça a encore aggravé les choses, je veux dire, il était aimable mais il en faisait trop, comme s'il cachait quelque chose, ou qu'il se sentait coupable, et c'était le cas, manifestement. Comme je l'ai dit, je voyais bien qu'il y avait quelque chose qui clochait dans cette situation. Je le sentais.

Et puis ce type avait des tatouages sur les doigts, des espèces de cartes à jouer, un jeu de cartes, des as, des piques, des carreaux, des trèfles, sur les doigts des deux mains, rouges et noirs. Mais c'étaient pas des tatouages ordinaires, ils étaient mal fichus, inégaux. Brett a dit ensuite que c'étaient des tatouages de prison, il a dit qu'en prison les taulards s'entaillaient la peau avec des lames de rasoir, et qu'ils se faisaient les tatouages avec de l'encre à stylo ou de la graisse de four. Je ne le savais pas cette nuit-là, mais je n'ai pas été surprise quand Brett m'a dit que ce type avait été en prison. Dès le début je ne lui ai pas fait confiance, il m'effrayait et, comme j'ai dit, j'avais déjà peur d'être seule à cet endroit, au milieu de nulle part, mais ce type était bien pire, car il avait beau être petit et bossu, il semblait fort, vraiment fort. Je savais que Brett était capable de se défendre, mais là-bas ce type aurait pu nous faire n'importe quoi, et je me suis demandé pourquoi Brett était aussi détendu, je me rappelle avoir pensé, il vaudrait mieux que Brett s'en aille pas, qu'il me laisse pas seule avec eux.

Ils avaient donc installé un camp autour du feu et ils vivaient sans doute là depuis une éternité, je veux dire, ils habitaient là, ils ne campaient pas provisoirement, ils vivaient là, c'était évident, ils vivaient dans ce fossé, au milieu de toutes ces saletés, des vieilles banquettes de voiture autour du feu, un frigo couché sur le flanc, des glacières en polystyrène, des matelas crasseux, des tas de draps, de haillons, de vieux vêtements, des ordures. Et près du feu, il y avait une bâche soutenue par des piquets.

Mais c'était la fille, c'est elle qui m'a vraiment flanqué la trouille, ce vieux type et cette jeune fille, et je ne l'ai pas bien vue avant qu'on s'assoie près du feu, sur les banquettes de voiture. Elle restait assise là sans rien dire. Elle n'a pas ouvert la bouche, toute la nuit elle n'a pas dit un mot. Elle était handicapée, ou quelque chose. Ça se voyait à son visage, il avait l'air anormal, son visage. Et tout le temps elle m'a regardée, sans jamais me quitter des yeux. Quand je me suis assise sur la banquette je lui ai souri, mais elle n'a pas réagi du tout, elle a continué à me dévisager. Elle tenait un chaton et elle est restée là à caresser son chaton, sans me quitter des yeux, tout le temps. Elle était très jeune, une gamine, peut-être une ado, difficile à dire, mais trop jeune, radicalement trop jeune pour être avec cet homme, à vivre au milieu de nulle part. Sa place n'était vraiment pas là-bas. Surtout pas avec ce type affreux. C'était horrible. Toute cette situation était horrible.

Brett et l'homme ont continué à parler et à se passer la bouteille en plastique. Je ne savais pas ce qu'elle contenait, de l'alcool à brûler, je crois. J'ai failli vomir, mais Brett en a bu. Pas la fille, le type ne lui en proposait même pas. Elle restait assise là, à caresser son chaton, sans me quitter des yeux une seconde. Et puis, je sais pas pourquoi, elle s'est levée, elle s'est approchée de moi et elle m'a tendu le chaton sans rien dire, elle me l'a juste tendu comme font les enfants, pour que je le caresse, ce que j'ai commencé à faire et, je n'y voyais pas grand-chose, mais il semblait bizarre. Le chaton. Il était tout raide et froid, je le devinais sans doute mais j'ai continué à le caresser malgré tout et j'ai mis un bon moment à comprendre qu'il était mort. Alors je l'ai examiné de plus près, et j'ai vu que son visage était tout gelé, comme un masque, et il n'avait plus d'yeux, juste deux trous noirs là où y aurait dû avoir les yeux. Il était mort, réduit à l'état de cadavre, et il était sans doute mort depuis longtemps.

Mais le pire ç'a été après que l'homme et Brett ont fini la bouteille d'alcool à brûler, ou ce qu'elle contenait, l'homme a annoncé qu'il allait se coucher et il nous a dit bonsoir, il a serré la main de Brett, il était encore poli, et il est parti sous la bâche et la fille l'a suivi, elle est allée sous la bâche avec lui. Nous avons donc dressé notre tente près du feu. Je refusais d'adresser la parole à Brett. Pas parce que j'étais fâchée contre lui, j'étais trop terrifiée pour lui en vouloir. Je n'avais simplement aucune envie de lui parler. Et j'avais beau être épuisée, je savais que je n'allais pas pouvoir dormir. Brett, lui, s'est endormi comme une masse. Je suis restée allongée dans le noir et le froid, au bout d'un moment l'homme et la fille se sont mis à faire l'amour. J'entendais le type parler à la fille et émettre toutes sortes de bruits, mais elle ne disait rien, elle ne faisait aucun bruit, on ne l'entendait absolument pas, elle. C'était comme si elle n'était même pas là. Il a continué de grogner, d'ahaner, et au bout d'un moment j'ai entendu la fille, très doucement. Elle faisait des petits bruits. Et j'ai compris qu'elle miaulait, comme une chatte, elle ronronnait, elle faisait tous les bruits que fait une chatte. Les miaulements sont devenus de plus en plus sonores. Mon dieu, c'était horrible. C'était insupportable. Et je suis restée allongée là, glacée jusqu'aux os. Obligée d'entendre ça.

Charlotte se tait. Son visage baigne dans la lumière. Elle regarde les flammes.

Je ne sais pas pourquoi je viens de repenser à tout ça, elle dit. Je l'avais complètement oublié. Je ne sais pas pourquoi je viens d'y repenser.

Quand Charlotte est partie se coucher, je prends mon vieux fusil dans le placard du couloir et je le nettoie sur la table de la cuisine. Je trouve une boîte de cartouches au garage. Je charge le fusil, je le glisse sous mon lit et puis je me mets en pyjama et je m'endors.

Jeudi, je suis réveillé par des rêves incohérents et la voix de Charlotte. Toute la nuit en rêve et dans un demi-sommeil, la voix de Charlotte, et j'ai rêvé qu'elle était là dans la chambre, en train de parler dans l'obscurité. Je me lève, épuisé, mon pyjama trempé de sueur. L'aube point et le chant des pies. Je frissonne en m'habillant.

Il a dit quoi, Boss ? je demande à Roy.
Roy hausse les épaules. Il a laissé le moteur tourner.
Pas grand-chose. Il a rien dit.
Ah bon ? je fais.
Rien que j'aie entendu, dit Roy.
Alors rien, je dis.
Roy secoue la tête. Il remonte sa vitre et part.

Je m'assois dans le salon et regarde le soleil se lever au-dessus des arbres. Il y a du bruit dans la chambre de

Charlotte, puis dans la salle de bains. Elle y reste un bon moment.

Je me rappelle avoir laissé le fusil chargé, je monte le prendre sous mon lit et je le décharge, en glissant les cartouches dans ma poche. Je pose le fusil debout contre la penderie et je m'essuie les mains sur mon jean.

Charlotte sort de la salle de bains, parfumée et maquillée, bien coiffée, les joues roses. Ses cils sont longs et noirs, ses sourcils hauts et incurvés. Elle marche en se tenant très droite, puis, le dos toujours bien droit, elle s'assoit sur le canapé.

Tu as l'air en forme, je dis.

Elle arrange les pans du peignoir de Florrie sur ses cuisses.

Au réveil je me suis dit : merde alors, je ne vais pas me laisser bouffer par tout ça.

Elle touche ses épingles à cheveux. Son dos très droit et ses sourcils incurvés lui donnent un air fier.

Faut bien que j'aille de l'avant, non ? elle dit. Quoi qu'il arrive.

Tu as raison.

Je n'ai pas le choix, elle dit. Je mérite mieux que ça.

Il fait grand jour. Le soleil brille, le ciel est sans nuage. Charlotte se lève et va à la fenêtre. Des voitures et des pick-up passent.

Je la regarde, le soleil matinal est sur elle.

Je prépare du porridge pour Charlotte. Elle mange à la table de la cuisine pendant que je nettoie. Cette odeur farineuse me retourne l'estomac.

J'ai perdu cinq kilos, tu sais, dit Charlotte. Ça fait des années que j'essaie de perdre ces kilos. C'est la seule conséquence positive de tout ce gâchis.

Ah bon, je fais.

Je lave la poêle et la cuillère en bois. Dans la cuisine, les odeurs d'amidon et de détergent, l'eau grise de l'évier pleine de grumeaux. Je vomis presque.

Je vais sans doute les reprendre, elle poursuit. C'est ce qu'on dit, pas vrai.

Je continue de récurer la poêle.

Comment ça se fait que tu retires jamais ton chapeau ? demande Charlotte. Tu as de très beaux cheveux.

Quoi ? je dis en portant la main à mon chapeau. Je regarde Charlotte qui m'observe en souriant.

La nuit dernière, je me suis réveillée vers minuit et mon cœur battait la chamade, elle dit. J'avais une drôle de respiration. Comme si je ne pouvais plus respirer, comme si j'étouffais. Je crois que c'était une crise de panique ou un truc comme ça. Bref, j'étais toujours à moitié endormie, en pleine confusion. Je venais de rêver, je me croyais à la maison, dans la maison de mes parents, je veux dire à la ferme. Quand je me suis réveillée pour de bon, j'étais dans ta chambre. Je ne savais pas que tu avais les cheveux aussi blancs.

Je ne t'ai pas entendue, je dis. J'aurais cru que je t'entendrais entrer.

Ils étaient répandus tout autour de ta tête. Je m'étais jamais doutée qu'ils étaient aussi blancs.

Je mets la vaisselle propre sur le séchoir à vaisselle et je vide l'évier. Je renifle mes mains, les lave puis les renifle encore.

Tu rougis, dit Charlotte.

Même les vieux sont vaniteux, je dis.

Il n'est pas revenu ? demande Charlotte en regardant par la fenêtre de derrière.

Pas que je sache.

Nous sommes au salon. Aujourd'hui le poêle à gaz est éteint et je regarde la céramique crémeuse et froide. La lumière éclabousse les murs.

J'en ai vraiment marre, dit Charlotte. Ces jeux, ces jeux stupides. Les trucs à quoi il joue. Mon putain de mari inutile. J'en ai vraiment marre. Je n'en peux plus.

Je ressens une vive douleur à l'articulation d'un doigt. Je le frotte, mais la douleur ne part pas.

Je veux dire, c'est moi qui devrais être folle de rage, continue Charlotte. C'est moi qui ai morflé, non ? Pas Brett. Peu importe ce qu'il en pense. C'est moi qui devrais lui en vouloir, pas l'inverse. Ça devrait être moi. J'aurais dû rester à la maison, lui dire de faire ses valises et de ne jamais revenir. C'est mon droit, non ? Après ce qui s'est passé ?

Bien sûr que oui, je dis.

La police m'a conseillé de demander une ordonnance restrictive. J'aurais dû le faire. Au lieu de quoi je file me cacher quelque part comme si tout était de ma faute. C'est comme ça qu'il voit les choses, ma main à couper. Oui, je sais qu'il voit les choses ainsi. Et je suis en train de lui faciliter la vie, pas vrai ? Je veux dire, en m'enfuyant. Je sais vraiment pas ce que je fais. Et toi, tu sais ? Pourquoi je suis ici ? Tu peux me le dire ? Pourquoi je suis venue ici, justement ici ? C'est ridicule. Sans vouloir te blesser, Smithy, mais je ne te connais même pas. Je veux dire, je te remercie pour tout ce que tu as fait pour moi, mais on se connaît même pas, non ? Alors bon dieu qu'est-ce que je fais ici ? A me cacher. Je ne sais pas ce que je fais.

Charlotte se détourne de la fenêtre, me regarde, se tourne à nouveau vers les clôtures, les arbres et la lumière qui tombe sur le paysage, par endroits, par touches, ici et là. Une odeur d'avoine et d'amidon bouillis émane encore de la cuisine.

J'imagine que ça prouve tout bonnement quel genre d'amies j'ai, elle dit. Pourquoi j'ai pas été les voir, mes amies, mes soi-disant amies ? Ce que j'aimerais avoir, ce que j'ai vraiment besoin d'avoir en ce moment, c'est une vraie amie. Une femme. Quelqu'un à qui vraiment parler, surtout en ce moment, à qui parler de tout ça, de Brett, de ce qui se passe. J'en ai besoin. Mais je n'ai personne, pas la moindre amie digne de ce nom, je veux dire, c'est clair. Parce que je suis venue ici, pas vrai ?

Charlotte rejoint le canapé et s'y assoit. Elle ajuste les pans du peignoir, les tire sur ses jambes, resserre la ceinture, lisse le tissu sur ses cuisses. Les flaques d'ombre tremblent dans la pièce, le soleil levant les dissout.

Oh et puis zut, dit Charlotte. C'est mon problème. A quoi bon enquiquiner les autres avec mes problèmes.

Charlotte arpente le salon. Elle regarde le porte-gâteau de Florrie en cristal, elle le saisit, le retourne, le repose, regarde la photo de famille. Elle s'approche du meuble vitré, la radio à un bout, la gravure encadrée de la mer au-dessus, puis elle s'accroupit, les bras croisés. Elle regarde les assiettes Franklin Mint sur leurs présentoirs et l'argenterie, les vieilles photos dans des cadres incrustés de fragments de miroirs et de nacre, des babioles en verre coloré et la collection de chats en porcelaine rassemblée par Florrie et présentée sur une seule rangée.

Franchement, je ne sais pas quoi faire de moi, elle dit. Pendant la journée. Je dors. Je regarde la télé. Je prends des bains interminables. Je m'occupe de mes ongles, de mes cheveux, je me maquille. Sans la moindre raison valable, je veux dire. Je n'ai aucune raison de faire tout ça. Je ne sors même pas de la maison. C'est juste histoire de passer le temps, juste histoire de m'occuper. Je veux dire, je n'ai pas de vraie raison. Je n'ai aucune raison de faire quoi que ce soit.

Charlotte se relève et s'étire. Puis elle regarde l'image de la mer.

Mais je vais te dire une chose. Quand la journée se termine, ça me rend, non pas heureuse, non, autre chose. Je veux dire, quand je vais me coucher, c'est comme si j'avais accompli quelque chose, même si tout ce que j'ai accompli c'est d'aller au bout de cette journée. C'est tout. Aller jusqu'au bout de la journée. Et ça dure et ça dure, un jour après l'autre. Les jours, les semaines, les mois. Les années. Toutes ces années. Tout ce temps.

Charlotte revient s'asseoir sur le canapé. Elle lisse les pans du peignoir. Elle a les yeux sombres.

C'est comme si j'avais attendu tout ce temps qu'il se passe quelque chose. Et on dirait bien que j'attends toujours. Comme si les choses allaient s'améliorer pendant que moi j'attends. Je compte les jours. Mais il ne va rien se passer, non ? Je veux dire, vraiment. Pas pour moi en tout cas. Je le sais. Bien sûr que je le sais. Mais on dirait bien que je ne peux pas m'empêcher de faire comme si. Comme si quelque chose allait se passer, je ne sais même pas quoi. Simplement, j'ai l'impression que quelque chose doit s'améliorer. Quelque chose doit changer. Et si je n'y crois pas, alors, comment pourrais-je me supporter ?

Dehors, le bruit des insectes. Des choses craquent dans la chaleur.

Je ne sais pas, dit Charlotte. Sans doute que je ferais mieux de quitter la ville. J'aurais dû le faire pendant que Brett était en taule. Partir. Disparaître. Simplement, j'en ai pas l'énergie. Je veux dire, j'y pense tout le temps, pas seulement en ce moment, quand Brett sort et tout, mais bien avant. Tout le temps. Mais non. Je ne pars pas. J'en suis incapable. On dirait même que je suis incapable d'affronter quoi que ce soit ces temps-ci. Et c'est de plus en plus vrai. Parfois j'ai plus la force de rien. Je passe des jours sans prendre une douche, je ne m'habille pas, je ne fais rien. Je reste assise. Toute la journée. Je veux dire, je ne trouve aucune raison de m'activer.

Elle me regarde, son visage maquillé, ses sourcils hauts et incurvés.

Tu peux pas comprendre, elle dit.

Nous restons assis. La matinée avance. Le soleil semble pulser de manière audible, un cri lointain. Charlotte ramène ses pieds sur le canapé et s'appuie à l'accoudoir, en arrangeant une fois encore les pans du peignoir.

Comment tu fais ça ? je demande à Charlotte.

Quoi ?

Je montre ses cheveux, son visage.

Charlotte me regarde bizarrement.

Comment ça ? elle demande.

Je montre encore du doigt.

J'en sais rien, elle dit. Des épingles à cheveux, du maquillage.

Les femmes doivent apprendre toutes ces choses, je suppose.

Charlotte hausse les épaules.

Je suppose que oui, elle dit.

Je comprénds très bien, Charlotte, je dis. C'est pour ça que j'avais pris l'habitude de commencer la journée avec un verre de brandy en attendant l'ouverture des pubs.

Comment tu as réglé le problème ? elle demande.

Moi, je dis. Le travail. Sans le travail je serais déjà au fond de ma tombe. Depuis un bail.

Ah, là j'ai loupé le coche, elle dit.

Bêtises. Tu es jeune. En bonne santé. Aucune raison que tu puisses pas travailler.

Je n'ai aucune qualification, aucune expérience, elle dit. Comment tu veux que je trouve du travail ?

Y a toujours quelque chose, je dis. Regarde-moi. A mon âge.

C'est différent. Je peux pas aller demander du travail à un bureau d'embauche.

Pourquoi pas ? je dis. Y a pas de honte à ça.

Mais si, elle murmure. Moi j'aurais honte. Je sais que je devrais pas, mais j'aurais honte.

Elle se touche les cheveux. Quand elle remarque que je l'observe, elle arrête.

Et puis, elle reprend. Pense à ce que diraient les gens.

C'est vraiment important ?

Ça compte, elle dit. Je ne supporterais pas ça. Je ne pourrais pas les regarder en face. Je saurais ce qu'ils pensent. Je ne pourrais pas.

Le paysage ressemble à une photographie délavée. Le soleil miroite sur les gouttières et les toits en tôle, il brille dans les fissures de la peinture qui s'écaille, il me blesse la vue et laisse des taches éblouissantes longtemps après que j'ai regardé ailleurs. Il n'y a pas de bruit, aucune chamaillerie d'oiseaux aujourd'hui, simplement, parfois, le croassement d'un corbeau. Le jour est immobile.

Alors tous les jours je demande à Brett ce qu'il veut pour dîner, dit Charlotte. Parce que, au moins, c'est la seule chose que je fais, je prépare le dîner de Brett. Et il me répond toujours : Ce que tu voudras, tu sais bien. Ce que tu voudras. Il s'en fiche et le fait est que moi aussi je m'en fiche. C'est pas comme si c'était mon but dans la vie, préparer à manger pour Brett, m'occuper de Brett. Ma vie n'a rien à voir avec ça. Je veux dire, je pourrais faire des choses plus chouettes, il y a tant d'autres choses que je pourrais faire.

Mais tous les soirs je cuisine pour Brett, et quoi qu'il en dise, il compte sur moi pour le faire. Et puis je m'assois et j'attends qu'il rentre, et chaque fois qu'il rentre tard ou saoul, je me mets à lui crier dessus et il réagit comme si j'étais une harpie. Tu sais, il m'écoute, il s'excuse, mais comme si c'était sans importance à ses yeux, comme s'il me supportait, moi, sa harpie de femme. Et il ne pense jamais que ça n'a peut-être pas d'importance pour moi non plus, que je n'ai peut-être pas envie de lui crier dessus et de l'enquiquiner, peut-être que moi aussi je m'en fiche, peut-être que je m'en fiche autant que lui. Mais ce que je déteste, c'est que je finis par trouver ça important, parce que j'ai fait cet effort. Je ne le veux pas, mais c'est plus fort que moi. Voilà donc à quoi ma vie s'est réduite. Faire la cuisine pour Brett, attendre que Brett rentre à la maison. Je veux dire, est-ce qu'il croit vraïment que c'est ce que je désire ? Que c'est tout ce que j'attends de la vie ?

Et c'est bien ça qui cloche. C'est pas ce que je désire, moi, c'est pas non plus ce qu'il désire, lui, alors on fait quoi ? Mais c'est comme ça et, je ne sais pas, c'est comme si je n'arrivais pas à en sortir. Comme si aucun de nous deux n'arrivait à en sortir.

Je me rappelle une fois, il y a des années, je préparais le dîner pour Brett, comme d'habitude. Il était tôt, mais je cuisine souvent de bonne heure, je veux dire, j'ai quoi d'autre à faire ? Je cuisine de bonne heure et je réchauffe mon plat quand Brett arrive. Je cuisinais, donc. Des côtes d'agneau, je me rappelle. Des côtes d'agneau au grill. Je sais plus pourquoi, j'ai éteint le four, je suis sortie et je me suis assise au bord du trottoir. J'avais l'impression d'être une somnambule, un truc comme ça. Impossible de me relever, impossible de bouger. Je suis restée assise là. Et je me disais, il faut que j'aille cuire ces côtes d'agneau. Mais cette tâche me semblait au-dessus des mes forces. Je suis donc restée assise là.

Bref, y avait des gamins qui jouaient dans la rue, qui roulaient à vélo tout près de moi, en m'observant. Au bout d'un moment ils se sont mis à me lancer des pierres, à me hurler des injures, à se moquer de moi. Comme si j'étais une espèce de folle. Et je n'ai rien fait. J'ai simplement encaissé. Comme ferait une vraie folle. Une femme a fini par arriver, je ne la connaissais pas. Je ne sais toujours pas qui c'est. Je ne l'avais jamais vue et je ne l'ai jamais revue depuis, Dieu merci.

Elle était gentille. Vraiment gentille. Elle s'est approchée, elle m'a demandé si tout allait bien, si j'avais un problème. Je ne me souviens même pas si je lui ai répondu. Quand elle m'a demandé si je savais où j'étais, je lui ai répondu que non. Mais je savais bien sûr où j'étais. J'étais assise devant ma propre maison, mais je sais pas pourquoi, je lui ai répondu que non, je savais pas où j'étais. Alors elle est partie. Elle m'a dit qu'elle allait revenir, j'imagine qu'elle est partie chercher de l'aide, je ne sais pas, les voisins ou la police. Alors je suis rentrée, parce que je ne voulais pas être vue par quelqu'un que je connaissais. Je ne voulais pas que les gens apprennent que je restais assise devant chez moi en disant que je ne savais pas où j'étais, parce qu'ils auraient su que je mentais. Mais à ce moment-là, juste à ce moment-là, ça m'a soulagée de le dire, de répondre que je ne savais pas où j'étais, comme si j'avais oublié, comme si je souffrais d'amnésie ou d'une maladie de ce genre. Je ne peux pas l'expliquer, mais j'ai presque souhaité que ce soit vrai.

Charlotte retourne sans cesse vers le meuble vitré pour regarder les chats en porcelaine.

Ils sont à qui ? elle demande.

A Florrie, je dis. Je lui en offrais pour son anniversaire.

Charlotte s'accroupit pour regarder dans le meuble, les mains posées sur les genoux.

Tu es un brave homme, Smithy, elle dit.

Je m'en suis pas toujours rappelé, je dis.

Charlotte ouvre la porte vitrée et se met à prendre les chats pour les poser sur le feutre vert du haut. Ils sont blancs, avec des pattes dorées et de l'or autour des yeux, ils sont assis ou couchés, ils s'étirent, ou bien ils sont debout, la queue en l'air. Je remarque que leurs yeux peints ressemblent aux yeux maquillés de Charlotte et qu'aujourd'hui son visage ressemble à la face d'une chatte, elle a quelque chose de la chatte avec son visage parfait et fier, un visage de chat ne trahit jamais rien et cette impassibilité engendre force et fierté, parce que personne ne sait jamais à quoi pense un chat.

Charlotte modifie encore et encore la disposition des chats. On dirait un enfant qui joue. Puis elle les range.

Je regrette que tu n'aies pas connu Brett quand il était plus jeune, elle dit, puis elle se tait.

Bon dieu, écoute-moi, je suis comme un magnétophone à une seule piste.

Bah, faut bien aller au bout de tes cogitations, pas vrai ? je dis. Mieux vaut tard que jamais.

Ça ne t'ennuie pas ? elle demande.

Je suis ici, non ?

Charlotte est debout, elle regarde par la fenêtre, la main en visière.

Certains jours, je me retrouve assise à la maison à essayer de m'obliger à me rappeler, à me rappeler comment il était autrefois. Je ne sais vraiment pas si c'est toujours là. Sincèrement, j'en sais rien.

La brise agite les feuilles et les brindilles grincent doucement contre la gouttière. Charlotte lève les yeux, elle écoute ce grattement métallique. La brise meurt, les corbeaux appellent.

C'est vraiment bizarre, elle dit. Ça semble être arrivé il y a très peu de temps, alors qu'en réalité la moitié d'une vie s'est écoulée. La moitié de ma vie. Malgré tout, ça paraît plus réel que les choses d'aujourd'hui. C'est comme si j'avais dormi toutes ces années, rien n'a changé, je suis toujours comme autrefois, toujours la même, Brett, moi et le reste. Et c'est comme si je voulais me réveiller, mais que je pouvais pas. Maintenant, je veux dire.

Elle tend l'oreille pour entendre la brise, mais il y a seulement le crépitement des insectes et le soleil.

Brett me répète sans arrêt que je vis dans le passé, elle dit. Et moi je lui réponds qu'au moins c'est mieux que de vivre dans le présent. Mieux que de vivre dans le présent avec toi.

Mais tout ça est terminé, non ? je demande.

Charlotte regarde par la fenêtre en clignant des yeux. Silhouette perdue dans le flot de lumière, elle se frotte les yeux.

·

Charlotte arpente la pièce.

Tout est tellement sérieux, elle dit. Tellement sérieux et désastreux et ennuyeux. Je veux dire, pas une seule fois je ne m'amuse, je ne passe jamais du bon temps.

Je baisse les yeux vers mon jean, qui pèse sur mes cuisses. Je sens mes os à travers le tissu, et ce qu'il reste de mes muscles, ratatinés, mous et plus petits qu'autrefois, et je pense à la peau devenue blanche et poudreuse, fripée et ridée, les épaisses stries violacées telles des zébrures sur mes jambes, et mes bras aussi, là où les muscles se sont rabougris et où la peau pendouille. J'essaie de me rappeler quand ce processus a commencé, mais c'est impossible.

Bah, dit Charlotte, quand on dort avec les chiens on attrape des puces.

Charlotte continue d'arpenter la pièce. Elle ne tient pas en place, elle le dit elle-même. Je lui propose de sortir prendre l'air.

J'attends qu'elle s'habille. Il est presque midi quand nous partons. Nous marchons vers la ville.

Le soleil est brûlant et les rues sont vides. Nous ne passons pas par la voie de chemin de fer, et je m'aperçois qu'hier non plus je n'ai pas pris ce chemin-là pour aller en ville. Les mouches grouillent là où il y a de l'ombre. Nous marchons devant des maisons.

Charlotte porte un pantalon couleur moutarde, aussi serré qu'un pantalon d'équitation, et un maillot blanc. Elle s'est de nouveau maquillée, elle a encore plus de maquillage qu'avant, ses lèvres sont rouges et dans la lumière de la mi-journée ses cheveux ont la couleur du sirop. Marchant à côté d'elle, je remarque qu'elle est grande. Elle est plus grande que moi.

En partant de la colline pour rejoindre la courbe de la rue et le pont de chemin de fer, nous longeons le haut mur en béton de l'ancien couvent et de l'école primaire pour filles. Les bâtiments sont recouverts de lierre et de glycine, qui enserrent les tuyaux de cuivre verts jusqu'aux tuiles des toits élevés et débordent des avant-toits, des murs et jusque sur le trottoir. A l'endroit où le mur s'est fendu et écroulé, je regarde à travers la masse sombre du lierre les carrés de la marelle tracés sur l'asphalte de la cour, la peinture pâle qui s'écaille, les anneaux de basket rouillés.

De l'autre côté de la route, l'église est construite en briques orange, un saint en béton se dresse devant sur des dalles de béton, il y a des petits cyprès et on a récemment semé de l'herbe aux bisons autour de la statue, bien arrosée, dense, verte et tondue. Derrière l'église, la colline descend vers quelques prairies en pente, de rares moutons, des arbres solitaires, des étangs de retenue à sec mouchetés de quelques carcasses, le cuir suppurant par plaques sombres et grouillantes, l'affreuse odeur douceâtre de la mort planant, ténue, dans l'air immobile et surchauffé. Et puis une terre plate et des vignobles à perte de vue.

Nous coupons par le parc du Rotary Club, dépassons le mémorial de guerre et retrouvons la grand-rue, le magasin de voitures d'occasion Prescott, la quincaillerie, les terrassements abandonnés de la ruée vers l'or, la façade chaulée de l'Imperial avec son balcon dentelé en fer forgé, la boutique de vêtements de travail de Parker, ses rangées de bottes à élastique dans la vitrine, ses vestons et ses pulls en laine accrochés, les pantalons kaki, les cirés, les chapeaux en feutre de lapin. Devant la poste, un eucalyptus en fleurs, des giclures roses sur le feuillage tout neuf, par derrière des masses de fruits durs et nus. Nous dépassons la boutique-musée du barbier, son unique fauteuil en chrome et vinyle blond, les vitrines d'outils et de tamis de mineur tout rouillés, les vieilles photos et les journaux d'antan, les pointes de lance et les bâtons à creuser, les baïonnettes, les pipes en terre, les obus de mortier, une pépite. Joe McLaren dort derrière le comptoir, son fume-cigarette noir toujours coincé entre les dents, la cigarette éteinte et brune.

A la station-service, deux chiens de garde au poil blanc, roux et noir sont enchaînés et couchés sur le béton parmi des caisses de sodas, la langue pendante, le sourcil frémissant. Ils ouvrent les yeux et relèvent la tête pour nous regarder passer. Nous sommes seuls dans la rue. Les immeubles sont sans ombre.

Je m'arrête devant le marchand de journaux pour lire les gros titres derrière le grillage métallique. Dot Slater nous observe de l'intérieur, en mangeant des bonbons à la menthe Lions Club. Je lui adresse un signe de la main, mais elle détourne le regard. Nous faisons halte devant Poachers.

Tu as envie de boire quelque chose ? je demande à Charlotte.

Mon dieu, non, elle dit.

Tu veux une glace ou autre chose ? Il fait chaud. Une glace, une boisson pétillante, un truc comme ça ?

Charlotte regarde le trottoir.

Je n'ai aucune envie d'entrer dans un de ces endroits, elle répond.

Eh bien moi je vais y aller, je m'en fiche, je dis. Tu peux attendre dehors.

Nous allons au milk-bar.

Ça t'ennuie d'attendre dehors ? je lui demande.

Charlotte hausse les épaules.

Où c'est que tu t'étais planqué, Smithy ? me demande Chris Johnson.

Dans le magasin, le ventilateur du plafond tourne, mais sans effet notable. La chaleur monte du grill et de la friteuse, la rôtisserie au charbon de bois est éclairée. Glen Johnson porte un débardeur. C'est un homme poilu aux longues rouflaquettes. Derrière lui se trouve un tableau noir où sont inscrits une liste de choses et de prix. Des posters d'Old Big M et de Chico Roll décorent les murs, des filles en minuscule bikini coloré. Un jeu vidéo.

Je vais au freezer prendre une glace pour Charlotte.

T'es pas superstitieux, hein, Smithy, dit Glen Johnson quand j'apporte la glace au comptoir.

Quoi ? je fais.

Bah, George Alister, il dit. T'as forcément entendu parler de George Alister.

Oui, c'est vrai, je dis. J'avais oublié. T'étais là quand c'est arrivé ? je lui demande.

Bien sûr que oui, il dit. Ça s'est passé juste là, dehors.

D'un signe de la tête, il montre l'endroit où Charlotte attend sur le trottoir. Elle se tient là, les bras croisés, légèrement voûtée, elle regarde le sol et jette de temps à autre un coup d'œil à droite et à gauche dans la rue. Ainsi vue derrière la vitrine, elle paraît différente.

Comme un bégonia dans une parcelle d'oignons, dit Chris Johnson. Il me sourit.

Quoi ? je fais.

Comme un bégonia dans une parcelle d'oignons, il répète. Tu connais pas l'expression ?

Si, je la connais, je dis. Je le paie et sors.

Ça va ? je demande à Charlotte en lui tendant sa glace.

Est-ce qu'on peut s'éloigner de cette rue ? elle dit.

Je me tourne vers le magasin. Chris Johnson nous regarde en souriant toujours. Il m'adresse un clin d'œil.

Charlotte et moi allons au jardin municipal et je m'engage dans une allée.

Non, il fait trop chaud, dit Charlotte.

Nous nous asseyons dans l'herbe, près du trottoir, sous l'un des gros gommiers.

Quand même, ils auraient au moins pu planter quelques arbres, dit Charlotte en montrant l'allée qui fait le tour d'une herbe rase. Il y a des barbecues électriques, des balançoires d'enfant et, dans le fond, des broussailles et des eucalyptus à écorce noire.

Je veux dire, qui aurait envie de se promener ici au soleil ? dit Charlotte. Franchement.

Elle n'a pas déballé sa glace.

Mais c'est typique de cette ville, pas vrai ? elle poursuit. Ils sont incapables de faire quoi que ce soit correctement. Tout est merdique. Et pas question d'avoir le moindre truc séduisant, pas de jolis vêtements, rien. Parce que c'est tape-à-l'œil. Si tu mets une jolie fringue, ils vont dire qu'elle est tape-à-l'œil, et ça sonne comme une insulte. Tu sais, ils ont cette sale manie. Flashy. C'est tape-à-l'œil, hein ? T'as l'air vraiment tape-à-l'œil ? Pas question de porter un vêtement qui soit pas merdique, une fringue sympa, une fringue tape-à-l'œil. Putain, ils sont vraiment mesquins, tous les gens d'ici. Ça me rend malade.

Elle regarde en direction du jardin noyé de lumière, l'herbe a pâli et bruni, elle est mêlée de graminées, noircie de plaques de terre stérile, d'argile et de poussière. Les eucalyptus ont une épaisse écorce striée, noire et comme carbonisée, brûlée par l'été, les broussailles sont friables et grêles. Le ciel est d'un bleu infini, immuable.

Bon dieu, je déteste cette ville, dit Charlotte. Elle me sort par les yeux.

Tu vas la manger ? je demande.

Je peux pas, dit Charlotte. Il fait trop chaud. Il fait trop chaud pour manger. Désolée, Smithy. Tu la veux ?

Elle me tend la glace intacte. Je secoue la tête. Charlotte se lève.

Eh bien rentrons avant qu'elle fonde, elle dit. C'était une mauvaise idée. Je suis désolée, Smithy. C'est de ma faute.

Nous rentrons à pied à la maison et je mets la glace au congélateur.

Charlotte est assise, silencieuse, sur le canapé.

Y a quelque chose qui te tracasse ? je demande. Tu as envie d'en parler ?

Non, ça va, dit Charlotte.

C'est Brett ?

Non, elle dit. C'est pas Brett. Pour une fois. Rien à voir avec Brett.

La cloche de l'école retentit au loin, suivie des cris des enfants. Des formes lumineuses se déplacent lentement sur le canapé, les chaises et le tapis, elles rampent sur les surfaces, se rejoignent, se fondent l'une dans l'autre. La poussière apparaît sur la table basse. La chaleur monte en vibrant au-dessus des tuiles du toit. La cloche sonne encore, le bruit croît puis reflue.

Charlotte est assise, elle suit du doigt un dessin invisible sur le peignoir. Ses cheveux se sont détachés et tombent par endroits sur ses épaules.

Voitures et pick-up recommencent à circuler, la journée se termine de bonne heure à l'abattoir et je reconnais la voix des hommes qui passent devant la maison. Ils s'apostrophent avec jovialité. Le travail est fini pour la journée et c'est un jeudi après tout, un jour de paie, et le jeudi les hommes ne peuvent pas s'empêcher de commencer déjà, dans une vie rythmée par les week-ends. Malgré la chaleur, la pièce est fraîche.

Debout dans la cuisine, je bois un verre de limonade. Venant de très loin, j'entends le fracas de sabots et le grincement de roues cerclées de fer sur le bitume. Ils approchent, les sabots et les roues grinçantes, et je vais à la fenêtre regarder les Clydesdale et la voiture de maître qui arrivent sur la route.

Le cocher est le fils de Lort Dory, des hommes barbus et des femmes bien habillées sont assis en haut, ils tiennent des verres de vin blanc et ils parlent, ils regardent au-dessus des maisons les anciennes mines d'or que leur montre le fils de Lort Dory. Quand la voiture cahote, ils tombent les uns sur les autres, renversent leur vin et rient.

Les Clydesdale sont luisants de sueur, ils renâclent et agitent leur crinière alors qu'un nuage de mouches se pose sur eux. L'un des hommes baisse les yeux et me voit à la fenêtre. Il lève son verre, je lui adresse un signe de la main, et puis les voilà tous qui me saluent, sourient et m'appellent. Le fils de Lort Dory me regarde à son tour, il sourit et secoue la tête.

Un garçon avec son cartable marche sur le trottoir de l'autre côté de la rue. Il lève le majeur vers la voiture de maître et crie quelque chose que je n'entends pas. Les visages des touristes se figent, le fils de Lort Dory se retourne et fusille le gamin du regard. La voiture poursuit son chemin, mais le gamin reste là, rouge de colère et le majeur pointé vers le ciel, il les injurie, garde le doigt levé, et il est toujours furieux et il continue de les insulter alors même qu'ils ont disparu depuis longtemps.

Vendredi, Spit n'est pas là.

Quand Roy et moi arrivons, nous découvrons Wallace tout seul parmi les vignes.

Mais qu'est-ce qu'il fout, Wallace ? dit Roy en roulant une cigarette.

Je descends du pick-up et avance dans la rangée. Wallace balance un grand coup de pioche et le bruit sourd résonne dans le calme du matin.

T'as des rejets ? je lui demande.

Ouais, il dit.

Il brandit la pioche au-dessus de l'épaule, puis l'abat sur les rejets. Le cep tremble, le fer se plante dans le bois. Wallace appuie sur le manche pour essayer de dégager la pioche. Je regarde le cep.

Non, tu vas le casser, je dis.

Wallace lâche un juron et se penche pour faire sortir le fer. Il pose la pioche près de la tinette à goudron ouverte et ôte son chapeau pour s'essuyer le front.

T'as appris ce qui s'est passé hier soir ? il me demande.

Non.

Wallace retire ses lunettes, souffle dessus, enlève de menus copeaux de bois sur les verres.

Tout le monde en parle, il dit.

Il souffle encore sur ses verres, puis les essuie sur son maillot de corps. Nous restons debout, les yeux fixés sur la touffe.

Qu'est-ce qui s'est passé ? je demande.

Quelqu'un a bousillé la vitrine du flic, dit Wallace. En balançant une tête de cochon dedans.

Ouah, je dis.

Ouais, fait Wallace, une putain de tête de cochon.

Il ramasse sa pioche et la brandit. Le fer se coince encore et Wallace lâche un juron en essayant de la dégager.

Le flic est furax, il dit.

J'imagine.

Une putain de tête de cochon dans la vitre, dit Wallace. Elle a tout pété. Tout s'est cassé la gueule.

Il flanque un coup de pied sur les rejets et le cep tremble.

Evidemment, il sait qui a fait le coup, ajoute Wallace.

Je croyais que les vitrines des flics étaient faites dans un verre spécial, je dis.

Tu crois ça, dit Wallace.

Je croyais qu'elles étaient à l'épreuve des balles, je dis.

Peut-être que oui, dit Wallace. Peut-être qu'elles sont à l'épreuve des balles, mais elles sont pas à l'épreuve des têtes de cochon, hein ? Qui a jamais entendu parler d'un truc pareil, tout de même ? Une tête de cochon.

Wallace remet ses lunettes et son chapeau. Il se prépare à asséner un autre coup de pioche et cette fois il fend l'amas de rejets. Il les ramasse et les jette.

Aucun témoin bien sûr, dit Wallace. Même si y en avait, ils se présenteraient pas. Le flic s'est fait aucun ami dans cette ville.

Il prend la tinette de goudron et le pinceau, remue, puis il enduit l'entaille de goudron.

Et puis, personne a envie de chercher des noises à Brett Clayton, pas vrai ?

Il me lance un regard et devient silencieux.

Boss arrive à l'heure du déjeuner.

Iris a besoin de quelqu'un au jardin cet après-midi, il annonce.

Il s'éclaircit la voix, puis baisse les yeux.

Elle a demandé si Smithy pouvait venir, il annonce à Wallace. Tu crois pouvoir te passer de Smithy cet après-midi ?

Plié en deux, Wallace taille une vigne.

Si c'est ce que veut Iris, il répond. Je vais pas dire non à Iris.

Boss pouffe de rire et fait basculer le poids de son corps sur les talons.

Personne peut lui dire non, Wallace, il fait.

Après le déjeuner je vais à la maison et dans le jardin à la recherche d'Iris. Elle est dans le jardin des roses primées, tête nue, ses cheveux gris noués en chignon. Elle tient un sécateur.

Il faut les décapiter ! elle crie en me voyant arriver, et elle agite les mains en l'air.

Quoi ? je fais.

Je ne supporte pas de faire ça moi-même, elle dit en me tendant le sécateur.

Je regarde les roses.

Quoi, je dis, toutes ?

Toutes, elle répète. Il y a des taches noires.

Iris m'apporte une brouette. Je commence par le jardin des roses primées où les fleurs s'épanouissent sur de hautes tiges, avec des couleurs, des teintes et des nuances variées. Les abeilles s'activent autour de moi pendant que je travaille, elles vont d'une fleur à l'autre, elles se glissent à l'intérieur. Elles volent en bourdonnant, le sécateur claque, et puis le bruit mat de la rose qui tombe.

Je passe aux autres roses, qui poussent librement sur leur plate-bande longeant les allées. Les gros boutons jaunes, les rouges et les blanches aux pétales mous. Elles tombent à mes pieds.

Les roses se dressent vers le soleil, mais il fait frais dans le jardin. Les libellules filent au-dessus de l'étang et les bouleaux argentés brillent. Les oiseaux gazouillent et volètent parmi les ombres.

Je regarde un passereau mange-miel zigzaguer parmi les branches graciles d'un arbre pleureur, en faisant tomber de menues fleurs roses. L'oiseau se nourrit lentement de ces fleurs, en volant sur place, ses ailes palpitantes invisibles. Je coupe les roses dans les massifs du devant, à l'épais feuillage. Quand j'ai fini, la brouette est plus que pleine.

Je vais frapper à la porte de derrière.

Où voulez-vous que je les mette ? je demande à Iris.

Jette-les sur le compost, elle dit.

Mais elles sont encore belles.

Je ne supporterais pas de les voir, dit Iris. Non, je ne supporterais pas cela.

Je pousse la brouette jusqu'au tas de compost et je reste là un moment, à observer l'essaim de mouches à vinaigre qui grouillent sur le tas de matières organiques en train de pourrir et de sécher très vite. Je retourne vers la maison.

Je trouve ça dommage, je dis à Iris.

Bah, elle répond, c'est comme ça.

Elle me regarde.

Qu'y a-t-il, Smithy ? elle demande.

Je trouve que c'est un vrai gâchis, voilà tout.

Iris éclate de rire.

Quoi ? elle dit. Tu les veux ? Toi, Smithy ? Eh bien sers-toi. Fais-toi plaisir.

A l'intérieur de la maison, elle rit toujours.

J'emprunte quelques seaux, puis j'installe la brouette dans l'ombre du figuier Moreton Bay. Je trie les roses, gardant les plus belles, que je place avec soin dans les seaux. Je remplis trois seaux, puis je les emporte à la maison.

Il y a un billet de Charlotte sur la table de la cuisine. Elle dit qu'elle est partie chez une amie et qu'elle rentre tout à l'heure. Elle me demande de ne pas m'inquiéter.

Je sors les vases de Florrie, mais je ne peux pas m'en servir, car j'ai coupé les roses tout en haut de la tige. Je range les vases, puis je sors des bols en verre, des plats pour le four, des moules à tarte. Je les remplis d'eau et fais flotter les roses dedans. Des pétales tombent et dérivent parmi les fleurs.

Je dispose ces récipients sur la table basse et le manteau de la cheminée, j'en mets une rangée sur le meuble vitré et dans la salle de bains. Je pose un grand bol de roses rouges sur la commode de la chambre de Charlotte. La maison sent les roses.

Je m'assois et regarde la pendule. Au bout d'un moment je m'aperçois que j'attends que Charlotte rentre. Alors je prends les bols, les plats et les moules et me débarrasse des roses par-dessus la clôture de derrière. De retour dans la maison, je rince tout et mets les récipients à sécher sur l'égouttoir. Puis je m'assois au salon, sans rien faire. Elle ne rentre pas avant une heure tardive.

Samedi, je suis réveillé de bonne heure par un rugissement de moteurs. J'entends un avion décoller. Il décrit des cercles au-dessus de la ville. Puis un autre.

Charlotte sort de sa chambre, l'air renfrogné. Elle plisse les yeux dans la lumière, fatiguée. Je la regarde bâiller.

C'est quoi tout ce boucan ? elle me demande.

On dirait qu'ils vont vaporiser, finalement, je réponds.

Charlotte se laisse tomber sur le canapé. Elle se frotte les yeux.

Vaporiser quoi ? elle demande.

Les sauterelles. L'invasion de sauterelles. Ça doit être ça.

Charlotte s'étire, puis s'allonge sur le canapé. Elle cale un coussin sous sa nuque et ferme les yeux.

Comme si on avait besoin de ça, elle dit. Ils auraient pu prévenir.

Ils l'ont fait, je dis. Le gouvernement nous met en garde depuis une éternité.

Charlotte grogne, se plaque le coussin contre le visage, se tortille et donne des coups de pied à l'accoudoir. Le peignoir glisse et tombe, montrant ses cuisses nues.

Pourquoi aujourd'hui ? elle demande. Et puis pourquoi ils veulent vaporiser les sauterelles ?

Quoi ? je fais. Parce que c'est une invasion, tu vois. Elles bousillent les récoltes, les vignes, les fruits. J'ai déjà vu ça une fois. Elles bouffent même l'herbe, les feuilles des arbres, les plantes, les fleurs, presque tout. En un clin d'œil, je dis en claquant des doigts. Disparus.

Si les sauterelles se pointent ici, j'ajoute, il restera rien.

Un employé du gouvernement en costume bleu se présente à la porte avec un badge et un bloc-notes. Il est jeune, il a des cheveux raides et luisants, coiffés en arrière, il transpire. Il commence à me parler de la vaporisation des sauterelles.

Oui, je suis au courant de tout ça, je lui dis.

Il me tend quelques prospectus et note mon nom. La sueur coule de son front sur le bloc-notes et le papier, tachant la page et faisant pâlir l'encre bleue.

Vous savez donc qu'on a conseillé aux femmes enceintes et aux familles avec nourrissons de quitter la région, il dit. Vous étiez au courant ?

Eh bien, quoi, nous devons partir aussi ? je demande.

Non, ce n'est pas nécessaire, il répond. C'est absolument sans danger. Il s'agit simplement d'une mesure de précaution. Mais c'est le conseil que nous donnons.

Il referme son bloc-notes et s'essuie le visage.

Et si vous avez des animaux domestiques, autant que vous les gardiez enfermés chez vous aujourd'hui, il dit.

Donc c'est dangereux pour les animaux, je dis.

Non, il n'y a aucun danger. Là encore, c'est juste par précaution, vous comprenez. Ça n'affectera pas les humains ni les animaux. Y a pas de quoi s'inquiéter.

Il tapote son stylo contre le bloc-notes en regardant au loin dans la rue.

Mais c'est dangereux pour les sauterelles, je dis.

Oui, dit l'homme. Dangereux pour les sauterelles.

Je me rends à pied jusqu'à chez Spit pour voir ce que fait Belle. Les gens sont dehors sur le trottoir avec leurs chiens en laisse, les chiens s'accroupissent sur la bande de pelouse longeant la rue. A côté de sa maison, un homme chasse les poulets pour les regrouper dans le poulailler, qu'il recouvre d'une bâche. Des voitures passent très vite et, malgré tous les gens dehors, l'activité et les précipitations diverses, malgré le tonnerre des avions dans le ciel, le quartier a quelque chose de calme et de paisible. Quand je passe devant des crottes de chien toutes fraîches, des nuages de mouches s'envolent et se dispersent. Dans son jardin, une femme appelle son chat.

Tout autour de l'hôtel de ville et sur les trottoirs environnants, des viticulteurs et des fermiers sont réunis en groupes bavards, hochant la tête, levant les yeux vers les avions et le ciel. Ils portent des costumes gris ou des vieilles vestes sport, ils ont les cheveux gominés, le visage comme du cuir. Les employés du gouvernement se déplacent parmi eux en costume bleu, avec leur badge et leur bloc-notes. Je reconnais le père de Charlotte près du trottoir. Il ne me voit pas et je pénètre dans la foule avant qu'il ne remarque ma présence. De l'autre côté de l'hôtel de ville, Boss parle à un groupe de vignerons. Je m'approche.

Tiens, Smithy, dit Boss. Ravi-de-te-voir-mon-gaillard. Alors, t'en penses quoi de toute cette affaire de sauterelles, hein ? Cette vaporisation gouvernementale ?

Il paraît que c'est sans risque, non ? je dis.

Les autres reniflent et marmonnent.

D'après le gouvernement, c'est censé être sans risque, dit Boss. Il me regarde avec son sourire habituel.

Tout le monde parle autour de nous, toute la foule, la parole lente et sèche d'hommes qui possèdent la terre et y travaillent. Ils tombent d'accord les uns avec les autres et se disputent avec les employés du gouvernement, ils haussent la voix pour leur couper la parole, ils répondent à leurs propres questions, ils sont en colère, mais pas au point de ne pas pouvoir rire et parler ensemble, ils apprécient cette journée et l'excitation qui l'accompagne, toutes ces choses qui arrivent, et toute cette foule d'hommes qui égrènent leurs conversations paresseuses a quelque chose des vacances.

Tu fais confiance au gouvernement, Smithy ? Tu crois ce que dit le gouvernement ? me demande Boss.

Le gouvernement dit une chose un jour et autre chose le lendemain, déclare l'un des hommes.

Tous approuvent d'un signe de tête. Tous ces hommes ressemblent à Boss, ils ont un corps lourd et puissant, le visage tanné par le soleil, et ils lancent des regards appuyés. Sans arrêt ils parlent et lèvent les yeux vers les avions.

Qu'est-ce qui se passe ici ? je demande à Boss.

Une réunion, dit Boss. L'habituelle et inutile réunion organisée par le gouvernement.

Exactement, acquiesce l'un des hommes avec un signe de tête.

C'est le vin, dit Boss. Ce qu'on veut savoir, c'est si ça va affecter le raisin, toute cette vaporisation, cet arrosage aérien.

Il observe un avion.

Le gouvernement affirme que tout va bien se passer, mais je n'en sais rien. Je veux dire, vous en pensez quoi ? il demande aux hommes réunis là. Ils proposaient pas grand-chose, comme faits tangibles, hein ?

Bah, ils ont toujours plein de choses à raconter, mais leur discours est creux. Voilà ce que je pense, si ça peut servir, déclare l'un des hommes.

Ils ont été un peu évasifs, vous ne trouvez pas ? demande Boss. Vous êtes d'accord ? Ils ont été un peu évasifs ? Je veux dire, j'ai eu l'impression que leurs arguments se mordaient la queue. Ces gens semblent répéter sans arrêt la même rengaine, pas vrai ?

Les autres acquiescent.

Bah, le gouvernement procède toujours comme ça, non ? C'est à ça que servent nos impôts.

Ils s'interrompent pour regarder l'un des avions passer au-dessus d'eux, son fuselage blanc qui se déplace dans le ciel bleu. Les avions du gouvernement sont gros, blancs et modernes, ils ont deux hélices et ils volent très haut. Tout le monde se tait pour regarder l'avion, puis la discussion reprend.

Le gouvernement déclare déjà que le vin est toxique, me dit Boss. Il affirme qu'il est toxique à cause des vaporisations qu'on fait déjà, les herbicides et les fongicides. Et puis quand même, ils ont bien essayé de l'interdire à la vente, pas vrai ? il dit aux autres. Y a un moment de ça.

Les hommes acquiescent. Ils sont tête nue, une bande de peau blême leur ceint le haut du front.

Ce que nous voulons savoir, poursuit Boss, c'est si le vin est toxique à cause de nos vaporisations, alors ça va faire quoi aux grappes, ce pesticide anti-sauterelles ? C'est tout ce qu'on veut savoir.

Mais le raisin est à peine sorti, je dis.

C'est pas grave, dit l'un des hommes.

Les fermiers et les vignerons parlent, ils lèvent les yeux vers le ciel ou les baissent vers leurs chaussures, ils tapent du talon contre le caniveau, ils ont les bras croisés. Le ciel est dégagé, un soleil éclatant se reflète sur le chrome des voitures garées. L'hôtel de ville est derrière nous, ce vieux bâtiment en briques rouges et en terre cuite, surplombé d'un gommier malingre. Les pies survolent cette construction et la foule, les cris d'oiseaux et le brouhaha des hommes se mêlent dans le matin.

Boss regarde autour de lui.

Bon, faut regarder la vérité en face, il dit. Eh bien, d'après moi, si ce qu'ils disent est vrai, alors on devrait pas cultiver la vigne du tout. Non, il dit à l'un des hommes. Faut regarder la vérité en face, pas vrai ? Le gouvernement prétend que notre vin est toxique, mais si on vaporise pas la vigne, alors on la perd, vrai ou faux ?

Boss se tourne vers moi en souriant. Il croise les bras, se balance sur ses talons.

Je sais pas, Smithy, t'en penses quoi ? Tu crois qu'on devrait tout laisser tomber ? Peut-être que oui. Ils ont dit quoi ? il demande aux hommes. Impropre à la consommation, c'est ça ?

Exact.

Tous les hommes regardent un employé du gouvernement tout proche. Il parle à un groupe de fermiers. Tous parlent en même temps, l'index tendu. L'employé du gouvernement ouvre sans arrêt la bouche pour parler, mais chaque fois les autres lui coupent la parole. Il regarde son bloc-notes tandis que les fermiers le prennent à partie. L'arbre projette une ombre allongée sur la pelouse et la foule. Les branches oscillent, les feuilles frissonnent, l'ombre bouge. La foule est mouchetée de lumière. Les hommes debout au soleil ont la main en visière.

Mais si nous laissons tout tomber, vous croyez que le gouvernement va nous dédommager ? demande Boss.

Merde alors, sûrement pas, répond l'un des hommes.

Je croyais que tu savais tout ça, Smithy, dit Boss. Après tout, c'est ton gagne-pain, non ?

Faut qu'on coince ce type, dit l'un des hommes en montrant du menton l'employé du gouvernement, qui s'éloigne de l'autre groupe.

Un ministère essaie de l'interdire, un autre ministère veut le faire passer par pertes et profits, dit Boss. Ils s'engraissent avec nos impôts. Z'avez déjà entendu parler d'un gouvernement qui refuse nos impôts ?

Boss ouvre la bouche, sourit, exhibe ses gencives. Il se tourne vers les hommes. Ils secouent la tête, regardent par terre.

Et les exportations, dit l'un d'eux.

Eh ben ça aussi ça fait rentrer des impôts, pas vrai ? répond Boss.

Il se tourne encore vers moi.

Mais cette histoire de sauterelles, cette vaporisation aérienne. Ce qui nous inquiète, c'est que c'est peut-être la goutte d'eau qui va faire déborder le vase. Je veux dire, on peut pas avoir des morts sur la conscience, pas vrai, Smithy ? Même le gouvernement veut pas de ça.

L'un des hommes gratte sa semelle contre le béton.

Ouais, mais depuis quand le gouvernement fait quelque chose pour les producteurs ? il demande.

Bah, dit Boss. Si les bonnes vignes sont détruites, ils enverront les travailleurs sociaux, pas vrai ? Tu vois, Smithy, c'est leur méthode à eux. Les récoltes sont fichues, les fermiers mettent la clef sous la porte, et le gouvernement envoie les travailleurs sociaux. Il donnera pas un sou de subvention aux fermiers. Il préfère voir les fermiers faire banqueroute et envoyer les travailleurs sociaux. C'est ça, la solution du gouvernement.

Faut chouchouter les diplômés de l'université, ajoute un des hommes. Ces petits jeunots, faut les laisser mariner dans la bière et les bonbecs.

Exact, dit Boss et tous les hommes acquiescent.

Devant chez Spit, il y a des voitures garées dans l'allée et contre le trottoir. La porte est ouverte, une femme tenant un bébé est debout sur le seuil. Le bébé pleure, elle le serre contre sa poitrine, le berce, lui parle doucement. Les avions vrombissent au loin.

Belle est là ? je demande à la femme.

D'un signe de tête, elle me montre la porte sans cesser de bercer le bébé. Je ne la connais pas.

J'entre dans le salon. Il y a plein de femmes, de bébés, d'enfants qui courent partout. Cette pièce sent le talc, les couches et le lait. Toutes ces femmes parlent, mais elles se taisent dès qu'elles me voient. Les enfants continuent de jouer, de gazouiller. Les femmes me regardent.

A la cuisine, près du comptoir, Belle met des sachets de thé dans des tasses. La bouilloire électrique commence à siffler. Les femmes se remettent à parler dans le salon, mais à voix basse ou en chuchotant.

J'entends quelqu'un murmurer : J'avais oublié que c'était le grand-père.

Belle se fige pour les écouter, mais elle ne dit rien.

Je passais juste voir comment tu vas, je dis à Belle. M'assurer que tout va bien avant ton départ.

Belle met des cuillerées de sucre dans les tasses. Elle me tourne le dos.

On fait du covoiturage, elle dit. Entre mères célibataires. Moi, j'ai l'impression de plus avoir de mari en ce moment.

On entend toujours les moteurs des avions au loin. Belle porte un jean, un corsage et des baskets.

Où tu vas ? je demande.

A Melbourne, dit Belle. Les enfants et moi, on va chez ma tante Prue.

Elle lève le bras en grognant vers une étagère élevée et attrape un plateau laqué. Elle y dispose les tasses.

Combien de temps ? je demande.

Juste une nuit, répond Belle. On sera de retour demain après-midi.

Ça fait un tout petit voyage, je dis. Tant que t'y es, tu devrais rester plus longtemps là-bas. Emmener les enfants au zoo par exemple.

La bouilloire siffle puis s'éteint. Belle verse l'eau dans les tasses. Le bourdonnement des avions augmente.

Y a des filles qui bossent, elle dit.

Quand même.

Un avion survole la ville. Des verres tintent. Belle lève les yeux.

Eh bien, je sais où est Spit, si ça peut te consoler, je dis. Ou plutôt avec qui il est.

Belle ricane.

Tout le monde le sait, elle dit.

Ah bon ?

Belle passe devant moi pour prendre le lait dans le frigo, en marmonnant quelque chose.

Comment ça ? je dis.

Belle verse du lait dans les tasses en me tournant toujours le dos. Elle hausse les épaules et marmonne à nouveau.

Il se met dans la mouise simplement parce que cet enfoiré de Brett Clayton est en rogne contre le monde entier, elle déclare.

Tu veux dire quoi ? je demande.

Je la regarde s'affairer avec le thé.

Tu as besoin d'aide ? je demande encore.

Belle secoue la tête et range le lait au frigo.

C'est pas mon problème, elle dit. Comme si Spit et moi on avait pas déjà assez d'ennuis sans que Brett Clayton s'en mêle.

Belle retire les sachets de thé des tasses et les pose sur une assiette. Quand un avion revient, elle lâche un juron.

Alors tout le monde est au courant, je dis.

A peu près.

Elle prend le plateau, puis le repose sur le comptoir. Elle compte les tasses.

Et les gens disent quoi ? je demande.

Belle jette un coup d'œil au salon puis me regarde.

T'en fais pas, elle dit.

Laisse-moi t'aider, je lui propose.

Je vais bien, dit Belle. Elle reprend le plateau et fait mine de s'éloigner.

Bon, et toi alors ? je dis.

Quelle importance ? fait Belle. T'as assez de bouteille pour te faire ton idée.

Eh bien, tu sembles avoir quelque chose à dire.

Quand Belle déplace le plateau contre son buste, les tasses glissent et s'entrechoquent. Du thé en déborde. Les avions rugissent au-dessus de nous.

Elle se sert de toi, dit Belle.

Ah bon ? je fais.

Belle voudrait que je m'écarte pour la laisser passer, mais je n'en fais rien.

Pourquoi tu dis ça ? je demande.

Parce que je la connais, dit Belle. Je sais de quoi elle est capable.

En quittant la maison, j'aperçois le fils aîné de Spit et Belle sur le trottoir, assis sur son tricycle en plastique. Il lève les yeux vers le ciel.

Tu fais quoi ici tout seul ? je lui demande. Hein ?

Le gamin tend un bras en l'air.

Avion ! il dit.

Exact, je dis. C'est un avion.

Il me regarde, le bras toujours tendu.

Là ! Là ! Avion !

Je le vois, je dis.

Il sourit, lève les yeux vers le ciel, puis me regarde. Il a les yeux écarquillés.

Et si tu rentrais à l'intérieur ? je dis. On voudrait pas que tu te fasses écraser, hein ?

Je commence à tirer le tricycle vers la porte, mais le gamin freine avec ses pieds sur le trottoir et se met à geindre.

Bon, d'accord, je dis. Tu sais qui je suis, pas vrai ? Je suis ton papy. Tu connais ce mot ? Papy ?

Le gamin me regarde.

Papy, je dis en me désignant de l'index.

Le gamin me regarde en plissant le front comme s'il souffrait. Puis il me montre du doigt.

Smithy ! il dit.

C'est ça, je dis. Ton papy Smithy.

J'essaie encore de déplacer le tricycle, mais le gamin se met à pleurer.

Non, il geint. Non. Avion.

Bon, et si je t'emmenais derrière, je propose. Tu verras les avions aussi bien que d'ici.

Le gamin regarde le ciel en reniflant. Il se remet à pleurer, puis s'arrête, les yeux levés vers le ciel.

Je montre l'arrière de la maison.

Tu verras aussi les avions de là-bas, je dis.

Il me regarde, puis semble comprendre et se met à pousser son tricycle avec les pieds dans le jardin. Je saisis les poignées du guidon pour l'aider. Il lève alors les pieds et je l'emmène derrière la maison.

L'herbe n'a pas été coupée, elle me monte aux chevilles. Certains pissenlits fanés, à grosse tige, sont plus grands que le gamin. Des pousses de lierre brunes et mortes s'accrochent à la clôture en bois, les misères pullulent sous la cabane et dans les recoins du jardin, plus épaisses dans les zones ombragées.

Attends ici une minute, je dis au gamin. Je casse une petite branche d'arbre et marche dans l'herbe en frappant le sol avec, à l'affût du moindre mouvement d'un serpent. Il y a une pelle posée à plat, cachée dans l'herbe, le manche desséché est fendu, il y a un arrosoir et des jouets en plastique. Je tire le gamin sur son tricycle et pointe l'index vers le ciel.

Tu vois, tu peux regarder les avions d'ici, je dis.

Je m'accroupis sur les talons près du gamin. Il observe le ciel. Je prends mon couteau fixé à ma ceinture et me mets à écorcer le bâton. Nous attendons là.

Il fait chaud au soleil et il n'y a pas de vent. Le bruit des avions est incessant. Le gamin est concentré sur le ciel, mais de temps à autre il me regarde, tend la main au-dessus de lui et sourit, comme si les avions étaient un secret entre nous, une chose que nous serions les seuls à connaître ou à comprendre. Quand j'ai fini d'écorcer le bâton, je le donne au gamin pour qu'il joue avec. Il le regarde, puis lève les yeux vers le ciel sans le prendre. Je le jette dans l'herbe.

Le gamin émet des bruits excités. Il darde sur moi ses yeux brillants et écarquillés, le bras levé, le souffle court. Nous regardons l'avion qui arrive.

Oui, tu les aimes bien, ces avions, pas vrai ? je dis. Peut-être qu'un jour tu voudras apprendre à en piloter un. Ça te plairait, hein ? Balader des gens en avion dans le monde entier. Découvrir plein d'endroits différents. Ça ferait un boulot formidable, non ?

Le gamin garde le bras tendu pour montrer l'avion qui se déplace lentement dans le ciel. Le bras toujours tendu, il penche la tête sur l'épaule et ferme les yeux.

Quand je rentre, les rues sont vides, les boutiques fermées, cadenassées, les gens sont partis ou calfeutrés chez eux, on dirait une ville désertée.

Je vérifie les fenêtres et place une serviette roulée au bas de la porte d'entrée. Maintenant, les avions vont un peu plus loin, au-dessus des prés et des vignobles, ça fait un bourdonnement terne et constant. Charlotte a pris sa douche et s'est coiffée, elle est assise, toute rose. Elle boit une tasse de café.

Je m'assois en face d'elle.

J'ai vu ton père en ville, je dis.

Quoi ? fait Charlotte en levant les yeux vers moi. Non, mon père ne va pas en ville, il ne va jamais en ville.

Eh bien il y était aujourd'hui, je dis. Beaucoup de fermiers y étaient. Tous les vignerons aussi.

Charlotte porte la main à son front et regarde par terre.

Bon dieu, mon père en ville, elle dit. Mais pourquoi ?

Elle me regarde de nouveau, les yeux très brillants.

Et s'il était tombé sur Brett ? elle dit. Ce serait une catastrophe. Je veux dire, avec le comportement habituel de Brett. Et mon père en ville. J'arrive pas à y croire.

Tu n'as pas vu Brett, n'est-ce pas ? elle me demande. S'il te plaît, dis-moi, tu n'as pas vu Brett ?

Non. Je l'ai pas vu. Sans doute qu'il était dans un des pubs.

Charlotte grogne, le buste plié en deux, elle se prend le visage entre les mains.

J'arrive pas à y croire. Mais pourquoi ? Pourquoi mon père décide maintenant de venir en ville ? Je veux dire, et s'il était tombé sur Brett ? Comme si les choses étaient pas déjà assez moches. Tu en es sûr ? elle me demande. Parce que mon père ne va jamais en ville. Et pourquoi il a choisi ce jour-là plutôt qu'un autre ? Mon dieu.

Mon dieu, répète Charlotte. J'arrive pas à y croire.

Nous restons un moment assis. Je regarde une tarentule sauter sur une vitre. Il n'y a pas d'oiseau aujourd'hui, même pas des corbeaux, rien. Charlotte se redresse, s'adosse et me regarde.

Tu sais, c'est presque drôle, elle reprend. Je veux dire, ces coïncidences sont si atroces que c'en est presque drôle. Très bien. Pourquoi il verrait pas Brett ? Pourquoi pas aujourd'hui ? Mon père ne peut pas avoir une plus mauvaise opinion de Brett, j'imagine, ou de moi, alors pourquoi ne pas le rencontrer ? Tu sais, sans doute qu'il ne serait même pas surpris de tomber sur lui. Il s'y attend, pas vrai ? C'est exactement ce qu'il attend. Voilà ce qu'il a toujours pensé.

L'un des avions est visible par la fenêtre de derrière, un point blanc brillant. Je le regarde se déplacer dans le ciel.

Tu sais, continue Charlotte, j'en suis absolument sûre, mon père, enfin, mes deux parents préfèrent aller en voiture jusqu'à Corowa plutôt que de venir en ville, pour faire des courses, prendre de l'essence ou autre chose. Même pour acheter une bouteille de lait. Une fille que je connais était un jour à Corowa, elle a vu mon père se garer devant le milk-bar, acheter une bouteille de lait, remonter en voiture et s'en aller. Il vont en voiture jusqu'à Corowa pour ne pas courir le risque de me croiser. Ou Brett. Je veux dire, l'idée de me voir, de voir leur fille, leur est insupportable. Juste pour m'éviter, ils seraient prêts à traverser la frontière. Tu savais ça ?

Non, je dis.

Alors comme ça mon père choisit ce jour précis pour venir en ville ? dit Charlotte. Je devrais éclater de rire.

Debout près de la fenêtre de derrière, j'observe un avion qui vole loin et haut. Il vire, puis un mince sillage blanc le suit à travers le ciel jusqu'à ce que l'avion ait disparu. Cette ligne reste immobile, elle enfle puis se met à tomber en hachures qui dérivent, grossissent et se rassemblent pour marbrer le ciel et d'un horizon à l'autre le ciel vire au blanc et brille de l'intérieur, et ce nuage maintenant couleur perle gonfle, s'épaissit et s'alourdit dans l'espace. Les prés, les fermes et les arbres morts solitaires disparaissent, les champs cultivés et les vignobles, les lames de rasoir des clôtures. Ils s'estompent, se brouillent puis s'en vont. Le soleil est derrière ce nuage, orange pâle et ceint d'un halo, il saigne dans le nuage, ce nuage semblable à de la cire, et la lumière s'y répand, elle y crache des lueurs, en souligne les volutes. Le nuage croît, se forme et se reforme en monticules et dépressions, en plateaux, tourbillons, lignes arasées ou effrangées, lisières éblouissantes, couleurs pierreuses. C'est un corps étrange, mouvant, changeant, qui change à mesure qu'il bouge, qui se développe de l'intérieur en lents amas de poings fermés, escarboucles et vrilles filiformes, il est énorme dans toutes les directions de l'espace et tout y est absorbé par sa croissance, la terre et le ciel, tout.

Viens voir ça, je dis à Charlotte.

Elle se lève du canapé, s'arrête à côté de moi près de la fenêtre et nous regardons ensemble le nuage rouler et engloutir la ville.

Mon dieu, dit Charlotte.

Je me demande où est Brett, dit Charlotte.

Une baisse de lumière comme au crépuscule, mais une lumière étrange, le soleil cuivré se voile, rougeoie, à peine présent. Quelque chose comme une légère averse tombe, mais pas de la pluie, cela siffle et crache en touchant les tuiles et la tôle ondulée du toit, les gouttières, le béton. De la vapeur jaillit vers le ciel, en se tordant, se dispersant et planant, pour former un plafond bas de fumée et ruisseler du bord des toits. Des gouttes s'écrasent contre les fenêtres, laissant des traînées et des taches d'un blanc sale. Les feuilles frissonnent, percutées et maculées. Une odeur de caoutchouc brûlé. Cela commence brusquement, s'achève brusquement, et puis le nuage est sur nous.

Charlotte regarde par la fenêtre.

Et maintenant quoi ? elle dit. Ça signifie quoi ? Faut qu'on reste à l'intérieur ?

On dirait bien, pas vrai ? je réponds.

Mais combien de temps ? elle dit. Toute la journée, ou quoi ? Combien de temps ça va durer ?

Pourquoi ? je demande. Tu as l'intention d'aller quelque part ?

Non, me rétorque Charlotte. Evidemment que je comptais pas sortir.

Elle se met à arpenter la pièce.

C'est juste que je supporte pas d'être enfermée comme ça, elle dit.

Elle marche encore un peu, puis s'assoit.

J'ai l'impression d'être coincée ici depuis une éternité.

Dehors le brouillard est épais, la lumière très faible. Le monde s'est refermé sur nous et c'est comme s'il n'y avait rien d'autre, rien que Charlotte et moi assis dans cette pièce, prisonniers d'espaces aveugles, le monde subtilisé par le brouillard et tout ce qu'il reste c'est cette pièce, cette maison, Charlotte et moi seuls.

La douleur a irradié à partir de mon doigt et je suis en pleine crise de rhumatisme. J'ai de la fièvre. Je regarde ma main, rouge et enflée. Elle est insensible, tout comme mon bras, je ressens des picotements quand je l'agite. J'ai mal aux genoux, j'ai mal partout, à toutes les articulations, dans tous les os de mon corps. Mes organes enflent et gonflent, prêts à exploser. Je ressens mon âge et ma faiblesse, je pense à part moi : Tu avais raison, vieux, tu avais raison et c'est ce que tu as toujours dit. Tu arrêtes et voilà le résultat, tu savais qu'un jour ça te tomberait dessus et voilà que ça y est, rien d'autre qu'un corps brisé et l'esprit qui bat la campagne parce que tu as arrêté, mon vieux, et tu aurais dû savoir que lorsqu'on arrête tout s'arrête avec toi, et ce corps se barre en couilles depuis un bon moment déjà mais il ne s'est pas encore arrêté, il ne s'est pas tout à fait arrêté mais il continue comme une machine déglinguée et hoquetante, déglinguée mais qui tient bon, qui s'affaisse de-ci de-là, qui crache des boulons et des rivets, mais qui tient bon grâce au mouvement, simplement grâce au mouvement, c'est ça, contre tout pronostic raisonnable, et j'ai oublié cette période ancienne, mais maintenant je m'en souviens. C'était comme si la vie, une forme de vie désespérée, une volonté têtue dans cette machine la faisait fonctionner, la maintenait en mouvement, et tout ça contre les lois mêmes de la nature car je me rappelle des hommes figés de stupéfaction en la voyant rendre l'âme, mais un instant seulement tandis que la machine hurlait et lançait des étincelles, roues et rouages pris de folie, les pièces crachées volant en tout sens, mais allant toujours de l'avant jusqu'au claquement d'un commutateur et alors le moteur ralentit et s'arrête et lâche un immense grognement, le dernier, le tout dernier, et elle s'effondre en un tas de métal rouillé, les roues, les rouages et le cadre, toute cette mécanique réduite à un tas inutile, un monceau de débris et je ne me rappelle ni pourquoi ni quand, peut-être l'ai-je vue enfant, et qui aurait pu se douter que ce souvenir resterait et qu'il reviendrait maintenant et que maintenant, sans me rappeler ni quand ni où ni pourquoi, simplement le tremblement et le mouvement dans cette cabane obscure, l'effondrement et le grondement et qui aurait pu dire qu'un jour tu t'identifierais à ce spectacle, comme si tout avait été arrangé à l'avance, toi comme elle maintenant, avançant cahin-caha comme elle. Mais non, car je le savais déjà, ne l'ai-je pas dit moi-même et répété tant de fois mais personne n'écoute et personne ne me croit, mais voilà. Je suis brisé, lessivé, réduit à rien sinon à ce mouvement et, je le sais, je dois continuer, aller de l'avant jusqu'à tomber, parce que vivre ainsi, non, pas ainsi, jamais ainsi, cette attente, cette souffrance de l'esprit et du corps pire que la mort elle-même.

Charlotte lit un magazine féminin qu'elle a dû trouver quelque part. Elle quitte la pièce et revient avec un petit sac à fermeture Eclair, dont elle sort de minuscules boîtes plates, un minuscule flacon, un crayon noir et un petit ustensile brillant. Elle dispose le tout sur la table basse, ouvre un petit miroir à fermoir et l'installe devant elle. Puis elle feuillette son magazine et se remet à lire.

Je la regarde abaisser d'un doigt sa paupière inférieure et tracer une ligne noire tout du long avec le crayon, puis faire la même chose avec sa paupière supérieure, un œil et puis l'autre, sans jamais cesser de se regarder dans le miroir. Elle colorie ses paupières en vert et argent, elle y passe sa petite brosse partout jusqu'aux sourcils, en argent et en vert, puis à petits gestes vifs elle les tamponne avec un coton, tout s'effectue à petits gestes vifs, le dessin, le lissage, la brosse, encore et encore. Elle plisse les yeux et les ferme presque avant de les rouvrir pour se regarder dans le miroir, elle accomplit tous ces gestes en se regardant dans le miroir, elle tourne la tête, examine un profil puis l'autre, se regarde de face puis en biais. Ensuite, elle s'assombrit les sourcils et les passe à la petite brosse puis elle prend le petit ustensile pour réunir ses cils, les réunir et les séparer, après quoi elle passe une brosse dans ses cils jusqu'à ce qu'ils soient épais, noirs, longs et incurvés, et puis elle s'occupe de ceux du bas, elle y passe la brosse. Elle recommence avec les bouts de coton et la brosse et elle s'examine longuement dans le miroir sous tous les angles et elle le tient dans sa main et elle recommence.

Charlotte me regarde.

C'est censé m'agrandir les yeux et les rendre plus brillants, elle dit. Qu'en penses-tu, Smithy ? Est-ce que mes yeux sont plus grands et plus brillants ?

Je regarde les yeux de Charlotte. Elle les ouvre très grand pour me faciliter les choses. Charlotte rit puis s'examine encore dans le miroir.

Assis, je regarde le jardin de derrière, j'observe les lambeaux de brouillard qui s'y déplacent lentement, le brouillard s'est un peu dissipé, comme de la brume, la brume d'un matin d'hiver. Arbres, toits et clôtures semblent lointains, tout semble lointain.

Le soleil perce à travers les nuages aux contours dentelés comme de l'ardoise, à la masse brillante comme des braises. Des rais de lumière transpercent le poison en suspension, disparaissent puis reviennent, filtrés par la brume filiforme, mais maintenant cela ne ressemble plus à une brume, pas dans cette lumière, car au lieu de s'effilocher au soleil, elle se déplace dans la lumière, ce n'est pas de la brume mais une matière presque solide et réelle.

Des hachures de lumière tamisée entrent par les fenêtres et projettent de brefs déplacements dans la pièce. J'observe le jeu de l'ombre et de la lumière, je regarde le salon, les fauteuils et le canapé, vert et légèrement strié d'orange pour s'harmoniser à la moquette orange, les motifs des rideaux et des voilages, les pierres colorées du manteau de la cheminée sous le grand miroir, le présentoir à gâteaux en cristal de Florrie, les vitrines du meuble et les bibelots, ainsi que le tableau de la mer.

Et cette pièce est la même qu'autrefois, elle a toujours été ainsi, elle n'a jamais changé, depuis le début, et j'ai soudain la sensation très forte de la voir pour la première fois, le familier tout à coup étranger et les vagues souvenirs de présences bruyantes et affairées, mais désormais floues. Et je pense à mon existence en cette période de ma vie, à la fin de ma vie, je pense que maintenant je suis assis dans cette pièce comme pour la première fois et pour la première fois je perçois l'immobilité et le silence, les présences disparues depuis longtemps et même après toutes ces longues années c'est seulement maintenant que je comprends qu'elles sont parties pour de bon. Et malgré cette fille assise près de moi, la pièce et la maison me paraissent vides et c'est seulement maintenant, pour la première fois et après toutes ces années, c'est seulement maintenant que je sais que je suis seul, cette pièce, cette maison, mais pas seulement ça, plus que ça, disparues, tout, absolument tout, tout a disparu.

Je me retourne vers la fenêtre et le ciel couvert, le soleil humide, le poison stagnant comme du pétrole et le jardin voilé d'un étrange linceul, tout m'est devenu étranger.

Des choses me traversent l'esprit, des choses de l'enfance et des choses oubliées, mais toujours là quelque part, à la lisière de ma mémoire elles ont toujours été là. Des choses en fer, de lourdes portes et des volets pesants, au loquet fermé, des boîtes de conserve pleines d'essence, des poches étanches en toile, des sacs et des harnais, des sacs en toile de jute et des chaînes d'attelage, des cordes en cuir souple, des saints en plâtre au milieu de livres jaunis aux pages friables, des baignoires en fer-blanc qui nous servaient de bateaux pendant les inondations mais où on ne se baignait qu'une seule fois, des jougs et des barres de trait, des sols en terre battue et des couchettes en bois, des matelas de paille, des draps rêches et piquants, nous dormions à même la terre où nous vivions, la terre et la poussière, mon enfance. Et je me rappelle les boîtes de confiture et les boîtes de sel, de thé, l'unique et minuscule flacon d'essence de vanille, l'huile de foie de morue, le pot de bonbons à la menthe, toutes ces choses aux étiquettes, aux noms et aux images colorées que nous regardions en proie à une fascination tranquille, des choses venues de loin. Un jour, j'ai apprivoisé une perruche.

Et je me rappelle les chats, à demi sauvages, qui détalaient, crachaient et rôdaient à l'heure des repas, en attendant que les sœurs sortent les ordures, ils arrivaient et filaient en un clin d'œil, la queue en l'air, les formes de leurs taches, les tigrés, les mouchetés, les rouquins, leur poil était propre et ils étaient tout pour moi. Et, je m'en souviens, nous adorions les chatons qui arrivaient par portées entières et c'était sans doute le printemps, un moment de l'année seulement connu des chats, car il n'y avait pas de saisons, seulement la sèche et l'humide, et nous passions de nombreuses heures à essayer d'attraper ces chatons, rampant sous les fondations et dans le tas de bois, posant des pièges, mais c'étaient des petits vicieux qui nous glissaient entre les mains, et je me rappelle que les sœurs nous sermonnaient tout en s'occupant de nos bras et de nos mains couverts de minces zébrures rouges et de gouttes de sang, je me rappelle la piqûre de l'iode et je ne crois pas que nous en ayons jamais attrapé un seul.

Objets métalliques. Un candélabre en argent aux bras tordus et deux bougies assorties, un calice, des brûle-parfums finement ouvragés, un crucifix irradiant dans toutes les directions, davantage étoile que croix, et d'autres objets saints et sans nom. Des lampes à pétrole en cuivre, une cafetière, un plateau d'argent, tous descendus de leur présentoir une fois l'an, époussetés et lavés, et puis l'argent et le cuivre astiqués, et nous regardions ces objets ternes métamorphosés en surfaces brillantes, étincelantes, comme si elles venaient d'un autre monde.

Et je me rappelle les noirs sauvages arrivant en période de disette, sombres, émaciés et presque nus, leurs longues jambes minces et leur corps râblé, leur visage telle une horreur cauchemardesque, portant leurs enfants, flanqués de meutes de chiens, et ils plantaient le camp contre les murs de pierre, réclamaient de la farine et du sucre que les sœurs leur distribuaient chaque matin, car elles les redoutaient. Et ils se pelotonnaient à l'ombre des bâtiments et nous les regardions vaquer à leurs occupations, les feux de camp rougeoyaient jour et nuit, les femmes riaient en coinçant un chat qu'elles battaient avec leur bâton d'igname avant de le dépiauter et de le cuire avec du pain indigène, des lézards et des asticots, et nous autres les garçons observions à bonne distance leurs massues, leurs lances, les motifs épais des cicatrices boursouflées et puis leurs femmes, mais elles nous jetaient à peine un coup d'œil, même si leurs chiens se levaient et grondaient, montraient les dents, et ils s'occupaient tout seuls jusqu'à ce qu'ils dépassent les bornes et alors les hommes arrivaient avec leurs fusils et les renvoyaient dans le désert.

Toujours un œil rivé à la réserve de viande, toujours affamés, nous autres les garçons, et je me rappelle les côtes saillantes et le ventre toujours creux et nous nous glissions discrètement dans le garde-manger pour inspecter son contenu changeant, quartiers de mouton, lapins dépiautés, chèvre sauvage, du bœuf en période d'abondance, du wallaby en période creuse, parfois un coq tué et sa carcasse frémissante enveloppée dans un tissu, suspendu et saignant, la viande livrée avec les autres courses, sacs de farine et d'avoine, pommes de terre et oignons, thé, sacs de sucre et balles de foin, le tout livré par un homme épuisé dans une camionnette déglinguée qui se réduisait quasiment à un châssis.

Et le matin, fendre la glace dans la bassine en émail, la précieuse eau de source partagée entre nous, la flanelle toute raide. Et par ces matins glacés du désert nous sortions en courant et sans chaussures, tout frissonnants pour nous battre près des bouses de vache fraîches, et je me rappelle le plaisir d'enfoncer mes pieds nus engourdis dans la bouse chaude et fumante.

Et puis sœur Margaret et son poulet de luxe, je me souviens, les autres sœurs l'appelaient son poulet de luxe, le poulet de luxe de Margaret, elle était si fière de son poulet de luxe, une poule noire et soyeuse aux plumes brillantes, une touche de vert, un petit volatile et elle adorait son poulet de luxe, elle l'avait rapporté d'un voyage qu'elle avait fait, pour l'enterrement de sa mère, je crois, aucune des sœurs n'avait le droit d'acheter une chose personnelle, elles avaient un mot pour ça, un mot religieux, mais sœur Margaret a rapporté son poulet de luxe et je me rappelle qu'elle disait que c'étaient des bonnes pondeuses, ces soyeuses, elle le disait aux autres nonnes mais en rougissant et elle adorait ce poulet de luxe, même si aucun œuf n'en est jamais sorti et qu'elle est morte deux jours plus tard à cause de la chaleur, et les autres poulets, de grosses bêtes costaudes et babillardes, me rappelaient les sœurs, couleur terre, je ne sais plus de quelle couleur elles étaient ou avaient été, ils lui ont piqueté les yeux et les plumes et lacéré la chair avant que sœur Margaret récupère la dépouille déplumée et sanguinolente dans ses bras et l'enterre, elle a assemblé deux bâtons pour en faire une croix, qu'elle a plantée sur la tombe, et les autres sœurs ont rigolé et elles ont raconté encore et encore cette histoire à la longue table du réfectoire, pour se moquer inlassablement d'elle, et je me rappelle qu'elles la racontaient en caquetant, sœur Margaret et son poulet de luxe et sœur Margaret rougissait et je comprends aujourd'hui qu'elle était à peine plus âgée qu'une enfant.

Et l'homme et sa camionnette livraient des arbres fruitiers aux racines nues et nous creusions des trous et nous les plantions et ils dépérissaient et mouraient. De petites citrouilles crayeuses poussaient parmi un fouillis de melons amers et voilà tout.

Et nous jouions à des jeux sauvages, de notre invention pour la plupart, nous courions comme des fous, nous nous pourchassions pour nous plaquer et nous luttions dans la poussière, en flanquant des coups de pied aux melons qui se fendaient ou éclataient. Et au cricket avec un bout de bois en guise de batte, à la guerre avec des bâtons à la place de fusils, des mottes de terre remplaçaient l'artillerie, aux osselets et à d'autres jeux sans nom. Et les mouches grouillaient autour de nous, elles nous recouvraient, elles s'insinuaient dans nos oreilles, nos narines, notre bouche et je me rappelle les garçons s'arrêtant de marcher pour tousser et ils expectoraient des mouches. Et puis il y avait des bribes de poèmes et nous récitions le Notre Père agrémenté de paroles salaces et si jamais les sœurs nous entendaient elles nous battaient avec une longueur de cuir jusqu'à ce que nous pleurions ou que le martinet se casse.

Et nous étions tous couverts d'engelures, notre peau cloquait, se fendait et nous démangeait à cause des croûtes, des poux et des piqûres d'insectes, les sœurs brûlaient les tiques et incisaient les furoncles avec des aiguilles brûlantes. Et puis la rougeole est arrivée et ensuite la coqueluche et toutes les maladies infantiles et on aurait dit qu'il y avait tout le temps l'un de nous alité pour une raison ou une autre, ou se remettant d'une fracture, d'une plaie suppurante ou infestée de mouches, et parfois un garçon souffrait de consomption pulmonaire ou du tétanos et le médecin venait et l'emmenait dans un hôpital et les sœurs nous faisaient prier pour son âme quand arrivait la nouvelle de sa mort.

Et les visites de l'empoisonneur de chiens durant ses voyages à travers le désert, son grand chapeau mexicain noir à glands rouges, ses bottes de bouffon et ses dents en or, il nous montrait son fusil et son revolver, les cicatrices et les tatouages de son corps ainsi que la bouteille de strychnine qu'il utilisait pour empoisonner les trous d'eau, et il ajoutait avec un sourire, pas seulement les chiens. J'ai compris beaucoup plus tard ce qu'il voulait dire, quand j'ai appris à marcher dans le désert, à reconnaître les pierres, les arbres et les pistes, et un jour je suis tombé sur un de ces trous d'eau, tout au fond des rochers et certes pas un bassin tel que je l'imaginais mais pas beaucoup plus que du sable humide, une eau sale suintant en surface et, oui, pas seulement les chiens, mais des oiseaux et des lézards, des rats-kangourous et des wallabies et des pythons noirs, dispersés tout autour de l'endroit, les dépouilles de l'homme et de l'animal toutes gonflées et putrescentes pour nourrir les fourmis et les mouches.

Et je me rappelle avoir vadrouillé un peu partout, explorant les vieux bâtiments de la mission en pierre grossièrement taillée, d'autres en pisé tout craquelé, la chaux s'écaillant, le limon fendillé, quelques trous profonds, que nous creusions avec des bâtons et des outils de fortune, comme dans l'attente de quelque découverte mais pour trouver seulement davantage de terre sèche et dure. La chapelle rarement utilisée, son autel grossier, ses bancs rustiques, ses fonts baptismaux secs, l'ancienne étable à bœufs, la porcherie vide aux murs de pierre et la vieille carrière profonde et toute suintante, avec ses tas de pierres brutes et son air très frais, nous nous asseyions là pour raconter des histoires à l'abri du soleil.

Le vieux Trappiste fou, au visage émacié et aux cheveux longs, à la longue barbe qui lui descendait jusqu'au ventre, habitait l'une des cabanes éloignées, qu'il quittait rarement, nous jetions des coups d'œil chez lui, nous l'observions en train d'écrire, des grandes piles de papier un peu partout, et quand j'ai été un peu plus âgé on m'envoyait là-bas avec ses repas et il me baragouinait des mots étranges qui, selon les sœurs, étaient de l'espagnol, mais j'ai aussi entendu dans son sabir les voix des noirs et on le voyait parfois s'occuper des citrouilles ou attendre la camionnette qui lui apportait son encre et son papier, et parfois il disparaissait des semaines d'affilée dans le désert et il revenait couvert de coups de soleil, les vêtements en lambeaux, le corps parfois peint d'ocres divers, et on l'entendait arriver de loin à cause de ses monologues parce que cet homme n'arrêtait jamais de pérorer ni d'écrire dans cette vieille cabane en écorce, et quand il est mort les sœurs ont récupéré ses feuilles de papier pour en faire de l'allume-feu et elles ont attendu un prêtre jusqu'à ce que le corps pue, et quand le prêtre est enfin arrivé il a procédé aux derniers rites et il a enterré le cadavre en creusant le trou lui-même et les sœurs nous ont dit que c'était un des douze qui avaient quitté leur monastère en Espagne pour traverser la mer et puis le désert avec des équipages de bœufs et des fardiers, ils avaient exploité la carrière de pierre et construit cette mission pour les noirs, mais ils n'avaient réussi aucune conversion et ils étaient morts ici et il était le dernier.

Et je me rappelle la porcelaine des sœurs, soigneusement disposée sur les étagères élevées et jamais utilisée, car nous mangions et buvions seulement dans des assiettes et des pots en émail, usés jusqu'au fer-blanc, mais la porcelaine exhibée malgré tout avec ses motifs floraux, le service à thé au grand complet, l'énorme soupière, les bols, une saucière et un pot majestueux montrant une femme et un homme barbu flanqués de colonnes et vêtus de longues et amples robes qui tombaient en plis abondants. Et sur une étagère la rangée des assiettes peintes exhibant des hommes affairés en redingote et haut chapeau, bras dessus bras dessous avec des femmes en robe longue, des filles toutes vêtues de blanc chassant les papillons dans des jardins luxuriants, des rues pavées avec de gros hommes rubiconds, des charrettes pleines de fruits, des vitrines débordant de viandes, de pain et de nombreuses autres denrées dont j'ignorais tout, des paysages enneigés, des lacs glacés où évoluaient des hommes et des femmes semblables dans leurs vêtements colorés, écharpes, chapeaux, bonnets, manteaux bordés de fourrure et robes longues, les patins aux pieds et tous en mouvement, riant et se lançant des boules de neige et tombant sur la glace, des hommes en tenue rouge montés sur des chevaux avec des meutes de chiens et un renard courant devant eux à travers des bois ombreux et des arbres à grandes feuilles, toutes ces images peintes en brillants coloris et enguirlandées d'un or qui couvrait aussi le bord des assiettes. Et je m'émerveillais devant ces images de choses que je n'avais jamais vues, que je n'ai jamais cru voir et que je n'ai jamais vues.

Et je me rappelle qu'un jour un homme au visage fermé est arrivé en voiture pour nous emmener, sœur Bernard et moi, sur les routes poussiéreuses jusqu'à un campement noir, et les noirs allongés à l'ombre de leurs cahutes et l'homme les a appelés et ils sont venus s'asseoir par terre devant nous et sœur Bernard m'a fait chanter pour eux, en me dirigeant tandis que je chantais. Et ensuite un homme en costume s'est présenté devant l'assemblée et je l'ai regardé s'installer exactement à la même place que moi précédemment, en prenant l'aspect d'un jeune garçon, le torse bombé, la tête bien droite, le visage aussi innocent que celui d'un chérubin, et il s'est mis lui aussi à chanter, d'une voix de fausset, et un autre homme a levé sa veste sur sa tête en agitant les mains, son sourire semblable à celui de sœur Bernard, et les noirs ont tous ri et l'homme au visage fermé s'est mis en colère et leur a crié dessus et du dos de la main il a frappé l'homme qui chantait et sœur Bernard m'a entraîné à l'écart et seulement à cet instant j'ai compris qu'ils se moquaient de nous.

Alignés en rangs avec nos bols dans la grande salle nous attendions le porridge liquide du petit déjeuner et la soupe clairette du dîner, parfois heureux d'avoir un morceau de pain, les sœurs nous servaient derrière une grande marmite en fer et il n'y en avait qu'une, au petit déjeuner, au dîner, tous les repas venaient de cette grande marmite noire et fumante. En route vers la table, nous nous arrêtions en quête d'un gruau d'avoine, d'un bout de viande et d'habitude nous étions déçus, nous nous asseyions, nous mangions, nous léchions notre bol et notre estomac gargouillait. De la mélasse dans le porridge le dimanche, et jamais nous n'étions plus proches du paradis et de l'espoir.

Et les équipes de gardiens de bestiaux arrivaient, des hommes au visage dur, un fouet en cuir de kangourou enroulé sur l'épaule, le couteau de boucher glissé dans la ceinture. Et à la pompe ils arrosaient leurs énormes chevaux poussiéreux et les sœurs alignaient les jeunes noirs et les hommes en choisissaient quelques-uns, les déshabillaient, ils leur palpaient les bras et les jambes, leur aboyaient des ordres, leur flanquaient un coup de pied ou une gifle pour voir s'ils pleuraient et ceux qui pleuraient ils les renvoyaient auprès des sœurs. Ensuite, elles produisaient les rapports des médecins et le premier d'entre eux capable de lire lisait à voix haute pour les autres, qui fumaient et parlaient et regardaient les négrillons nus tout du long, la pâleur de leurs yeux encore accentuée par des visages aussi crasseux que les nôtres. Et nous autres blancs et demi-castes restions là à regarder les cuisiniers chinois avec leur chapeau de coolie et leur longue tresse qui descendait jusqu'aux flancs de leurs chevaux et ces étranges visages larges et ratatinés aux yeux bridés qui nous observaient sans émotion ni humanité, et parfois l'un de nous leur lançait une pierre quand les sœurs regardaient ailleurs. Et les conducteurs de bestiaux parlaient, crachaient, vidaient leur pipe, hissaient un ou deux négrillons sur la selle de leur énorme cheval qui tapait du pied et renâclait, puis ils s'en allaient et nous ne revoyions jamais ces garçons.

Et je me rappelle les vols d'oiseaux qui obscurcissaient le soleil, métamorphosaient le jour en nuit, les lézards qui sortaient dans la fraîcheur du soir, qui couraient devant moi, si nombreux sur le sol qu'on aurait dit la terre elle-même grouillante de vie, les invasions de souris et les grenouilles tombant du ciel avant la pluie, rebondissant par terre et restant un moment immobiles et surprises avant de sautiller à l'abri, et puis l'arrivée de la pluie, l'eau sur ma poitrine, tout le désert transformé en une mer souillée, s'écoulant en torrents, et après la pluie les fleurs sauvages, choses minuscules, le sol couvert de fleurs, chaque parcelle peinte de couleurs vives, où qu'on se tourne et à perte de vue, et elles duraient seulement une journée ou deux et puis de nouveau le désert rouge.

Dimanche matin, le monde est blanc, enduit d'une pellicule qui miroite au soleil, la pelouse toute poudrée. C'est comme l'hiver sous d'autres climats.

Me sentant toujours patraque, je décide de ne pas aller à l'église. Je prends ma Bible et essaie de lire, mon doigt suit les lignes de la page et je prononce les mots en silence. Je somnole, je ne sais pas combien de temps. A mon réveil, le ciel est de nouveau voilé.

Charlotte est dans sa chambre, la porte reste ouverte. Je jette un coup d'œil au miroir au-dessus du manteau de la cheminée et j'y vois le reflet de Charlotte. Elle se brosse les cheveux et je regarde. Elle se fait une raie, elle penche la tête, elle les brosse avec des gestes lents et réguliers. Elle brosse un côté, puis l'autre. Elle lève les yeux dans le miroir et me voit la regarder. Elle me sourit.

Tout a donc commencé avec ce voyage à Florence, dit Charlotte. Brett, mon père, tout. Mais je suppose qu'il y a eu une époque avant le voyage et une époque après, je ne parle pas de semaines, de mois ni d'années, je parle de la mémoire, de l'époque d'avant bientôt oubliée, de l'époque d'après transformée en maintenant, et aujourd'hui j'ai l'impression d'être arrivée au bout des choses, mais ça dure depuis si longtemps et je me rappelle qu'au début ça semblait trop affreux, trop horrible à vivre et je ne croyais pas pouvoir y survivre, car comment peut-on vivre quand il n'y a rien, ni espoir, ni avenir, ni émotion, pas même de la tristesse, et toutes les belles choses du passé, perdues dans le passé, et persuadée qu'elles ne pourront pas revenir. Mais durant cette époque d'avant, je ne le savais pas, je ne l'ai jamais su, jamais.

Et donc maintenant à la fin des choses et depuis longtemps et comme coincée dans le temps, j'attends et je regarde la vie passer et tout passe devant moi et je m'effondre, je décline, je vieillis, et comment pourrais-je vivre ainsi ? Je n'ai pas trouvé la solution et j'ai pensé que ça me tuerait, car comment pourrais-je vivre ainsi, en le sachant. Mais aujourd'hui je suis toujours à la fin des choses, j'ai l'impression qu'il n'y a rien et qu'il n'y aura jamais rien et que chaque jour sera seulement ce qu'il est maintenant et que chaque jour est le même, mais en pire à cause du temps qui passe. Et je me rappelle que je restais allongée comme morte, déjà morte, et j'attendais et je voulais sortir dans la rue et crier, le faire savoir aux gens, en parler à quelqu'un, parce que quelqu'un devait l'entendre, le voir et s'en préoccuper. Mais il n'y avait personne et il n'y aura jamais personne et rien n'a changé et j'ai l'impression qu'une partie de moi-même est morte, que je me suis étiolée, c'est vrai, pas d'espoir, pas d'émotion, même pas de la tristesse, simplement tenir bon tous les jours, et je ne m'attends pas à ce que le monde le remarque, plus maintenant, j'ai donc au moins appris ça.

Je me dis parfois que c'était parce que les choses ont changé trop vite pour moi, ou que j'ai trop vécu en trop peu de temps, comme si j'avais tout flambé, car même à cette époque je savais que quelque chose clochait, je le voyais bien, et tout le monde le voyait à cette époque et on me le disait, bien sûr qu'on me le disait, et les gens parlaient des conséquences, ils disaient que je devais réfléchir aux conséquences, mais ce ne sont pas les conséquences, ça n'a rien à voir avec ça, ce qu'on fait, comment on se retrouve là. Parce qu'en fin de compte rien n'a d'importance, rien ne reste, à la fin. Ça compte seulement pour toi et c'est ça le truc, les conséquences n'existent pas, à la fin, c'est seulement l'état des choses et peu importe pourquoi tu es là parce que tu ne peux pas retourner en arrière ni changer les choses, alors non, ça n'a rien à voir avec les conséquences, simplement je n'ai jamais pensé que ce serait aussi bref, comme si je vivais toute ma vie en un laps de temps très court, sans commencer vraiment avec ce voyage à Florence mais avec l'époque d'avant et l'époque d'après, mais bref, tellement bref, un temps si court, et maintenant passé et à la fin des choses et seulement conservé dans la mémoire.

Je me rappelle toujours le trajet en tram pour la plage de St Kilda et l'air brûlant entrant par les fenêtres et les sièges collants et chauds sous mes cuisses et je regardais dehors le paysage défiler et les lumières jaillir derrière les arbres et Brett à côté de moi, Brett toujours à côté de moi, parce qu'il y a aussi eu d'autres fois, plein d'autres fois, après la première, mais maintenant elles se fondent pour moi en une seule, tous ces trajets se fondent en cette première fois où j'ai cru que j'avais oublié comment on fait pour respirer mais je me suis remise à respirer, et l'impression d'avoir été débarrassée d'un grand poids et d'être libre, cette impression de liberté que je n'avais jamais connue, ni avant ni après, et il y a eu ensuite plein d'autres fois, après tout le reste, après que tout a été terminé.

Et puis l'attente du tram au soleil devant Flinders Street Station dans le vent brûlant et la saleté de la ville et les voitures s'arrêtaient aux feux et les moteurs vrombissaient et les gaz d'échappement stagnaient, on les sentait et on les voyait dans la chaleur. Les hommes d'affaires en costume et lunettes de soleil et les vieilles femmes en noir, nous attendions tous à l'arrêt du tram, le vent malmenait les robes des femmes, nous attendions l'arrivée du tram et Brett et moi assis en nous tenant par la taille, toujours ensemble, aussi proches que nos corps pouvaient l'être, ensemble et nous nous embrassions et parfois notre baiser durait tout le trajet.

Et puis j'avais acheté une robe verte dans une friperie, une minuscule robe d'été moulante, trop petite pour moi en fait, et je la portais tous les jours, Brett me touchait à travers cette robe, et je portais aussi un chapeau de paille décoré d'un tournesol orange en plastique, j'ôtais mes sandales et je balançais les jambes et Brett et moi collés l'un à l'autre et nos corps si proches qu'ils n'auraient guère pu l'être davantage et nous nous embrassions et nous touchions, et nous restions à la plage, allongés au soleil jusqu'à ce que la mer ressemble à un miroir brisé, couverts de coups de soleil et mes cheveux raidis par le sel, et nous montions dans le tram du retour, fatigués mais heureux. Et, oui, ce n'était pas la première fois, ces journées sont venues ensuite, mais même alors, à cette époque déjà ça me rappelait la première fois, le tram, la plage et la mer étaient toujours des souvenirs de cette première fois, ils étaient des souvenirs de cette sensation d'être libre, soudain libre.

Et donc, oui, j'étais heureuse et j'y repense toujours et si ç'a été ma grande erreur, si ç'a été la grande erreur qui a tout bouleversé, si ç'a été cela, le tram, la plage, la mer et Brett avec moi, toujours avec moi et près de moi et ma liberté, si ç'a été une erreur fatale, alors comment aurais-je pu le deviner ? Comment aurais-je pu le savoir quand je ressentais tout ce bonheur ? J'étais très jeune, Smithy. J'étais trop jeune, comment peut-on le savoir à cet âge ? Comment savoir que c'est l'erreur fatale, l'erreur de ta vie, ou qu'une chose est bonne ou mauvaise, alors que tu ne sais rien, alors que tu es trop jeune pour savoir.

Tu rencontres quelqu'un et tu tombes amoureuse, ou tu crois tomber amoureuse, car que peux-tu bien savoir de l'amour ou des gens ou du monde ou comment ça va tourner, quand tu as seize ans ? A seize ans tu ne connais rien à rien. Tout est embrouillé et comment peux-tu savoir, comment peux-tu vraiment savoir ce que tu fais ou ce qui est réel, sauf que l'amour semble réel, à cette époque il semblait réel et tu crois, juste parce que tu es amoureuse, tu crois connaître cette personne. Mais bien sûr je ne le connaissais pas, comment aurais-je pu le connaître, mais je croyais pourtant, je croyais tout savoir de lui.

Et je croyais qu'il me connaissait, qu'il me connaissait et me comprenait, tout ce qui me concernait, mes pensées, mes espoirs et le reste, comme s'il avait les mêmes, comme si tout était pareil pour nous deux et peut-être que l'amour c'est ça, mais il n'y a aucune vérité là-dedans. Ce n'est pas réel. Rien de tout ça n'est réel. Ça tenait seulement à moi, je croyais que tous les deux on était pareils. Mais en fait, je ne pensais même pas à lui. C'était comme s'il n'était même pas là, comme si je l'avais inventé, et peut-être que lui aussi m'avait inventée, mais c'était à cause de ça, parce que je ressentais ces émotions et parce qu'il partageait les mêmes émotions et parce que nous étions amoureux, parce que nous l'étions bel et bien, même si rien de tout ça n'était réel, et je le sais aujourd'hui, que rien de tout ça n'était vrai ni réel, mais c'est à cause de tout ça que je lui ai donné ma vie.

Je lui ai donc donné ma vie, moi-même, tout, parce que j'étais très jeune et que je ne savais rien de rien, parce que j'avais l'impression que cette époque durerait toujours, mais ça n'a pas duré, pas longtemps, ç'a été très vite terminé. D'abord les émotions parties, et puis les années et quelque part en cours de route le changement, le fait de grandir, mais toujours avec cette personne, et quelque part en chemin découvrir que je ne le connais pas du tout et que je ne l'ai jamais connu, car comment aurais-je pu le connaître à l'époque, à seize ans, encore presque une enfant, bien sûr que je ne le connaissais pas, encore moins qu'aujourd'hui, car même aujourd'hui je ne peux pas prétendre le connaître, non, pas du tout, car aujourd'hui il est encore plus un étranger qu'autrefois. Mais au début je n'ai jamais eu le sentiment de vivre avec un étranger, même s'il l'était, complètement, et donc je ne l'ai jamais connu. Ni autrefois. Ni aujourd'hui. Jamais. Je ne le connaîtrai jamais, mon mari, et il ne me connaîtra jamais et voilà toute la tristesse de l'histoire. Et donc, oui, tout était foireux dès le début. C'était une erreur, c'était l'erreur fatale, la plus grosse erreur de ma vie qui a tout changé, qui a tout bousillé, alors oui, ils avaient raison, ils avaient tous raison. J'avais tort et ils avaient raison. Mais c'est trop tard maintenant.

Malgré tout, même aujourd'hui, même après toutes ces années je me dis encore qu'il doit bien y avoir une raison, une raison quelconque pour que nous soyons encore ensemble et que nous soyons restés ensemble toutes ces années, et je dis, eh bien il doit y avoir quelque chose, forcément, car c'est l'homme dont je suis tombée amoureuse et donc il doit y avoir quelque chose entre nous, quelque chose là, une chose qui était là dès le début et qui doit toujours être là. Et j'essaie de la découvrir, j'essaie de penser à ce que c'était, j'essaie de m'en souvenir, de cette émotion, de la retrouver, de l'identifier et de me convaincre qu'elle est toujours là, qu'il y a toujours quelque chose entre nous, car comment supporter la pensée que peut-être tout, toutes ces années, tout ça a été une sorte d'accident, tout ça à cause d'une erreur que j'ai commise quand j'étais jeune et trop jeune pour avoir un peu de plomb dans la cervelle, trop jeune pour savoir quoi que ce soit. Et maintenant je suis obligée de vivre avec ça et je suis fatiguée, brisée, et je vais seulement de l'avant parce qu'il n'y a rien d'autre à faire, parce que je ne peux rien faire d'autre, je n'ai aucun choix, plus maintenant, c'est terminé, j'arrive à la fin des choses.

Parfois je pense au passé et puis je pense au présent et je me demande si les gens attendent toujours le tram à l'arrêt de Flinders Street Station, au soleil, dans le vent brûlant et la saleté de la ville, et si les trams vont toujours à la plage de St Kilda, si les gens restent allongés jusqu'à ce que la mer scintille, et si en rentrant en ville ils ont toujours l'impression d'être fatigués mais heureux. Et je me dis, mais comment est-ce possible ? Comment tout ça peut-il continuer ? Comment tout ça peut-il continuer sans moi ?

Et donc, oui, tout a commencé à cause du voyage à Florence, mais il y a eu une époque avant et une époque après, et avant c'était l'école, la pension, les filles et leurs jeux, un jour amies et le lendemain en larmes et puis de nouveau amies et une autre fille en larmes et j'étais la pire de toutes, vraiment, une petite peste gâtée, nous étions toutes comme ça, mes amies et moi, d'affreuses petites pestes gâtées, insupportables. Et nous savions exactement ce que nous étions, aucun doute là-dessus, et nous faisions tout ce que nous voulions, nous traitions les gens comme nous le voulions, les autres filles, les garçons qu'on connaissait, même les professeurs. Il y avait ce garçon, Julian, qui était amoureux de moi, et je le traitais pire que tout.

Et il n'y avait aucune sanction, rien. Nous n'étions jamais punies et nous savions que nous ne le serions jamais, je veux dire, l'idée même d'une punition ne nous traversait jamais l'esprit. Nous nous comportions en petites princesses parfaites et les gens nous voyaient ainsi, les gens nous respectaient et nous aimaient, ils nous aimaient vraiment, sans se soucier des horreurs que nous faisions ni de la manière dont nous les traitions, et on aurait dit que pire nous étions plus ils nous appréciaient et nous admiraient, et pas seulement les autres filles, mais les profs, les parents, tout le monde. On continuait donc à faire les pestes et personne ne nous disait que c'était mal, que nous agissions mal, et quand j'y repense, à ce que nous étions, mes amies et moi, je me dis toujours que c'était comme si nous n'étions pas réelles, nous n'étions pas des vraies gens.

Parce que parfois je me cassais un ongle ou j'avais un bouton, et il ne pouvait rien arriver de pire au monde. Je me rappelle avoir passé toute une nuit en larmes parce que je m'étais teint les cheveux et la couleur n'était pas celle que j'avais prévue, et je suis donc restée toute la nuit à pleurer et toutes mes amies ont passé une nuit blanche avec moi, et d'autres filles aussi, car j'avais beau les maltraiter, j'avais beau être horrible avec elles, ces filles voulaient toujours être mes amies, et elles sont donc restées avec moi pour me réconforter. Comme si c'était la pire chose au monde. Et de fait, j'en étais convaincue. J'étais comme ça à l'époque, c'était vraiment la pire chose au monde pour moi, parce que je ne connaissais rien à la vie, à la vraie vie, à la vie réelle des vraies gens, j'avais donc l'impression que c'était pire que tout, tout ce qui arrive maintenant ou tout ce qui s'est passé depuis, parce que j'étais comme ça à l'époque, irréelle, je n'étais pas une personne réelle, pas du tout. Cette école, cette pension et tous les gens, les filles, leurs familles, les garçons que nous connaissions, tous ces gens friqués, c'était un autre monde et ils ne le savaient pas et ils ne le sauront jamais. Ils ne connaîtront jamais la vie. La plupart des gens ne la connaissent pas, pas comme tu la connais, ou comme je la connais, maintenant, avec les gens ordinaires. Mais je ne peux pas m'empêcher de penser, et je crois que j'ai raison, que c'est pour ça que mes parents m'ont envoyée dans cette école. Parce qu'ils voulaient que je m'intègre, que je m'intègre à ce monde. C'était parce qu'ils ne voulaient pas que je finisse là où je suis.

Et je sais que nous étions seulement des filles, mais c'est sans importance, car si ça en avait la moindre alors pourquoi je m'en souviens encore ? Pourquoi me sentirais-je aussi honteuse des choses que j'ai faites alors et de mon attitude ? Parce que j'ai vraiment honte. J'ai l'impression que c'est arrivé hier, sauf qu'à l'époque je m'en fichais, c'est seulement maintenant que je ne m'en fiche plus, mais c'est bien pire que ça, c'est comme un couteau planté dans mon cœur, quand je me souviens. Maintenant j'y pense tellement, beaucoup plus qu'à l'époque. A mon avis, je n'y pensais jamais à l'époque, et j'aimerais bien croire que je suis différente aujourd'hui, que j'ai changé, que je ne suis plus cette personne. J'aimerais bien croire qu'aujourd'hui je suis une personne différente, et meilleure. Mais parfois je crois que malgré tout, malgré toutes ces années et tout ce qui s'est passé pour moi, coincée dans cette ville, quand je suis vraiment honnête avec moi-même, je crois, enfin non, je sais, que je n'ai pas vraiment beaucoup changé, dans le fond. Je veux dire, certaines choses ont changé et j'ai changé à certains égards, et je sais que tout semble très différent aujourd'hui et qu'en surface les choses sont très différentes, je veux dire, elles ne pourraient pas être plus différentes, quand je pense à cette école, à moi, à mes copines d'il y a tant d'années, à la jeune fille que j'étais, et à moi, maintenant ici, avec Brett, coincée dans cette ville. Peut-être que c'est un changement superficiel, car je suis toujours gâtée, à ma manière, et je ne suis peut-être plus aussi peste, plus aussi horrible, mais je ne peux pas le savoir, car je n'ai pas l'occasion de voir ce que je suis aujourd'hui, comment je me comporte avec les gens, je fréquente si peu de gens, et donc les choses ont peut-être changé et mes problèmes sont très différents aujourd'hui et tout a volé en éclats, mais il me semble toujours qu'il reste quelque chose de ma façon d'être, quelque chose qui n'a pas changé depuis l'école.

Je veux dire, je fais toujours ce que je veux. Je fais ce que je veux quand je veux et c'est comme j'ai dit, je ne fais rien de toute la journée. Je dors, je reste assise, je regarde la télé, je ne fais rien. C'est peut-être que je n'ai rien à faire, pas que j'en sois incapable, mais peut-être seulement parce que je n'en ai pas envie, parce que je continue à faire seulement ce que j'ai envie de faire, comme toujours. Je veux dire, je n'ai jamais fait une chose que je n'avais pas envie de faire ou quand je n'en avais pas envie, ou une chose que j'étais obligée de faire, ç'a toujours été comme ça pour moi, sauf que maintenant je ne fais rien du tout et je sais que j'ai dit que je déteste ça et je déteste vraiment ça, je déteste regarder le temps passer sans rien faire, mais c'est parce que je n'en ai pas le courage, maintenant je ne suis plus forcée de répondre à quelqu'un. Je n'ai plus personne à qui répondre.

Et puis je reproche tout le temps à ma mère et à mon père de ne plus vouloir garder le moindre contact avec moi, mais à vrai dire je n'ai aucune envie de les avoir dans les pattes, voilà tout. Car je crois vraiment que ma mère serait prête à se réconcilier avec moi, au moins maintenant. Mon père, c'est une autre histoire. Mais je crois que, si j'acceptais de faire un effort, de faire un effort avec eux, je crois que même mon père cèderait, il finirait sans doute par céder, si j'essayais vraiment d'arrondir les angles. Et ne crois pas que je n'y ai pas réfléchi, parce que j'y pense tout le temps, et ce ne serait pas facile, mais par rapport à mes parents, je suis en grande partie responsable, même entièrement, pour être honnête. Je leur en veux, mais ç'a toujours été à cause de moi, depuis le début c'est à cause de moi, de ce que j'ai fait et de la manière dont je l'ai fait et je crois que le problème il est toujours là. C'est la manière dont je m'y suis prise.

A vrai dire, je n'ai pas fait le moindre effort, tu vois ? Je n'ai jamais fait le moindre effort avec eux, j'ai même jamais essayé d'en faire un seul. Et je ne crois pas en avoir vraiment envie, je ne crois pas désirer leur retour dans ma vie. Pas maintenant, pas dans l'état actuel des choses, alors que je suis devenue ce que je suis, et c'est peut-être parce que j'ai honte ou que je suis trop fière, car je sais que toutes leurs paroles étaient justes, autrefois, quand c'est arrivé, et tout ce qui est arrivé depuis n'a fait que confirmer la justesse de leurs paroles, ils avaient tout prévu à l'avance, ils avaient raison et je ne les ai jamais écoutés. J'ai fait le contraire, je suis allée contre tout ce qu'ils m'ont dit en le sachant très bien, tout le temps je savais que je leur balançais tout ça à la gueule. Ils avaient donc raison, finalement, et ils ont toujours raison après tout ce temps et je ne veux tout simplement pas le reconnaître, du moins pas devant eux.

Et puis je ne supporterais pas qu'ils voient comment je vis aujourd'hui. Je veux dire, ma mère, je sais très bien ce qu'elle dirait. Mon dieu, elle piquerait sa crise. Je la vois déjà parcourant la maison, me reprochant jusqu'au moindre détail, me harcelant. Je veux dire, si jamais elle voyait ça, Brett qui va et vient ou traîne au garage en picolant, et moi qui ne fais rien, qui n'essaie même pas d'arranger une petite chose ou deux. Je sais exactement ce qu'elle dirait.

Mais avec mon père, ce serait différent. Quand j'étais plus jeune, ma mère ne me lâchait pas du matin au soir, mais mon père c'était le contraire, il essayait toujours d'aider, il essayait de comprendre. Il essayait d'aider tant qu'il pouvait, mais le fait est que je détestais ça encore plus, et je sais que ça peut paraître affreux, mais je lui reproche ce que j'étais alors et je lui reproche aussi ce que je suis devenue aujourd'hui, car c'est mon père qui m'a gâtée, il m'a toujours gâtée, depuis que je suis toute petite. Avec moi il n'a jamais été autre chose qu'aimable et patient, et il m'a toujours écoutée, même quand je lui confiais les petits problèmes ridicules que je pensais avoir. Je veux dire, je détestais être pensionnaire, je détestais notre vie à la ferme, car la plupart de mes amies étaient externes et je trouvais très injuste qu'elle puissent rentrer chez elles après l'école alors que moi je restais là en pension, tout le temps surveillée, tout le temps soumise aux ordres et aux consignes, et que je doive rentrer pour les vacances, retourner à la ferme, au milieu de nulle part quand toutes mes copines restaient en ville, se retrouvaient, sortaient, donnaient rendez-vous aux garçons que nous fréquentions, et moi j'étais coincée dans cette ferme avec mes parents sans rien à faire et j'avais l'impression de tout rater.

Et une fois où j'étais à la maison pour les vacances, tout est sorti et mon père a écouté mes doléances, mes petites crises de colère et mes sanglots. Je veux dire, je trouvais tout ça très injuste, je trouvais mon sort très injuste, je croyais vivre un enfer et j'ai donc vidé mon sac et mon père m'a écoutée, toutes mes petites jérémiades mesquines, et il a vraiment tenté de m'aider, mais en vain. Quand on entrait dans le vif du sujet, il ne pouvait rien faire et je crois que c'est pour ça que je lui ai fait porter le chapeau. Je lui ai tout reproché, même s'il a vraiment essayé d'améliorer ma situation, mais il ne pouvait rien faire et je le savais, si bien que je lui ai tout balancé à la gueule et ça l'a blessé, je le blessais souvent à cette époque.

Il essayait toujours d'être gentil et compréhensif, mais je pense maintenant que ma mère avait sans doute raison, il me gâtait trop, et je crois que c'était pour compenser le fait qu'il n'arrivait pas à changer les choses, car selon moi il le savait aussi. Mais il écoutait et il comprenait, il savait que c'était très important pour moi de rester en contact avec mes amies de l'école, alors il me donnait de l'argent pour acheter des vêtements, sortir, des trucs comme ça, tout ce que je voulais, tout ce que je lui demandais, il ne m'a jamais dit non. Mais pour moi ce n'était jamais assez, et d'une certaine manière le fait est que ce n'était pas suffisant, car je n'arrivais jamais à les suivre, mes copines, les externes, parce que mon père avait beau me donner de l'argent, elles en avaient toujours plus que moi et je luttais en permanence pour rester à leur niveau, pour ne pas me laisser dépasser, et à l'époque c'était pour moi la chose la plus importante au monde. Mais je n'arrivais jamais à avoir ce qu'elles avaient, je ne pouvais pas tenir leur rythme de dépenses. Et je reprochais tout ça à mon père, je lui en veux toujours, mais maintenant c'est pour d'autres raisons, c'est pour la raison opposée.

Parce qu'à cette époque je croyais pouvoir tout avoir, sans rien faire, sans travailler pour ça, je m'y attendais, je m'attendais à ce qu'on me donne tout, et je sais que ça paraît horrible à dire, mais je pense vraiment que c'était de la faute de mon père et j'en suis toujours convaincue. Parce qu'il m'a gâtée, oui, mais pas seulement, c'étaient les trucs qu'il me répétait sans arrêt, que j'avais tant de choses à attendre de la vie, que toutes les possibilités m'étaient ouvertes, et je sais qu'il avait de bonnes intentions mais ce n'était pas vrai, rien de tout ça n'était vrai. Enfin, on ne peut pas faire tout ce qu'on veut, on ne peut pas tout avoir. C'était vraiment ce qu'il désirait pour moi, j'imagine, et je ne dis pas qu'il n'était pas sincère, qu'il ne croyait pas à ce qu'il disait, car il y croyait. Mais ça rend pas les choses plus vraies, non ?

Je croyais à ce qu'il me disait, j'y croyais vraiment, et comment aurais-je pu ne pas le croire, quand toute ta vie on te répète la même chose, pendant que tu grandis ? Je sais qu'il voulait ce qu'il y a de mieux pour moi, mais il savait sûrement que les choses ne tournent pas ainsi, que la vie n'est pas parfaite, pour personne. Il le savait sûrement. Je veux dire, regarde-le un peu, coincé sur cette ferme avec ma vieille salope de mère. Obligé de la supporter tous les jours. Alors pourquoi a-t-il cru que les choses tourneraient bien pour moi, tellement mieux pour moi, et pas simplement mieux que sa propre vie, mais mieux que la vie de n'importe qui. Parce que personne ne se la coule aussi douce, il avait beau me promettre monts et merveilles, personne ne se la coule aussi douce. Je veux dire, pourquoi aurais-je eu droit à un traitement de faveur ? Simplement parce que je suis sa fille, parce que c'était ce qu'il désirait pour moi. Ça ne se passe pas comme ça dans la vraie vie. Non, ça ne se passe pas comme ça. Pourtant, le fait est que j'y crois encore à moitié, ou plutôt non, j'y crois toujours mordicus, quelque part au fond de mon cerveau c'est une chose à laquelle je crois, une chose que j'attends de la vie et, tu vois, Smithy, cette conviction me rend tout plus difficile. Tout est pire pour moi. Je veux dire, quand je vois où j'en suis aujourd'hui, et ma situation est vraiment moche, c'est toujours vrai, mais quand même, peut-être que je ne serais pas aussi malheureuse si je n'attendais pas tellement mieux de la vie, pas simplement un peu mieux, mais beaucoup mieux. Tout devrait se passer parfaitement, je devrais avoir une existence parfaite. Parce que je n'ai pas changé, je m'attends toujours à ce traitement de faveur, je compte sur tout ce que mon père a dit. Même aujourd'hui c'est ce que j'attends, même si je sais qu'il se trompait, que ça ne va pas arriver et que ça n'arrive jamais à personne, je m'attends toujours à mener cette existence parfaite et merveilleuse, je n'y peux rien.

Voilà pourquoi je pense parfois que je ne serai jamais heureuse, jamais, quoi qu'il arrive. Pas quand j'attends autant de la vie, quand on m'a autant promis. Est-ce qu'on peut me le reprocher ? Parce que ce n'est pas de ma faute, vraiment pas de ma faute. Faut pas s'étonner si je suis passée à côté de la vie. Si la vie dans son ensemble est trop pour moi. Car je n'y ai jamais été préparée, je ne le suis toujours pas et je ne le serai jamais.

Peut-être ai-je tort de m'obstiner à blâmer mon père, mais tant pis. Parce qu'il ne m'a jamais laissée soupçonner que les choses foiraient parfois dans la vie, comme elles ont foiré pour moi, ou devenaient parfois un tout petit peu moches, mais simplement que la vie est un combat permanent et qu'elle est dure, qu'elle est dure pour tout le monde. Au moins je le sais aujourd'hui, au moins maintenant je comprends mieux les choses, je veux dire, ce qu'elles sont vraiment, pas comme autrefois, quand j'étais à l'école. Au moins je ne suis plus comme ça. Et je l'ai déjà dit, j'aimerais croire que je suis une personne meilleure, car maintenant au moins, je veux dire après toutes ces années, au moins j'ai honte de tout ça, de cette époque, de ce que j'étais autrefois, j'ai vraiment honte. Je me réveille au milieu de la nuit en me rappelant les choses que j'ai faites ou dites, et je me sens vraiment mal. Parce que quand j'y repense, je n'arrive pas à croire que j'étais cette personne-là. Et je suis heureuse de ne plus l'être.

Au moins, je suppose, j'ai au moins changé là-dessus. J'ai assez changé pour être capable de voir les choses autrement, plus clairement, et j'imagine que c'est seulement à cause de l'endroit où je suis aujourd'hui, maintenant que j'ai été traînée dans la boue, à cause de tout ce qui s'est passé. Maintenant, je suppose, je vois l'envers des choses. Comme si j'avais vu les choses des deux côtés. Je ne sais pas combien de gens vivent cette expérience, mais ça m'est arrivé à moi et c'est peut-être une bonne chose, peut-être que c'est la seule bonne chose qui soit sortie de tout ce gâchis, de ma vie, de ce qu'est devenu ma vie. Et je veux dire, pour moi, pour personne d'autre, juste pour moi, le savoir, juste le savoir. Parce que maintenant, les choses étant ce qu'elles sont, je suppose qu'au moins je pense davantage à qui je suis comme personne, et je suis heureuse de ne plus être ce que j'étais, heureuse d'avoir changé, je veux dire, être simplement capable de voir les choses autrement, voilà ce qui m'a changée, rien que cela. Et ce n'est pas comme si c'était bien réel, ça ne va avoir aucun effet concret sur quoi que ce soit, aucun effet sur la réalité de la vie, mais juste pour moi, voilà juste une chose que je peux regarder et je peux dire, oui, au moins maintenant je suis différente, au moins j'ai changé, en profondeur. Avoir connu ce que c'est vraiment, avoir vu les deux côtés.

Et c'est seulement maintenant que je pense sans arrêt à ce garçon, Julian, qui était amoureux de moi, à l'époque, quand j'allais à l'école. Je ne sais pas pourquoi je pense sans arrêt à lui. Je suis chez moi, mon esprit bat la campagne et je me retrouve à penser à Julian, à autrefois et maintenant, à ce qu'il peut bien faire aujourd'hui, à quoi il ressemble. Et je ne sais vraiment pas ce qui me pousse à penser tout le temps à lui, je veux dire, pourquoi lui et pas un autre. Parce que, si j'ai vraiment maltraité quelqu'un quand j'étais à l'école, c'est bien Julian. J'imagine que c'était parce qu'il était amoureux de moi, ou qu'il croyait l'être, autant qu'on puisse être amoureux à cet âge, je crois que c'est ça, c'est la culpabilité, en partie, parce que je me sens vraiment coupable, j'ai vraiment honte de la manière dont je l'ai traité. Mais je ne peux pas m'empêcher de penser que c'est peut-être davantage que ça.

Je veux dire, c'était simplement l'un des types que nous fréquentions, et pourtant il était différent des autres. Il était silencieux, timide, et je ne me suis jamais intéressée à lui, aucune d'entre nous ne s'intéressait à lui. Il incarnait une sorte de blague à nos yeux, à cause de sa différence. Je veux dire, j'éprouvais pas la même chose pour les autres types. Je les aimais bien. Y en a avec qui je suis même sortie, mais ça n'a jamais été très sérieux. Ils allaient et venaient, en quelque sorte. Aujourd'hui, je les ai même oubliés pour la plupart. Mais Julian était toujours là, toujours dans les parages, à traîner autour de moi, même si je n'ai jamais vraiment remarqué sa présence, sauf quand j'en ai eu marre, marre de le voir tout le temps collé à moi. Quand nous sortions tous ensemble il était toujours là, même quand j'étais avec un autre type, il se pointait toujours quelque part, tout près, sans jamais rien dire, mais il restait là, près de moi, à m'observer, et tout le monde était au courant, tout le monde savait que Julian était accro à moi, et moi j'étais horrible avec lui, vraiment horrible. Je n'arrive pas à croire que j'aie pu traiter quelqu'un comme ça, mais je l'ai fait et je crois que je l'ai fait parce que je pouvais le faire, parce que je savais qu'il était amoureux de moi, ce type adorable, ce type vraiment gentil. Juste parce que je pouvais le faire et c'est bien ça le pire.

Et ça a duré des années, en tout cas ce qui m'a semblé des années. Julian me téléphonait souvent à la pension et la plupart du temps, quand il appelait, je le traitais comme d'habitude, comme les fois où nous sortions tous ensemble, lui et ses amis, moi et mes amies. Soit je refusais de lui répondre, soit j'étais une vraie peste avec lui, comme toujours. Mais il y avait d'autres fois, je crois que c'était surtout quand je m'ennuyais, juste quand je m'ennuyais, ou lorsque je n'avais rien de mieux à faire, parfois je lui parlais vraiment, je veux dire, c'était moi qui faisais toute la conversation, je lui déballais tous mes problèmes, ce que je croyais être mes problèmes. Parfois, je m'en souviens, il téléphonait et j'étais en larmes, en général à cause d'un type qui me plaisait, à cause d'un type qui m'avait négligée, et je lui en parlais, je lui balançais tout ce que j'avais sur le cœur. Il est donc devenu en quelque sorte l'épaule sur laquelle je pouvais pleurer, et je crois que d'une certaine manière j'ai fini par m'attacher à lui, car il était toujours là, toujours, il était toujours là pour moi.

Le fait est qu'à l'époque je trouvais la présence de Julian naturelle, exactement comme je trouvais tout le reste naturel, allant de soi. Mais aujourd'hui, je fréquente très peu de gens comme lui, comme Julian, des gens qui acceptent réellement de t'écouter, qui s'intéressent vraiment à toi, qui sont là pour toi. C'est sans doute que j'ai appris à connaître les gens, parce qu'ils me font peur maintenant, oui, les gens me font peur. C'est chacun pour soi, ils se fichent de ce qui peut bien t'arriver, ils se fichent de te blesser ou de se servir de toi, pourvu qu'ils obtiennent ce qu'ils veulent, et on dirait qu'en permanence tout le monde se bat contre tout le monde, c'est chacun pour soi, chacun ne s'intéresse qu'à soi. Et ça me terrifie, car je ne suis pas comme ça, je veux dire, je n'ai plus le moindre désir de me battre. Je ne pourrais même pas me battre pour moi, même si ma vie en dépendait, non, je ne pourrais pas. Mais tous les autres, on dirait qu'ils sont prêts à tout pour obtenir ce qu'ils veulent et personne ne trouve ça horrible, cette attitude, elle est normale, le monde entier fonctionne comme ça. Et je me dis toujours que si je devais me défendre, eh bien je pourrais pas, je serais détruite, anéantie. Et je ne ferais strictement rien pour l'empêcher. Je déteste y penser, car à mon avis, eh bien un jour ça pourrait m'arriver pour de bon.

Et c'est seulement maintenant que j'ai compris que les gens comme Julian, il faut les estimer, s'efforcer de se lier avec eux. C'est juste qu'à cette époque je ne pensais jamais à Julian comme à quelqu'un d'important dans ma vie. Et même, je ne pensais jamais à lui en fait, jamais. Il était simplement là, je trouvais sa présence naturelle, je croyais sans doute qu'il serait toujours là, ou quelqu'un comme lui, quelqu'un qui m'écouterait, qui s'intéresserait vraiment à moi, se soucierait de moi, et ça prouve que je ne comprenais rien à rien, pas vrai ? Je veux dire, ici je suis complètement seule et voilà pourquoi aujourd'hui seulement, près de vingt ans après, c'est seulement aujourd'hui que je commence à repenser à Julian et je pense tout le temps à lui et c'est ridicule, parce que ce garçon, ce garçon d'il y a vingt ans, eh bien il n'existe plus. Mais parfois j'ai l'impression que si, qu'il est toujours dans les parages, toujours là, quelque part, et que je pourrais aller le trouver et qu'il serait comme autrefois et que les choses seraient comme autrefois, sauf que cette fois je serais différente, cette fois je lui montrerais de l'estime, comme à un ami et je deviendrais son amie, vraiment. Cette fois je le deviendrais.

Et bien sûr c'est absurde d'en parler, même d'y penser, car c'est impossible, car beaucoup de temps a passé, c'était il y a longtemps. Voilà à quoi je réfléchis quand mon esprit bat la campagne. Je ne veux pas dire que Julian m'attirait ou que je regrette de ne pas être sortie avec lui à l'époque, de ne pas vivre avec lui aujourd'hui, ou quelque chose de ce genre. Autrefois cette idée ne m'aurait même pas effleurée. Je veux dire, je sais que c'est le cas, parce qu'à l'époque c'était le contraire. Jamais, pour rien au monde ça n'aurait pu arriver. Mais le fait est que, je sais que, si je devais revivre tout ça, je ne me comporterais pas autrement, et voilà pourquoi j'ai honte.

Et maintenant. Maintenant il ne s'intéresserait absolument pas à moi, non ? Il ne m'accorderait pas la moindre pensée, s'il me connaissait aujourd'hui, s'il savait qui je suis aujourd'hui. Il se comporterait envers moi comme je me suis comportée envers lui. Parce qu'il mène sans doute une vie parfaite aujourd'hui. Je veux dire, il était intelligent, très intelligent, il a sans doute un bon métier, il vit en ville, sans doute marié, avec des enfants, une maison, la vie rêvée. Et Dieu sait ce qu'il pense de moi aujourd'hui, de la manière dont je l'ai traité. Bah, sans doute qu'après tout ce temps il ne pense plus jamais à moi. Je doute qu'il ait encore la moindre pensée pour moi, pour cette époque. Mais si jamais il lui arrive de penser à moi, il se rappelle juste une horrible peste fréquentant une école privée. Sans doute qu'il me déteste aujourd'hui, eh bien, non, c'est pire, je veux dire, sans doute qu'il s'en fiche complètement, même s'il se souvient de moi, il se contrefiche de ce que je suis devenue, de ce qui m'est arrivé, de l'endroit où j'habite, car lui est allé de l'avant. Contrairement à moi, il est allé de l'avant. Moi je n'ai pas avancé d'un poil, pas vrai ?

J'imagine parfois que je tombe sur lui, que je revoie Julian, maintenant, sans doute quelque part en ville, je le vois dans la rue, quelque part. Et j'aurais tellement honte. Je me cacherais. Je m'enfuirais. Je ne supporterais pas ça, qu'il me voie, qu'il me voie maintenant, qu'il voie ce que je suis devenue. Mais de toute façon il ne me reconnaîtrait sans doute pas. Je veux dire, on était juste des ados. Il y a vingt ans. Mon dieu.

Le fait est, Smithy, quand je repense à cette époque, il y a vingt ans, et peu importe ce que je peux bien en dire, elle me manque, cette époque, ma jeunesse, les gens qui m'aimaient, qui voulaient être avec moi, qui avaient envie de me connaître, avoir des gens dans ma vie. Cette époque, elle me manque vraiment et ça me fait mal de repenser à ces années-là. Pourtant j'y repense sans arrêt. Parce que pour moi cette époque est plus réelle que ma vie aujourd'hui, elle est plus réelle que les choses que je vis. Et c'est pas qu'elle me manque à cause des copines, du succès que j'avais ou de trucs de ce genre, c'est même pas parce que la vie était plus agréable, ni rien de tout ça. C'est autre chose, je ne sais pas, cette sensation que j'avais à l'époque et, je ne sais pas, peut-être que c'était le simple fait d'être jeune, peut-être que c'était juste ça.

Autrefois c'était comme si tout paraissait d'une importance cruciale. Ma vie me paraissait très importante, comme si ce que je faisais et ce que j'étais comptait vraiment, comptait plus que tout, et pas seulement à mes yeux, mais pour tout le monde, pour le monde entier. Il me semblait que tout le monde le remarquait, que tout le monde me remarquait, ce que je faisais, toute ma vie, tout. Et j'avais tellement à dire et je croyais que c'étaient des choses importantes, des choses qui comptaient vraiment et je croyais que les gens m'écoutaient. Il y avait cette impression, c'était comme si tout ce que je disais résonnait très fort, comme si on pouvait entendre toutes mes paroles, voir tout ce que je pouvais faire, comme si quelqu'un regardait toujours, me regardait et s'intéressait à moi, c'était comme si le monde entier m'écoutait, me regardait et s'intéressait à moi. Comme si j'étais très importante pour le monde entier.

L'essentiel n'était donc pas qui j'étais, ni ce que j'étais, ni ce que les gens pensaient de moi, mais c'était autre chose, juste cette impression, cette impression de choses d'une importance cruciale, et d'avoir tous les regards braqués sur moi. Je me souviens de cette impression et elle me manque, elle me manque tellement. Et c'est comme si quelque part en chemin tout était devenu silencieux. Tout s'est figé, a rapetissé. Je suis plus petite, moins importante, ou plutôt sans la moindre importance, je ne compte plus pour personne sauf pour moi, car je sais désormais que je suis seule. Je suis la seule qui écoute, qui regarde et qui s'intéresse. A moi. Il n'y a plus que moi.

Et puis il me semble que je ressentais davantage les choses. Maintenant je ne les sens plus aussi fort qu'avant. En fait, je ne sens presque plus rien du tout. Je ne parle pas simplement des bonnes choses, je parle de choses comme la tristesse, une tristesse terrible, désespérée, je me rappelle avoir ressenti ça, mais je ne le sens plus jamais, même pas ça, plus jamais. Je ne sais pas quand c'est arrivé, mais à un moment tout s'est arrêté. J'ai cessé de ressentir les choses. Et c'est pas comme si j'avais arrêté de m'intéresser aux gens, Dieu sait que je m'y intéresse toujours, mais c'est les émotions qui se sont arrêtées, elles sont parties et je ne crois pas qu'elles reviendront jamais, non. Alors maintenant il s'agit seulement d'aller de l'avant, de continuer, d'un jour sur l'autre, sans émotion, sans raison, sans besoin. Et sans espoir, sans avenir, personne ne regarde, n'écoute ni ne s'intéresse, personne sauf moi, seulement moi. Et j'ai l'impression d'être en dehors de moi-même, de regarder et de penser à côté de moi, et voilà ma vie, voilà ce que je suis devenue, et je ne peux rien faire sinon regarder, comme s'il ne s'agissait plus de moi, comme si j'étais déjà morte et que j'étais morte depuis longtemps, et ce qu'il reste est autre chose, une coquille vide et je vais de l'avant, d'un jour sur l'autre, vidée de l'intérieur, il n'y a plus rien en moi, et je me fiche de finir dans la rue, je me fiche de ce qui peut bien m'arriver maintenant, du peu qu'il reste de moi aujourd'hui. Je voudrais simplement retrouver des émotions.

Mais c'est pareil pour tout le monde, j'imagine. Et j'imagine que c'est le fait de vieillir, c'est simplement moi qui vieillis. Malgré tout, ça paraît injuste, non, que cette période dure aussi peu de temps avant de disparaître, et puis personne ne m'en a jamais parlé, de ce qui se passe. Mais ça fait mal, Smithy. Ça fait tellement mal de penser que maintenant tout est fini. Que ça ne reviendra jamais. Que je ne ressentirai plus jamais ce que j'ai senti quand j'étais jeune. Toutes ces choses que je ressentais. Je veux dire, je sais que je devrais mettre une croix dessus, passer à autre chose, mais je ne peux pas. Je ne peux pas mettre une croix dessus, aller de l'avant. Comme j'ai dit, je n'ai manifestement pas avancé d'un poil. Je vis toujours dans cette époque-là, dans le passé, comme me répète sans cesse Brett, et c'est vrai et à mon avis c'est là le problème, mon problème. Je n'ai pas envie de penser aux choses de maintenant. Et je ne sais pas, c'est peut-être pas que je n'ai jamais avancé d'un poil, mais plutôt que je n'ai jamais grandi. Je veux dire, je ne sais pas si j'ai seize ans ou trente-quatre ans. C'est comme si je devais sans arrêt me rappeler que j'ai trente-quatre ans, que je suis adulte, mais j'oublie toujours et parfois, quand je m'en souviens, quand quelque chose se passe et me le remet en mémoire, c'est un choc. On me parle des gens, ils ont déjà fait tellement de chemin dans leur vie, et je me dis toujours, mon Dieu ils ont le même âge que moi. Mais ils sont très différents, ce sont des adultes. Et moi pas. Je ne me sens pas du tout dans la peau d'une adulte, je n'ai pas le sentiment d'avoir vécu. C'est comme si j'attendais toujours que la vie commence. Je veux dire, quand je réfléchis, quand je suis toute seule et que je pense à moi, je pense toujours aux choses comme si j'avais seize ans, comme si j'étais toujours une ado.

Je suis toujours obsédée par mon apparence, par mes vêtements, je me retrouve assise à la maison en train de penser aux vêtements et je n'arrive pas à penser à autre chose. Parfois, quand je regarde la télé, j'observe ce que portent les femmes et je ne pense qu'à ça, je regarde leurs vêtements et ça m'inquiète, parfois je me sens inquiète toute la journée. Je pense sans arrêt à ce que je mettrais si j'allais quelque part, si j'étais invitée quelque part. Dans la grande ville, un endroit comme ça, un endroit sympa. Je me dis, et si l'une de mes anciennes copines m'appelait et m'invitait à sortir avec elle, et en même temps je sais que ça n'arrivera pas, mais je ne réussis pas à me débarrasser de cette idée, et je m'inquiète, je m'angoisse, je pense à ce que je pourrais bien mettre et je me dis que je n'ai rien à me mettre. Parfois, à force d'y penser, j'en perds le sommeil. Et j'imagine la scène, j'imagine ce qui se passerait si j'étais invitée en ville, et je me vois entrer dans une pièce et il faut que j'aie l'air, pas seulement à la mode, pas seulement impeccable, mais il faut que je sois éblouissante, plus radieuse que toutes les autres femmes.

Et je sais que ça n'arrivera jamais, mais curieusement je fais comme si ça allait arriver, ça va arriver, sans aucun doute possible. Alors je panique, mon esprit s'embrouille et je suppose que d'une certaine manière je deviens dingue, quelque chose se détraque en moi. Ce qui se passe c'est, et je ne peux pas l'arrêter, ou je n'essaie pas de l'empêcher, car je sais au moins qu'à la fin tout ça aura disparu, tous les soucis, mon obsession des vêtements. Ce qui arrive, c'est que je pars pour Albury en voiture et je m'offre un shopping de folie. En une journée, je claque parfois tout le loyer de l'appart, facile. Et quand j'entre dans une boutique, j'ai toujours la même image en tête, j'arrive dans cette pièce et je dois paraître éblouissante, mes vêtements sont somptueux. Et j'achète des trucs très chers, des fringues ridiculement chères, des marques, des vêtements magnifiques que je ne peux pas m'offrir, mais je les achète quand même. Parce qu'il le faut. C'est juste une chose que je dois faire. Je pars donc claquer le loyer mensuel, et parfois plus, pour ces fringues, des fringues que je ne mets jamais et que je ne mettrai jamais, je les rapporte à la maison et je les planque. Je les cache à Brett et je me les cache aussi, car tout ce manège m'attriste et je ne veux pas être obligée d'y repenser, tous ces beaux vêtements que je sais que je ne porterai jamais. Ensuite je reproche à Brett qu'il n'y ait pas d'argent, je l'accuse de tout dépenser pour l'alcool et les flingues et Brett n'a aucune idée d'où est passé tout ce fric, mais il réussit toujours à en trouver. Quand il le faut, Brett trouve toujours de l'argent.

Mais de fait, ces orgies de shopping, les vêtements et la folie, de fait j'en ai besoin. Cette idée qu'une vieille copine pourrait me téléphoner, m'inviter à sortir avec elle. Comme si j'attendais un coup de fil d'il y a vingt ans, comme si j'attendais un coup de fil du passé, et c'est ça l'essentiel, c'est ça le cœur du problème. Parce que toutes ces années je n'ai rien fait. Je veux dire, elles sont parties en fumée, gâchées, et voilà pourquoi c'est si important à mes yeux, cette chose que j'imagine, cette image mentale où j'entre dans une pièce avec des vêtements neufs. Je sais très bien que ça n'arrivera jamais, mais j'ai beau en être absolument sûre, impossible de m'ôter de l'idée que ça se produira peut-être, finalement. Je suppose que c'est parce que je le désire, parce que j'en ai follement envie. J'espère que quelqu'un va me téléphoner et me proposer de sortir. J'ai envie de sortir, dans un bel endroit, un endroit chic. Et j'ai envie de porter des vêtements neufs, des beaux vêtements, et j'ai envie d'être éblouissante. Parce que, grâce à ces vêtements, c'est comme si je pouvais devenir différente de ce que je suis, ressembler enfin à ce que je devrais être selon moi et à celle que j'aurais dû être, toutes ces années. A celle que je n'aurais jamais dû cesser d'être. Et si j'arrive à le faire, à entrer dans une pièce en portant ces vêtements somptueux, alors ce serait pour moi comme un nouveau départ. Et même si ça paraît délirant, ça a du sens pour moi, parce que je ne peux rien faire pour modifier ma vie réelle, la vie qui est la mienne aujourd'hui, ma vie à n'importe quelle époque. Ce n'est pas une chose que je peux changer, ce n'est pas une chose qu'il est en mon pouvoir de modifier. Mais si je pouvais simplement m'habiller comme ça, être éblouissante, quelque part très loin d'ici, alors ce serait comme si ces vingt dernières années n'avaient jamais eu lieu.

Alors c'est fou, c'est vraiment dingue, mais c'est la chose la plus facile et peut-être la seule chose, la seule que je puisse faire. Je parle de tout le reste. Je peux acheter des vêtements. Je peux au moins faire ça. Et je sais que c'est complètement fou et délirant, mais ce que je fais, ce que je crois faire, c'est comme si je rachetais ma vie. Alors en fin de compte ça a vraiment du sens et c'est très important pour moi. D'une certaine manière c'est plus important que tout le reste.

Tout est donc arrivé à cause de ce voyage à Florence. C'est à la fin de la classe de première qu'on nous en a parlé, tous les élèves du cours d'italien iraient passer un semestre à Florence, moi je n'avais pas particulièrement envie d'aller à Florence, mais toutes mes amies y allaient, et puis l'idée de traverser l'océan et de passer un semestre ailleurs me plaisait. Ce n'était donc pas Florence en soi qui m'importait, je veux dire, je ne connaissais strictement rien sur Florence et je me fichais de cette ville, en fait. Mais je tenais à y aller.

Quand je suis rentrée à la maison pour les vacances d'été j'ai donc transmis les formulaires d'inscription à mon père et le lendemain il m'a convoquée dans son bureau. Alors il s'est mis à parler de la sécheresse et des gros entrepôts remplis d'une laine invendable et du prix du blé et honnêtement je n'ai pas compris où il voulait en venir, ni pourquoi il me parlait de tout ça. Je ne comprenais rien à ce qu'il me disait, car mon père ne m'avait jamais parlé d'argent auparavant, je veux dire de son argent, des problèmes de la ferme. Je n'en avais aucune idée, aucune. Et il m'a dit qu'il empruntait chaque année, à la banque, simplement pour que la ferme survive. Que chaque année, il s'endettait un peu plus.

Mais une chose qu'il ne m'a pas dite, et il ne m'en a parlé que beaucoup plus tard, après tout ce qui s'est passé avec Brett, quand nous avons enfin vidé notre sac pour de bon, la dernière fois que j'ai vraiment parlé à mon père, ce qu'il ne m'a pas dit, c'est qu'il avait pris une hypothèque sur la ferme, rien que pour payer mes frais de scolarité. En fait, il n'avait pas les moyens de m'envoyer dans cette école, de m'y inscrire comme pensionnaire, mais je n'en avais pas la moindre idée à l'époque. Je ne me doutais pas une seconde qu'il avait hypothéqué la ferme, pour moi, afin que je puisse m'inscrire dans cette école. Je n'en savais rien, je trouvais ça absolument naturel. Car je nous croyais riches, ou du moins à l'aise. L'idée que nous ne pouvions peut-être pas tout nous offrir ne m'avait jamais effleurée.

Et donc, quand je lui ai donné les papiers pour le voyage à Florence, j'ai juste pensé, je ne me suis jamais dit que ça poserait problème, oui, mon père ne m'avait jamais rien refusé jusque-là, rien du tout. Et quand j'ai enfin compris ce qu'il me disait, qu'il m'annonçait que je ne pouvais pas aller à Florence, je veux dire, je n'ai tout simplement rien compris. Je n'ai pas cru une seconde que nous n'en avions pas les moyens, je ne l'ai vraiment pas cru. J'ai pensé que nous avions plein d'argent et que mon père était mesquin, radin. Mon pauvre père. Je l'ai injurié. J'ai été horrible. Je l'ai traité de tous les noms. Je ne me rappelle pas très bien ce que je lui ai balancé à la figure, mais je me souviens parfaitement de son expression, je me souviendrai toujours de l'expression qu'il a eue alors. C'était comme s'il avait honte. Honte de ne pas posséder cet argent, honte du fait que pour la première fois il ne pouvait pas me donner une chose que je lui demandais, cette chose précise. C'était comme s'il me décevait, et puis cette expression de défaite absolue.

Je lui ai donc fait une scène épouvantable, j'ai pleuré et j'ai hurlé, et puis ma mère est entrée dans le bureau et elle a bien sûr envenimé la situation. Alors j'ai quitté la maison en claquant la porte. Je me suis mise à marcher et à marcher encore, sans savoir où j'allais et je m'en fichais. J'ai dû faire des kilomètres à pied, je ne me souviens plus, mais je me suis retrouvée en ville sans avoir l'impression d'avoir parcouru tout ce chemin, mais j'étais dans une rage folle, une fureur aveugle.

C'était sans doute un vendredi ou un samedi, car les pubs étaient ouverts, même s'il faisait déjà nuit à ce moment-là, et je suis entrée dans un de ces pubs, parce que mon père détestait les pubs, la bière et, j'imagine, le genre d'hommes qui les fréquentaient. Parce qu'il m'avait toujours interdit d'entrer dans un pub, j'y suis allée ce soir-là. Juste pour l'emmerder. Mais dès que j'ai été dans la salle, tous ces vieux schnocks lubriques m'ont abordée en me proposant des verres, et j'ai eu peur.

Et c'est Brett qui m'a tirée de ce mauvais pas. Il était assis à l'autre bout du bar, il s'est approché, il a dit à tous ces types de dégager et ils m'ont laissée tranquille. Sur le moment j'ai trouvé ça très classe, ça m'a paru courageux, noble, un truc comme ça, et je crois que c'est alors, déjà à l'époque, je crois que c'est à ce moment-là que j'ai été attirée par Brett pour la première fois.

Parce que les gens le respectaient, ou c'est l'impression que j'ai eue sur le moment. Bien sûr, je sais aujourd'hui que ce n'était pas du tout du respect. C'était parce qu'ils avaient peur de lui. C'était de la peur, pas du respect. Mais je sais pas, peut-être que je le sentais déjà à l'époque. Je veux dire, je connaissais la réputation de Brett, tout le monde la connaissait. Et, pour être sincère, c'est peut-être ça qui m'a attirée chez Brett. Le fait que les gens aient peur de lui. Peut-être que ça m'a plu, j'aimerais bien dire que ce n'était pas le cas, mais pour être sincère, je crois que c'était ça, oui, je crois bien. J'aimerais vraiment penser que ça ne me plaît plus chez lui, et c'est une chose terrible à dire, mais quand je suis avec lui, en ville, je crois que ça me plaît, de le savoir, de sentir cette peur chez les gens. Voir la manière dont les gens se comportent avec lui, savoir qu'ils ont peur de lui. Ce n'est pas bien, n'est-ce pas. Mais je n'y peux rien. Je suis faite ainsi.

Bref, après ça, après s'être débarrassé de tous les vieux schnocks, Brett est resté au bar avec moi, il m'a payé un verre, il m'a parlé et j'ai été surprise, lors de notre première rencontre, en lui parlant. Je veux dire, tout ce que je savais sur lui, tout ce que les gens racontaient sur son compte, toutes ces choses que je savais ou que je croyais savoir sur Brett Clayton, toutes ces rumeurs et ces histoires, ça ne me semblait pas coller. Il était amical, décontracté, et il m'a écoutée. Il était gentil, il semblait vraiment gentil. Ensuite il m'a proposé de me raccompagner chez moi en voiture et j'ai accepté et j'ai pensé, j'ai juste cru que, bon, il se passerait quelque chose, sur le trajet jusqu'à chez moi, et je me rappelle avoir pensé que ça ferait les pieds à mon père si jamais je me faisais violer par Brett Clayton par sa faute, par la faute de mon père. Que tout serait de sa faute. Je veux dire, je n'arrive pas à croire que j'aie pu penser une chose pareille, mais il se trouve que je m'en souviens. C'est exactement ce que j'ai pensé.

Pourtant, Brett n'a rien essayé du tout, et ça aussi ça m'a surprise. Il m'a même proposé de me raccompagner jusqu'à la porte de la ferme et c'est à ce moment-là, j'imagine, que j'ai compris que toutes ces choses qu'on disait sur lui, eh bien, elles étaient vraies, que la plupart en tout cas étaient vraies, mais malgré tout Brett était très différent de ce que j'attendais.

C'est à ce moment-là que tout a commencé. J'ai à peine parlé à mon père durant tout l'été, j'étais encore furieuse contre lui, et j'ai commencé à fréquenter Brett et ses amis. Je crois qu'au début c'était juste pour me venger de mon père, mais c'était aussi parce que ça me plaisait. Je les aimais bien et j'aimais surtout Brett. Mais nous n'étions pas ensemble ni rien, pas à ce moment-là. Je ne crois même pas que j'intéressais Brett, je veux dire, pas de ce point de vue. Je crois que dans le cas contraire, il aurait tenté quelque chose ce soir-là, le premier soir, quand je l'ai rencontré au pub. Mais il n'avait rien essayé et il n'a rien essayé de tout l'été. Il me plaisait bien, malgré tout, même s'il plaisait à plein d'autres filles de notre bande. Pourtant, c'était pas seulement à cause de Brett que je traînais avec eux. Je me suis en quelque sorte intégrée à leur bande. Et je me souviens vraiment bien de cet été-là.

Alors cet été-là a été crucial, je suppose, certaines choses avaient changé, mais c'était avant que tout change pour de bon. Malgré tout, je crois que ça en faisait partie, ça faisait partie des choses qui changeaient déjà, pour moi, le fait d'être avec Brett et ses amis, cet été-là. J'étais vraiment heureuse quand j'étais avec eux, car en leur compagnie je sentais que je pouvais être moi-même et c'était un vrai bonheur. C'était si différent d'être avec mes copines de l'école, je veux dire, avec elles je ne pouvais jamais être moi-même, et je ne crois pas que je m'en étais rendue compte avant de rencontrer Brett et ses amis. A l'école, chacune d'entre nous essayait sans arrêt d'être mieux que les autres, comme si à chaque instant chacune était en compétition avec toutes les autres, on disait toujours du mal de nos copines derrière leur dos, chacune passait son temps à dégommer les autres, à changer de copines et une fille se retrouvait alors sur la touche et puis tout changeait encore et une autre se retrouvait sur la touche, nous étions horribles avec les autres filles, de vraies pestes avec toutes les autres filles, et même pire que ça, bien pire, car nous étions censées être amies. Et puis c'était épuisant d'essayer sans arrêt de surpasser toutes les autres, d'enfoncer même tes meilleures copines, de s'inquiéter des saletés qu'elles pouvaient sortir derrière ton dos. Il y avait quelque chose de tordu là-dedans, un truc vraiment tordu. Nous n'étions pas amies pour de bon, pas du tout amies. Mais je ne crois pas m'en être rendu compte avant cet été-là.

Parce qu'avec les amis de Brett tout était vraiment simple, c'était complètement différent et c'était vraiment agréable, d'être avec eux, d'aller à la rivière pour s'asseoir et bavarder, s'allonger au soleil, nager, et tout le monde était cool, détendu, sans exercer la moindre pression, jamais la moindre pression. Je n'avais jamais la sensation de devoir frimer devant quelqu'un, ou être autre chose que moi-même et c'était vraiment formidable et je n'avais jamais connu de gens comme ça avant. Et puis j'étais heureuse. Cet été-là j'ai vraiment été heureuse.

Mais mes parents, je veux dire, ils ont agi comme si c'était la fin du monde, le fait que je fréquente Brett et ses amis. Comme si j'étais complètement sortie des clous. Tout cet été-là, je me rappelle, je me disputais sans arrêt avec ma mère. Elle me répétait tous les jours que je gâchais ma vie, et même mon père, je veux dire, je ne parlais pas avec mon père, mais il suggérait malgré tout, par l'intermédiaire de ma mère, que j'invite une de mes camarades d'école à passer un moment à la maison. Comment aurais-je pu leur expliquer, je n'ai même pas essayé de le faire, parce que je savais qu'ils n'auraient rien compris.

Et les amis de Brett, ils ne me traitaient jamais comme une bête curieuse, je veux dire, sous prétexte que j'allais dans une école privée ou que ma famille possédait une ferme et de l'argent. Ils écoutaient ce que je leur disais. Ils s'intéressaient à moi, tu sais, comme personne jusque-là. Je ne crois pas avoir ressenti une chose pareille auparavant. Et bien sûr, c'est vrai, ils n'étaient pas parfaits. Ils fumaient plein d'herbe, ils buvaient comme des trous, ils se bagarraient souvent, avec la police, avec les propriétaires de magasins et d'autres gens de la ville, tu vois, ils étaient plutôt délurés, ils cherchaient parfois les ennuis, juste pour le plaisir, et ils répondaient toujours aux gens, en ville, mais c'était parce que les gens, tu sais comme ils sont, ils insinuent des choses, ils font des commentaires, ils nous disent de dégager quand on traîne autour du stand de fish & chips ou sur les marches de la banque. Je veux dire, y avait toujours quelqu'un pour émettre un commentaire désobligeant, nous ordonner de nous barrer pour une broutille ridicule, surtout les vieux, tu vois, le genre ancien combattant, juste parce qu'ils étaient vieux et amers et qu'ils détestaient nous voir traîner sans rien faire et nous amuser. Alors les amis de Brett leur répondaient et puis bien sûr les vieux appelaient la police, même si en fait personne n'avait le droit de leur dire de décamper, parce qu'ils faisaient de mal à personne, ils traînaient juste comme des adolescents.

La plupart d'entre eux avaient déjà connu une existence plutôt difficile, et peut-être que c'était ça qui les avait fait mûrir, tu vois, comme si les épreuves les avaient fait grandir plus vite et c'était peut-être pour ça qu'ils prenaient soin les uns des autres, car pour beaucoup d'entre eux la vie à la maison était infernale. Je veux dire, certaines histoires qu'ils me racontaient, surtout les filles, certaines choses qui leur étaient arrivées, avec leur père ou un ami de leur père, leurs oncles. J'avais du mal à croire toutes ces choses qu'elles me racontaient, je veux dire, j'avais jamais entendu parler de choses comme ça.

On pourrait croire que tout ça les aurait rendus encore plus mauvais, et c'est vrai que beaucoup avaient des problèmes de drogue ou d'alcool, et parfois certains types se comportaient très violemment, et pour beaucoup ça n'a fait qu'empirer depuis. Je veux dire, certains d'entre eux ont fini junkies ou en prison, ce genre de truc. Mais à l'époque, quand je les écoutais, quand ils me parlaient d'eux, j'avais le sentiment d'avoir vécu jusque-là dans un cocon et c'était bel et bien le cas, j'imagine. Et puis je me sentais incroyablement chanceuse en comparaison, mais en même temps il me semblait n'avoir aucune expérience réelle de la vie, je veux dire, rien de vraiment réel, rien de comparable aux épreuves qu'ils avaient traversées. Il me semblait n'avoir pas vécu, n'avoir absolument pas vécu.

Et Brett n'a jamais eu la vie facile. Non qu'il m'en ait jamais parlé à cette époque, mais ensuite, quand nous avons été ensemble, quand il m'a un peu parlé de sa vie, et je ne veux pas lui trouver des excuses, pour ce qu'il a fait ou comment il est, mais il n'a jamais eu la vie facile. Et parfois, quand j'y pense, il me semble qu'il n'a jamais eu la moindre occasion de s'en tirer, vraiment pas la moindre chance, et franchement ça n'a rien d'étonnant qu'il ait mal tourné comme il l'a fait, et c'est pas une excuse, c'est juste les choses qui sont comme ça.

Je veux dire, durant l'enfance de Brett son père n'était jamais là, et il a donc été élevé par sa belle-mère. Elle-même avait ses deux garçons qui se comportaient de manière horrible avec Brett. Ses demi-frères le maltraitaient, l'humiliaient, et la belle-mère, je ne sais pas quel était son problème, peut-être que c'était lié aux allées et venues incessantes du père et à tout le reste, mais c'est à Brett qu'elle s'en prenait, alors que rien de tout ça n'était de sa faute. Je veux dire, elle le mettait régulièrement à la porte de la maison. Il dormait souvent dans un lit sur la véranda, même en hiver. Tu imagines ? Et il dit qu'il avait tout le temps peur, quand il était petit, il avait toujours peur de faire quelque chose de mal, parce qu'alors sa belle-mère lui flanquait une raclée terrible pour un oui ou pour un non. Il dit que parfois il ne savait même pas ce qu'il avait fait de mal et il croit aujourd'hui que peut-être toutes ces fois-là il n'avait rien fait du tout et qu'elle le battait pour le simple plaisir de le battre. Son père, quand il était là, se comportait pareil. Et Brett était seulement un petit garçon, pour l'amour du ciel.

Alors oui, Brett a morflé en grandissant, mais il savait que ce n'était pas si terrible, en comparaison de beaucoup de ses amis, mais c'est ce truc qui lui est arrivé quand il était ado, avant que je le connaisse. Brett prétend n'en avoir jamais parlé à personne d'autre qu'à moi. Je veux dire, j'arrive même pas à y penser, à ce qu'il a dû traverser et au mal que ça a dû lui faire. Je ne sais pas, parfois je me demande même pourquoi il n'est pas pire qu'il l'est.

Il devait avoir quinze, seize ans, et il était parti à la plage avec ses copains pour le réveillon du Nouvel An. Ils picolaient sur la plage, Brett s'est endormi et ses copains se sont barrés en le laissant tout seul sur la plage, comme pour lui faire une sorte de blague. Mais quand il a repris connaissance, il y avait un groupe d'hommes rassemblés autour de lui et, je veux dire, ce qui s'est passé alors est difficile à croire, même aujourd'hui. Ces types le maintenaient à terre et l'un d'eux avait passé une ceinture autour du cou de Brett pour l'étrangler. Ils essayaient de le tuer. Ils essayaient réellement de le tuer. Et selon Brett, pendant que ça se passait, tout le temps où ils ont tenté de l'étrangler, aucun de ces hommes ne parlait, pas un seul mot adressé à lui-même, pas un seul mot échangé entre eux, et selon lui c'était la chose la plus bizarre de tout, ce silence absolu. Et puis ce type qui lui avait enroulé la ceinture autour du cou, ce type qui essayait de l'étrangler, le visage de ce type était presque collé à celui de Brett, et Brett dit que ce type avait une haleine vraiment infecte et il dit qu'il ne l'oubliera jamais, le visage de ce type et puis son haleine. Aujourd'hui encore, il en fait des cauchemars.

Bref, Brett s'est évanoui et, selon lui, il s'est ensuite retrouvé dans un parc de caravanes, au bâtiment des douches, allongé par terre sous l'eau qui coulait. Alors un homme l'a trouvé et lui a demandé ce qui s'était passé, mais Brett ne pouvait pas parler, et c'était pas parce qu'on avait tenté de l'étrangler, sa gorge n'avait subi aucun dommage, simplement il ne pouvait pas parler, il ne pouvait rien dire. Il était sous le choc, je suppose. Alors ce type est allé chercher de l'aide, quelqu'un a appelé une ambulance et on l'a transporté à l'hôpital.

Mais ce que m'a dit Brett, le truc vraiment bizarre dans tout ça, ce qu'il m'a dit c'est que des années plus tard il avait toujours des problèmes pour parler aux gens. Et comme j'ai dit, il n'avait aucune blessure physique à la gorge ni aux cordes vocales, c'était autre chose, mais c'est un problème qui est apparu après que ces types lui ont fait ce qu'ils lui ont fait, et selon Brett ça a duré des années. Il essayait de dire quelque chose, mais les mots refusaient de sortir. Et les gens, ses copains, son père, ses camarades d'école, tout le monde se moquait de lui, à cause des trucs qu'il disait, car lorsqu'il essayait de parler les mots se bousculaient dans sa bouche et sortaient vraiment bizarrement. Et il dit qu'à cause de ce problème il a tout bonnement arrêté d'essayer, il ne parlait presque plus, à personne. Ce problème a fini par s'en aller, mais selon Brett il a duré tellement longtemps qu'il a cru qu'il ne s'en irait jamais.

Et Brett dit que tout ce temps, parce qu'il ne pouvait pas parler ou ne voulait pas parler, ou que quand il parlait les mots s'entrechoquaient dans sa bouche, il se mettait toujours en colère quand il était avec des gens. Il dit qu'avant il n'était pas colérique, mais c'était parce qu'il était toujours tellement frustré, à force de pas pouvoir parler et tout. Et il s'est mis à être violent, à s'en prendre aux gens. Il se bagarrait tout le temps, à l'école, dans la rue, ou bien il flanquait une raclée aux gens, il se battait avec eux, et il dit que parfois c'était parce qu'ils se moquaient de lui, mais le plus souvent il n'y avait aucune raison, il voulait juste leur faire du mal. Il dit que c'est quelque chose qu'il ne comprend toujours pas, mais il désirait vraiment faire du mal aux gens, leur faire vraiment mal, et il ne comprenait pas pourquoi. Il dit que ça n'avait rien à voir avec tout ce problème, pas réussir à parler correctement, ni parce que les gens se moquaient de lui quand il essayait de parler, ni parce que ça le mettait tout le temps en rogne. Ça n'avait rien à voir avec tout ça. Il dit que c'était une chose complètement différente, une chose qui lui était arrivée après tout ce que ces sales types lui ont fait subir. Il avait envie de faire du mal aux gens, de leur faire vraiment mal. Et il l'a fait, pendant ces bagarres il a grièvement blessé certains types, parfois il était vraiment vicieux. Et Brett dit qu'il savait très bien qu'il allait trop loin, il le savait tout le temps, et il craignait de tuer quelqu'un pour de bon un jour, oui, il avait peur de lui-même, de ce qu'il risquait de faire. Il dit qu'il y avait quelque chose en lui qui le poussait en quelque sorte à le faire. Il ne pouvait tout simplement pas s'en empêcher.

Tout le monde croit que Brett s'est fait virer de l'école pour avoir tabassé un prof. Je veux dire, même moi je le savais, avant de le rencontrer ou de le connaître. J'avais entendu parler d'un gars qui s'était fait virer pour avoir tabassé un prof. Mais en fait, il n'a jamais été viré. Avant même ce qui lui est arrivé sur la plage, tous les professeurs pensaient que Brett était un sale gosse, ce qu'il était sans doute, mais autrement, avant cette nuit-là. Il dit qu'il avait seulement la réplique un peu vive. Mais il ne se bagarrait pas ni rien, avant ce qui lui est arrivé sur la plage. Après, tout a changé du tout au tout et sa situation a beaucoup empiré, tu vois, il se bagarrait presque tous les jours et puis les professeurs ne le lâchaient pas, ils le tannaient parce qu'il ne disait jamais rien en cours, ou alors quand il ouvrait la bouche il disait des trucs bizarres et ils le prenaient pour un provocateur ou un drogué. Ils ont fouillé son casier à la recherche de drogue, parce que les profs le croyaient défoncé en permanence, à cause de son comportement en classe, des choses qu'il disait.

Et il y avait un prof qui le faisait particulièrement chier, qui était tout le temps sur son dos pour une raison ou une autre. Un prof de maths. Brett dit que ce prof s'acharnait contre lui sans la moindre raison valable, ce prof le harcelait et l'humiliait sans arrêt. Alors un jour, Brett est dans le couloir, près de son casier, sans rien faire, et ce prof arrive et se met à l'insulter, une fois de plus sans la moindre raison valable. Je veux dire, Brett pense que c'était ce prof qui avait vraiment des problèmes, beaucoup plus que lui-même. Ce prof se plante donc juste en face de lui et se met à lui crier dessus, et Brett lui balance un bon coup de poing, qui met le prof à terre. Selon Brett, c'était presque un réflexe, il n'a pas vraiment réfléchi, c'est juste arrivé. Ensuite, Brett a pris ses affaires dans son casier, il est sorti de l'école et il n'y est plus jamais retourné. Les gens racontent qu'il a été viré, mais ça s'est jamais passé comme ça.

Et je ne lui cherche pas des excuses, Smithy. Je veux dire, certainement pas pour les choses qu'il a faites depuis. Mais je sais pas. On dirait que certaines personnes, il leur arrive jamais rien de mal, les gens comme moi, ou plutôt la personne que j'étais autrefois. D'autres gens, au contraire, on dirait qu'ils accumulent les coups durs, rien ne se passe jamais bien pour eux. J'ai toujours su que Brett faisait partie de cette seconde catégorie et, oui, j'imagine que j'ai toujours eu de la sympathie pour lui, et voilà pourquoi je trouve sans doute si facile de minimiser ses défauts, de lui pardonner. Mais peut-être que je ne devrais pas m'y prendre ainsi, peut-être que cette attitude me plombe à mon tour, je devrais sans doute me montrer plus égoïste, pourtant je suis comme ça. Je dis simplement que Brett n'a pas eu la vie facile, il n'a jamais eu la vie facile.

Enfin bref, cet été que j'ai passé avec Brett et ses amis, comme je l'ai dit, je crois pas que Brett s'intéressait particulièrement à moi, sauf comme à une amie, mais c'était sans importance, j'étais juste heureuse d'être avec eux, de faire partie de leur bande. Malgré tout Brett me plaisait beaucoup et j'étais pas la seule, comme j'ai dit, Brett plaisait à énormément de filles. Je veux dire, ça se voyait, et je sais que j'ai raison parce qu'il m'en a parlé ensuite, au début de notre histoire. Tu sais, ce moment au début, quand chacun confie tout à l'autre. Mais je le constatais déjà, cet été-là. Tout le monde admirait Brett à l'époque, toute la bande, je suppose que c'était en partie à cause de sa réputation, parce que personne n'essayait de provoquer Brett, pas un seul habitant de toute la ville, c'est comme aujourd'hui, j'imagine. C'est la seule chose qui n'a pas changé, je suppose. Mais c'était pas seulement ça, c'était plus que de la crainte ou du respect, ça tenait à lui, à ce qu'il était à l'époque. Parce qu'il était vraiment différent, pas comme aujourd'hui, paisible, décontracté et drôle, il pouvait être vraiment drôle. Et puis confiant. C'était comme s'il avait tout compris, il n'avait peur de rien, sincèrement, il était sûr de lui, et plus je le connaissais plus il me séduisait. Je veux dire, je crois que j'ai commencé à tomber amoureuse de lui à ce moment-là, oui, je sais que c'est ça, avant même de savoir que je l'intéressais en quoi que ce soit. J'étais juste trop timide pour le lui dire.

Et quand je pense au passé, je me dis toujours que Brett a énormément changé et c'est vraiment triste, qu'il est passé de ce qu'il était alors à ce qu'il est maintenant, à ce qu'il est devenu. Mais à mon avis les choses n'ont pas bien tourné pour lui non plus, comme pour moi, et je sais pas, je ressens seulement de la tristesse, parce que j'ai vraiment du mal à croire qu'il s'agit de la même personne qu'autrefois. Alors, je suppose, nous ne sommes pas très différents de ce point de vue, je veux dire, je croyais réellement que tout se passerait bien pour moi, que ça allait de soi, et je suppose, Brett, eh bien, aussi différent qu'il ait été de moi, je crois qu'il pensait la même chose, sur lui-même et sa propre vie. Si tu l'avais connu à l'époque, comme il était à l'époque, on aurait vraiment pu le croire. Il ressemblait vraiment au genre de personne pour qui tout va bien se passer, exactement comme moi.

Il y avait donc plein d'autres filles à qui Brett plaisait bien et elles étaient aussi timides que moi, et quand c'est arrivé, quand tout est arrivé, pour nous, je veux dire, je n'arrivais pas à croire qu'il m'ait choisie, moi. Mais il avait déjà été avec plein d'autres filles, il m'en a parlé, plus tard, quand nous avons été ensemble. Il avait couché avec la plupart d'entre elles à un moment ou un autre, au fil des années, avant que je le connaisse, mais le fait est qu'il n'était jamais sorti avec aucune. C'était juste un truc physique. Il m'a dit qu'entretenir une relation durable ne l'intéressait absolument pas, en tout cas pas avant de me rencontrer.

C'est ce qu'il m'a dit, au début de notre histoire. Brett et moi restions couchés toute la nuit, à parler, tu te rends compte ? Je veux dire, aujourd'hui nous échangeons à peine un mot de temps en temps, sauf pour nous disputer, ou quand je fais ma peste et, je suppose, c'est comme ça que nos disputes commencent, d'habitude. Il y a des fois où il reste silencieux, pendant des semaines, il peut rester silencieux des semaines entières, en m'adressant à peine la parole. Y a quoi à dîner, des trucs comme ça, mais rien d'autre, et j'essaie de lui parler et il répond seulement par un grognement ou quelques mots, ou bien il fait semblant de pas m'entendre, comme s'il s'en fichait complètement, et c'est sans doute le cas.

Mais au début de notre histoire nous restions allongés au lit et parfois nous restions au lit toute la nuit et toute la journée, à parler, à faire l'amour, à dormir. Ç'a sans doute été la meilleure période de notre liaison. Et parfois même nous restions au lit des jours d'affilée. Et c'est Brett qui l'a dit, il a dit que c'était comme si nous étions sur une île déserte, rien que nous deux, sans personne d'autre, juste nous, seuls ensemble, et c'était exactement ce que je ressentais, comme si nous étions sur une île déserte, et c'était ce que je désirais, ce que nous désirions tous deux à cette époque, rien que nous deux et personne d'autre, juste Brett et moi, et c'était comme si le reste du monde n'était même pas là, n'existait plus, en tout cas pour nous.

Et Brett disait souvent qu'il n'avait jamais pensé rencontrer quelqu'un avec qui il voudrait rester, être seul avec cette personne, avant de me rencontrer. Il a dit ça avant de me rencontrer, il n'avait jamais pensé vouloir rester avec quelqu'un jusqu'à la fin de sa vie, il ne pouvait pas imaginer une chose pareille avant, avant de me connaître. Il m'a dit qu'il était tombé amoureux de moi dès qu'il m'avait vue, ce qui était touchant, et je l'ai cru et je ne sais pas, peut-être que c'était vrai, peut-être qu'il a seulement dit ça parce que c'est ce qu'on est censé dire, n'est-ce pas. Parce que je lui ai répondu la même chose et ce n'était pas vraiment vrai. Je veux dire, j'ai été attirée par Brett dès le début, mais pas amoureuse, pas tout de suite, contrairement à ce que je lui ai déclaré, et franchement je crois que ce genre de truc n'arrive à personne. Mais peut-être que c'était vrai, pour lui, peut-être qu'il a été amoureux de moi dès le début, ou il a cru qu'il l'était. Peut-être qu'il est toujours amoureux de moi, malgré sa façon d'être, malgré tout ce qui est arrivé et notre manière d'être ensemble aujourd'hui. Je veux dire, il est toujours avec moi, non. Aujourd'hui encore il continue de me tourner autour, après tout ce qui s'est passé. Donc c'est possible, je suppose que c'est possible.

Mais honnêtement il me semble que Brett pense peut-être que lui aussi a fait une erreur, tout comme moi, qu'il s'est trompé sur nous, et sur tout le reste. Peut-être qu'il n'aurait jamais dû se mettre à la colle avec personne, comme il disait, peut-être qu'il avait raison et voilà pourquoi les choses ont tourné vinaigre, ou alors c'est une des raisons. Et puis je sais que je n'ai pas été une bonne épouse pour lui, vraiment quand j'y pense j'ai sans doute été le pire choix pour Brett. Je veux dire, s'il avait choisi une de ces filles de la ville, tu vois, qui n'attendait pas grand-chose de la vie, simplement être avec lui, sans doute que l'une d'elles aurait mieux fait l'affaire que moi. Sans doute qu'elle supporterait tout sans se plaindre et qu'elle serait heureuse d'être tout bonnement une femme mariée vivant à la maison et à son service. Pas comme moi, car je ne serais jamais comme ça. Ça ne me suffirait jamais. Pas à moi.

Et je sais que j'en veux à Brett, mais c'est parce que je suis malheureuse, parce que j'ai l'impression d'avoir raté ma vie. J'en veux à Brett, mais en fait je me reproche avant tout de l'avoir épousé, simplement je l'oublie le plus souvent, c'est de ma faute et je crois que c'est entièrement de sa faute, qu'il a tout fait foirer, alors je lui en veux, je lui fais porter le chapeau. Je veux dire, parfois je suis vraiment en colère, à cause de broutilles, et parfois je ne supporte même pas de le voir, je ne supporte pas sa présence. A croire que je le déteste et c'est bien ce que je ressens, j'ai l'impression de le détester pour de bon, je crois que parfois c'est vraiment le cas, et sans doute qu'il le sait aussi. Je veux dire, je me gêne pas pour lui dire, je lui déclare que je le déteste, quand on se dispute, quand je suis vraiment en rogne, et je suis sincère. Je le déteste vraiment à ce moment-là. Je le lui dis et ensuite je retire ce que j'ai dit, mais il doit bien le savoir, que je suis vraiment sincère, qu'en disant que je le déteste, c'est vraiment ce que je ressens.

Voilà peut-être pourquoi il reste silencieux comme il fait souvent. C'est comme mon père qui se murait dans le silence quand ma mère faisait sa peste ou le critiquait, et je suppose que je fais subir le même traitement à Brett. Je fais exactement la même chose qu'elle, vraiment. On dit bien qu'on ressemble à ses parents, pas vrai ? Alors peut-être que je suis comme ma mère et mon dieu je trouve ça horrible de penser une chose pareille. Moi qui me disais toujours, qui me promettais, toute petite déjà, de ne jamais ressembler à ma mère, à cause de la façon dont elle traitait mon père. Je veux dire, j'imagine qu'elle aussi était malheureuse, tout comme moi, elle ne pouvait pas admettre son malheur, mais sa manière de parler, c'était comme si elle était parfaite, comme si tout ce qu'elle faisait ou disait était juste et que tous les autres avaient tort. Et mon père, c'était comme s'il se trompait tout le temps, quoi qu'il fasse. Pour la moindre broutille. Et ça me ressemble beaucoup. Je suis pareille aujourd'hui, avec Brett. Et peut-être que j'étais terrifiée à l'idée de ressembler à ma mère, car je savais que ça arriverait tôt ou tard, et peut-être bien qu'aujourd'hui je lui ressemble, à ma mère.

Et peut-être que j'ai fait bien plus de mal à Brett que je le crois. C'est juste sa manière de m'ignorer, je n'ai même pas l'impression de réussir à l'atteindre, et puis plus il m'ignore pire je deviens, peut-être que je lui fais vraiment mal, mais il ne veut pas le montrer, c'est sans doute pour ça qu'il ne dit jamais rien. Mais sur le moment je n'y pense jamais. C'est seulement depuis qu'il est en prison, j'ai eu le temps de réfléchir, je suppose, parce que toutes ces choses, ce que je dis, c'est seulement des pensées que j'ai depuis peu de temps, et puis je me demande pour la première fois, eh bien, peut-être que c'est moi le problème, ou une partie de moi, autant que Brett, plutôt que ce que je me suis toujours dit avant, en me convainquant que c'est de sa faute, en lui reprochant tout en bloc, tout, tout ce qui a foiré, tout ce qui a foiré dans ma vie.

Alors maintenant je me demande si Brett regrette de m'avoir épousée, s'il croit être celui qui a fait l'erreur fatale. Mais avant tout ça, avant d'avoir tout ce temps à moi, franchement je ne réfléchissais jamais à ce que Brett pouvait bien penser, je ne me disais jamais qu'il pourrait penser une chose pareille, sans doute parce qu'il ne dit jamais rien, parce que c'est toujours moi, c'est toujours moi qui parle et c'est toujours moi qui lui dis combien je suis malheureuse, malheureuse avec lui, malheureuse dans ma vie. Et je lui reproche tout en bloc. Je peux continuer sans jamais m'arrêter et sans jamais me demander ce que Brett peut bien penser et si par hasard il ne penserait pas la même chose que moi. Qu'il a fait une erreur, que c'est moi qui le rends malheureux, et j'imagine que son comportement, les fois où il se comporte comme si je n'étais tout bonnement pas là, ses virées avec ses copains ou quand il se met à boire tout seul dans les pubs et qu'il n'est jamais à la maison, peut-être que ça veut dire que c'est vrai, peut-être que tout ça est vrai, peut-être que c'est moi.

D'accord, Brett a ses défauts, il a plein de défauts, mais très franchement je n'ai jamais levé le petit doigt pour le soutenir, pour essayer de lui faciliter la vie, ou de la lui rendre plus agréable. J'ai simplement attendu de lui qu'il fasse ce qu'il devait faire pour moi et qu'il s'occupe de moi, et c'est vrai, il m'a toujours laissée tomber, mais en fin de compte est-ce vraiment de sa faute ? Je veux dire, j'attendais davantage, mais il ne le savait pas, il ne l'a jamais su. J'imagine, je crois, qu'il voit les choses comme moi, qu'il veut davantage, comme moi, mais peut-être pas, peut-être qu'il a jamais voulu davantage, peut-être que c'est tout ce qu'il a jamais désiré, le simple fait d'être avec moi. Alors peut-être qu'il ne comprend tout simplement pas, je veux dire, pourquoi je suis toujours sur son dos, pourquoi je suis tout le temps si malheureuse, pourquoi je lui reproche tout en bloc. Il ne comprend peut-être pas qu'il a fait une chose horrible. Et pourquoi je le déteste tant.

Mais le plus triste c'est que, je veux dire, même après avoir réfléchi tout ce temps, le plus triste c'est que je ne vois rien changer. Tout semble arriver trop tard. Les dégâts sont déjà là, je ne peux pas y remédier, et Brett non plus. C'est comme ça et ni lui ni moi ne pouvons rien y faire. Personne ne peut y remédier.

Et toutes ces choses qu'il disait au début, quand notre histoire a commencé. Des choses douces et romantiques, et peut-être qu'il les disait seulement parce qu'il se sentait obligé, mais bien sûr à ce moment-là je n'y ai pas réfléchi, je ne savais pas que c'est ce que tout le monde dit dans ce genre de situation, au début, quand on aime ou qu'on croit aimer, et j'y ai donc cru, j'y ai cru à fond et j'avais l'impression d'être unique et à ce moment-là je lui demandais, pourquoi moi ? Pourquoi m'avoir choisie, moi, alors qu'il y avait toutes ces autres filles ? Qu'avais-je donc de si spécial ?

Il me répondait toujours que c'était à cause de qui j'étais, parce que c'était moi, parce que j'étais différente de toutes ces autres filles. Il m'a dit qu'avant il n'avait jamais rencontré quelqu'un comme moi. Sur le moment je me suis sentie vraiment unique et très proche de lui, et c'était vraiment agréable, juste Brett et moi au lit tous les deux, lui me chuchotant toutes ces choses agréables, et je n'avais jamais ressenti une chose pareille, jamais. A ce moment-là notre liaison m'a semblé très romantique, comme ça devait l'être, j'imagine, comme c'est censé être, que ce soit réel ou pas.

Et le truc c'est que, à mon avis il était vraiment sérieux, il croyait ce qu'il disait. Il m'expliquait son choix : c'était parce que j'étais celle que j'étais, parce que j'étais différente, et qu'il n'avait jamais rencontré quelqu'un comme moi avant. Je crois que tout ça était vrai. Mais quand j'y repense aujourd'hui, je crois que ce n'était peut-être pas tout à fait ça, que voulait dire Brett. Parce qu'en fait, j'étais bel et bien différente de ces autres filles, ces filles de la ville qu'il avait fréquentées jusque-là, et Brett n'avait sans doute pas rencontré quelqu'un comme moi avant, mais c'était parce qu'il n'en avait jamais eu l'occasion. Je veux dire, tu vois, ma famille, moi, mon école privée, mon éducation. Et puis je portais des vêtements de qualité, je soignais mon apparence, mes cheveux, ma peau, je surveillais mon poids. Certaines autres filles étaient jolies, mais elles ne savaient pas soigner leur apparence. Elles mangeaient au fast-food, elles buvaient et elles fumaient, elles ne savaient pas se maquiller correctement, et puis leur manière de parler et leurs actes prouvaient qu'elles étaient vraiment brutes de décoffrage. Alors en fin de compte je crois que ç'a été tout ça, toutes ces choses, aujourd'hui je le comprends très clairement. C'était pas le cas à l'époque, je veux dire, pas du tout. Je voyais seulement mes défauts à l'époque, ma timidité en comparaison des autres filles, mon manque d'assurance et d'expérience. Comme je disais, j'avais l'impression de ne rien connaître de la vie, comparé à elles. Mais je crois que Brett était parfaitement sincère à ce moment-là, parce que je ne ressemblais pas du tout aux filles qu'il avait pu rencontrer jusque-là. Je n'avais jamais pensé à moi de cette manière. Mais pour Brett, je crois comprendre ses raisons aujourd'hui.

Il y a donc eu une époque avant et il y a eu une époque après, et cet été-là s'est trouvé pile au milieu et ç'a été des mois de bonheur pour moi, tout comme les mois qui ont suivi, quand juste après notre mariage Brett et moi avons habité chez son cousin à Melbourne, toute cette époque, ç'a été davantage qu'une époque heureuse, quelque chose de plus, l'époque où nous étions amoureux, tous les deux, fous amoureux l'un de l'autre, et puis immergés dans le passé et l'avenir, rien d'autre n'avait d'importance, seuls comptaient ces instants-là, cette époque, le fait d'être ensemble.

Brett et moi passions toute la journée au lit ou bien nous allions à la plage de St Kilda et on ne pouvait vraiment pas être l'un sans l'autre, être séparés rien qu'un instant nous était insupportable, on était toujours ensemble, et tout ce que nous faisions nous le faisions ensemble, et on restait donc au lit à bavarder et à faire l'amour et tout était nouveau pour moi, c'était un monde entièrement nouveau et une vie entièrement nouvelle et j'avais seulement seize ans et je connaissais seulement la maison et la pension et maintenant tout ça était soudain du passé, et tout semblait absolument merveilleux et inattendu, c'était désormais ma vie et j'étais une femme, une femme mariée et libre, libre de faire tout ce que je désirais, et tout avait changé et je n'arrivais pas à croire que c'était maintenant ma vie et je croyais que ma vie ressemblerait toujours à ça.

On allait donc à la plage ou on explorait la ville ensemble, on faisait les boutiques pour regarder des trucs, j'essayais des vêtements, du maquillage et des parfums, et Brett adorait m'accompagner, faire tous ces trucs avec moi, et il me disait sans arrêt ce qu'il pensait des vêtements et il respirait les parfums sur mon bras et c'était la même chose pour lui que pour moi, une vie entièrement nouvelle, quitter cette petite ville, être ensemble, amoureux et libres, parce que c'était la liberté pour lui aussi, c'était pareil. C'était pareil pour nous deux.

Et puis on allait dans les bars prendre un café ou boire du vin, il y avait ce vin italien bon marché que nous aimions bien qu'on nous servait dans une bouteille entourée d'un fil de fer doré, on commandait une bouteille de ce vin, on s'installait à une table devant le café et on restait là tout l'après-midi à parler, et je me sentais très adulte et sophistiquée, et Brett fumait en faisant des commentaires sur les passants et il me faisait rire, et on parlait tout le temps, on ne s'arrêtait jamais de parler et je me rappelle même pas de quoi on parlait, mais on avait tellement de choses à se dire à cette époque.

Et puis la nuit, partager le même lit, avoir Brett allongé près de moi toute la nuit, et toutes les nuits, mon mari. Comme c'était un lit une place, nous étions toujours serrés l'un contre l'autre, imbriqués, et il me semblait que nous ne faisions plus qu'un, j'étais tellement amoureuse et je n'avais jamais prévu ni imaginé une chose pareille ni ce que ça pouvait faire d'être autant amoureuse et je n'arrivais pas à croire que Brett était amoureux de moi, que quelqu'un puisse me désirer ou avoir autant envie d'être avec moi tout le temps et pour toujours et je n'arrivais pas à croire à ce qui m'arrivait là et je croyais que ça durerait toujours et puis j'avais la conviction que tout, vraiment tout était possible. Que tout était possible pour moi et pour nous, que tout pouvait arriver, que nous pouvions faire tout ce que nous voulions et que tout ça continuerait, sans cesse et toujours. Que tout ça durerait toujours.

Et je ne sais pas ce qui s'est passé. Mais quelque part en chemin tout a disparu, lentement, mais pas vraiment lentement, car ça n'a pas duré longtemps, cette époque, pas longtemps du tout, et puis cette émotion a disparu, la joie, la liberté, la nouveauté de tout ça, et aujourd'hui tout a bel et bien disparu, c'est parti il y a longtemps, ce n'est plus qu'un souvenir. Mais il y a eu cette époque bénie, vraiment, même si elle a paru se désagréger et disparaître, oui, il y a vraiment eu une époque bénie et malgré tout je conserve ce souvenir et je ne veux rien y changer et si c'était à refaire je n'y changerais absolument rien. Alors j'ai au moins ça. J'aurai toujours ça.

Mais le présent, qu'est-ce que je peux dire du présent, je ne pense presque jamais au présent ni à ce qui est arrivé depuis, et il n'y a rien à en dire, seulement les jours qui se suivent, tout est tellement pareil que je ne fais plus la différence entre un jour et un autre jour, durant toutes ces années, tous les jours se ressemblent, et puis il y a la lassitude, la fatigue, la décomposition, entre Brett et moi, et puis en moi. Tout passe, tout lasse, tout s'en va, tout s'émousse, les émotions ont disparu et c'est comme si une partie de moi-même était morte ou toujours en train de mourir, d'un jour sur l'autre, de moins en moins de moi, rien que les jours et le temps qui s'écoule et je subsiste et je continue et nous sommes tous les deux malheureux mais nous ne pouvons rien y faire, rien. Tout est parti, c'est la fin de tout et la fin de tout dure depuis longtemps déjà, et j'attends, sans rien ressentir, sans aimer, j'attends simplement que tout se termine.

Alors ça n'a pas été facile, rien de tout ça n'a été facile. Je ne pourrais jamais dire le contraire. Et je n'essaie pas, plus maintenant. J'ai arrêté d'essayer, je laisse les choses arriver, je laisse tout arriver comme si je n'étais même pas là. Les choses m'arrivent et c'est tout, et j'ai l'impression de regarder ma vie, de la regarder passer sans plus la vivre désormais, sans jamais plus la vivre.

Et c'était Brett qui était censé être fort et je croyais qu'il l'était, au début peut-être, mais seulement au tout début, pourtant on dirait bien qu'aujourd'hui il est plus faible que moi et je sais que ça peut paraître étrange mais il est vraiment très faible, il est toujours à la traîne et c'est donc moi qui suis forte et Brett se contente de fuir tout ça et je suis donc la seule à savoir et à souffrir de savoir. Parce que Brett ne veut rien savoir, contrairement à moi, il faut que je sache et c'est moi qui souffre. Je souffre pour nous deux.

Et je sais que beaucoup de gens sont bien moins chanceux que nous, mais je ne suis pas eux et ils ne sont pas moi et c'est la seule chose réelle pour moi, c'est la seule chose que je sache, il y a sûrement beaucoup de gens moins bien lotis et il y en aura toujours, mais c'est ma vie, c'est tout ce que j'ai, c'est tout ce que je sais. Il y a d'autres gens, oui, mais je ne mène pas leur existence et ils ne vivent pas la mienne. Alors peut-être que je me plains, peut-être que je me sens flouée, mais je n'y peux rien. Comment y pourrais-je quelque chose ? Et est-ce qu'on peut me le reprocher ? Est-ce qu'on peut me reprocher ça ?

Je sais que j'ai creusé ma propre tombe. Je sais que tout est de ma faute, que tout a toujours été de ma faute, mais combien de temps les gens vont continuer à me faire porter le chapeau ? Parce qu'ils rendent les choses encore plus dures qu'elles ne sont, et ça paraît très injuste parce que c'est déjà bien assez dur comme ça sans que les gens t'observent, parlent derrière ton dos, te dévisagent dans la rue, dans les magasins, et je sais qu'ils me jugent, comme s'ils savaient tout, tout sur moi et sur ma vie. Mais ils ne savent pas tout, ils ne savent rien, ils ignorent ce que j'ai vécu, alors pourquoi ? Pourquoi ils rendent les choses encore plus dures ? Pourquoi ils doivent faire une chose pareille ? Je sais bien qu'ils disent que je mérite tout ce qui m'arrive, que je mérite tout ça, que j'ai tout provoqué moi-même, mais je le sais, je le sais déjà et c'est à moi de supporter tout ça parce que c'est là tout le temps, c'est toujours là pour moi, et, oui, c'est de ma faute, oui, c'est moi qui ai fait cette erreur, cette unique erreur de ma vie, cette erreur qui a tout changé. Malgré tout, je n'ai jamais choisi ça, je n'ai jamais rien choisi de tout ça. Jamais.

Aujourd'hui peu importe ce que je fais ou ce qui m'arrive. Je vieillis, c'est tout, et je ne supporte pas d'y penser, je ne supporte pas l'idée de l'âge, de la vieillesse. Pourtant, j'y suis presque. J'en approche. Je la vois déjà, la vieillesse. Et elle me terrifie. Quand on est une femme et qu'on n'a rien, ni argent, ni enfant ni rien. Ni aucune perspective, rien à attendre, rien qui change, et je suis toujours là toute seule, à attendre sans que personne ne le remarque ni ne s'y intéresse, peu importe ce qui arrive, peu importe que j'aie envie de voir les choses changer, peu importent les épreuves que je traverse, il n'y a personne, personne pour m'aider, il n'y a que moi.

Mais malgré tout, j'ai de l'espoir, il y a encore de l'espoir en moi et il le faut, car il n'y a que l'espoir qui peut me permettre de continuer maintenant, l'espoir que quelque chose change, que quelque chose doit changer. Et je ne sais pas ce que c'est, ni ce qui va se passer, ni quand ça va se passer, mais je ne peux pas vivre sans cette chose-là, même si elle n'est pas réelle, même si je sais, au fond, que rien ne peut changer, que rien ne changera, que rien ne changera jamais. Malgré tout, quelque part il y a de l'espoir et peut-être que c'est fou mais c'est pas plus fou que tout le reste, car c'est là, c'est toujours là, je n'y peux rien. J'y crois parce qu'il faut que j'y croie. Il y a donc toujours de l'espoir et il le faut. Il faut toujours qu'il y ait de l'espoir.

Et puis les vacances ont pris fin et je suis retournée à l'école. Retour aux uniformes, aux réunions, aux filles et aux professeurs et à la pension, mais tout me paraissait différent. Et c'était différent à cause de moi, parce que j'étais différente, parce que j'avais changé. Cet été-là m'avait changée. Transformée.

L'école et le reste, le train-train habituel, mais j'avais l'impression de ne pas être là, de ne vraiment pas être là du tout, comme si j'observais tout ça de loin, comme si j'observais tout ça à la jumelle, et j'étais loin, et j'observais. Rien ne me semblait réel et ça a dû se voir, car ce sont d'abord mes copines qui se sont retournées contre moi en me demandant pourquoi je me comportais si bizarrement, et puis elles sont devenues méchantes, elles me taquinaient, se moquaient de moi, lançaient des rumeurs sur moi, exactement ce que nous faisions subir aux autres filles, sauf que maintenant c'était moi leur souffre-douleur. J'ai soudain pris la place d'une de ces autres filles, et j'étais seule. J'ai donc perdu toutes mes copines, ces filles dont j'étais l'amie depuis des années, et je les ai perdues très vite, à cause de ce que j'étais devenue, parce que j'avais changé. Pourtant je m'en fichais, même si autrefois, je veux dire, quelques mois plus tôt à peine, cette mise à l'écart aurait été pour moi la pire chose au monde. Mais je m'en fichais complètement, ça ne m'a pas dérangée une seconde, pas du tout. C'étaient juste une bande d'horribles petites bêcheuses et elles ne comptaient absolument plus pour moi.

Ensuite ç'a été les professeurs, au début ils ont été gentils, ils me demandaient si je me sentais bien, si quelque chose n'allait pas, s'il m'était arrivé un ennui pendant l'été. Il m'était bel et bien arrivé quelque chose, j'imagine, mais comment aurais-je pu leur expliquer ce qui m'était arrivé. Je veux dire, je ne le savais même pas très bien moi-même. Mais ce n'était pas le genre de chose qu'ils avaient en tête. Et puis, ensuite, ils ont commencé à m'en faire voir de toutes les couleurs, à déclarer que j'avais maintenant une mauvaise attitude. Ils n'arrêtaient pas de dire que je devais changer d'attitude. J'ai même été convoquée dans le bureau de la directrice qui m'a passé un savon, et elle aussi m'a dit que je devais changer d'attitude, mais je ne comprenais même pas ce qu'elle voulait dire, je ne comprenais pas de quoi parlaient tous mes profs. C'était comme s'ils s'adressaient à moi dans une langue dont j'ignorais tout. Comme si l'école était désormais une chose étrangère, une chose que tout à coup je ne comprenais pas. Je ne comprenais plus rien du tout.

Et alors, oui, je me fichais complètement que mes amies se tournent contre moi, je me fichais que les professeurs me fassent des reproches, mais je me sentais seule, je me sentais vraiment seule. Parce que même avec tous ces gens autour de moi, c'était comme si j'étais prisonnière de ma propre tête, complètement coupée du reste, et j'étais triste. Terriblement triste, je veux dire. Tous les soirs je m'endormais en larmes, et je pleurais aussi pendant la journée. Je m'enfermais aux toilettes pour pleurer. Et je ne savais pas pourquoi je me sentais comme ça, ni ce qui m'arrivait, ni pourquoi. Certains matins, j'avais à peine l'énergie de me lever, de m'habiller, d'aller en cours. C'était comme si un poids énorme m'écrasait.

Et puis un samedi, en milieu de semestre, la surveillante de la pension m'a dit que j'avais une visite, et c'était Brett. Voir Brett dans ce décor, dans cette pension. C'était comme si soudain tout fondait, tout s'éloignait.

Et tout ce que je voyais c'était Brett, debout, là, dans son vieux jean et son maillot de corps, qui n'essayait même pas de cacher ses tatouages, et il y avait toutes les filles qui chuchotaient, passaient la tête par la porte de leur chambre pour le regarder et pouffer de rire. Et Brett restait là avec une étrange expression sur le visage, et j'ai compris qu'il essayait de rester sérieux, qu'il essayait de ne pas éclater de rire. Je ne sais pas comment il s'y est pris, mais il a eu la permission de m'emmener dehors pour la journée. Je ne comprends toujours pas comment il a réussi à décrocher cette permission pour moi, car les responsables étaient très strictes sur ce genre de choses. En tout cas, il a réussi. Comme j'ai dit, Brett avait cet aplomb, ce charisme, et je ne sais pas comment il s'y est pris, mais ça a marché.

Sortir de cette école avec Brett, traverser toute la pension, marcher jusqu'à la sortie et passer devant toutes les filles. Avec Brett. Je n'ai vraiment pas eu l'impression que c'était réel. Je n'arrivais pas à croire que ça se passait pour de vrai. Je veux dire, c'était tellement bizarre, tout semblait invraisemblable, on aurait dit une chose qui arrive en rêve. Ça me semblait impossible. Tout est arrivé très vite, je ne me souviens même pas d'avoir ressenti le moindre bonheur. Je ne sais pas ce que j'ai senti. C'était comme si, en sortant de cette école, en la quittant avec Brett, j'étais en plein brouillard.

On a donc rejoint l'arrêt du tram, Brett riant tout du long, à cause de l'école, parce qu'il venait de me voir dans cette pension, à cause de mon expression, m'a-t-il dit, quand je l'avais vu. Et on a pris le tram jusqu'à la plage de St Kilda. C'était un de ces vieux trams, l'air chaud entrait par les fenêtres ouvertes, le siège brûlant collait à mes cuisses et je me rappelle avoir regardé dehors, regardé les choses passer et la lumière dans les arbres et Brett à côté de moi et une énorme impression de liberté m'a submergée. Comme si j'étais soudain redevenue moi, comme si le poids que j'avais ressenti pendant tous ces mois venait de quitter mes épaules, de s'envoler. Et puis tout le reste aussi, la tristesse, la sensation d'être extérieure à tout, le simple fait d'être là avec Brett, avec lui dans ce tram, a dissipé tout ce qui me faisait souffrir. C'était comme si j'avais oublié comment respirer, mais que je respirais à nouveau.

Ensuite Brett a suggéré qu'on aille dans un fish & chips de la plage et quand on est arrivé là j'ai découvert qu'il avait apporté une nappe de pique-nique, sa vieille nappe de pique-nique à carreaux. Jusque-là j'avais cru qu'il était seulement venu à Melbourne pour rendre visite à son cousin, il avait dit loger chez lui, et je pensais qu'il était passé à la pension sur un coup de tête. Simplement parce que j'étais une de ses connaissances en ville. Mais quand il a sorti cette nappe, j'ai compris qu'il avait tout organisé à l'avance, qu'il était venu en ville à cause de moi, pour me voir, et j'ai compris qu'il avait dû penser tout le temps à moi. C'est-à-dire tout le temps depuis la fin des vacances. Qu'il avait pensé à moi et qu'il était venu en ville à cause de moi, rien que pour moi.

On a passé tout l'après-midi allongés sur la plage, sans beaucoup parler, mais je me sentais très détendue, car Brett était détendu, exactement comme n'importe quel jour de cet été-là, au bord de la rivière, exactement la même chose, sauf que maintenant il n'y avait personne avec nous, aucun autre ami, aucun membre de la bande, juste Brett et moi. Et je me suis demandé si c'était pour ça qu'il était venu en ville, parce qu'il savait que nous serions seuls tous les deux. Et c'est alors que j'ai vraiment compris ce qui se passait. Il n'a pas dit un mot, mais j'ai compris. La raison de sa présence ici, avec moi ici.

Nous sommes donc restés allongés au soleil, sans beaucoup parler, et je me rappelle Brett dressé sur un coude pour me regarder et disant, alors comment va la vie ? J'ai dit, très bien, et il a dit, eh bien tant mieux, et il s'est laissé retomber sur le dos, un bras en travers du visage et nous sommes restés comme ça tout l'après-midi. Toujours allongés, nous avons regardé le coucher de soleil et la mer semblable à un miroir brisé, toute scintillante et argentée, et l'heure à laquelle je devais rentrer était passée depuis longtemps, mais je savais déjà. A un moment de cet après-midi-là j'avais déjà pris ma décision. Non que j'y aie vraiment réfléchi, mais j'ai su et ça m'est tombé dessus et ça m'a paru la seule chose à faire. J'ai vraiment senti que je prenais la bonne décision. J'ai su que je ne retournerais pas à l'école, pas ce jour-là ni aucun autre. J'ai su que je n'y retournerais jamais.

Brett et moi, on est donc allés chez son cousin et j'ai appelé ma mère parce que je savais que l'école lui avait déjà téléphoné. Et je lui ai tout raconté. Du début jusqu'à la fin. Et je ne crois pas qu'elle a su quoi répondre, parce qu'elle n'a rien dit en dehors de me demander de la rappeler le lendemain, pour lui dire si tout allait bien. J'ai donc appelé le lendemain et elle a demandé à mon père de me parler. J'ai senti la tension dans sa voix. Il a essayé de me la dissimuler, mais il y avait cette tension, et puis sa manière de parler, lente, bizarre, désespérée. Il m'a presque suppliée. Il m'a dit avoir parlé avec la directrice de la pension pour lui apprendre qu'il y avait eu des problèmes à la maison et que tout était de sa faute à lui, que la sécheresse lui avait occasionné beaucoup de soucis. Ensuite, il m'a dit que la directrice était d'accord pour me réintégrer à l'essai dans la pension. Et puis mon père a ajouté qu'il avait refait ses comptes et que selon lui il pourrait se débrouiller pour trouver l'argent de mon voyage à Florence. Alors j'ai éclaté de rire. Parce que désormais je me fichais complètement de ce voyage. Parce que désormais j'étais avec Brett. Et tout avait changé pour moi.

Je n'aurais pas dû rire, dit Charlotte.

Lundi, Spit est là.

Wallace et moi, assis sur le plateau du pick-up, affûtons les pelles.

T'as gagné aux courses ? me demande Wallace.

Non.

T'as gagné à la loterie ?

Non, rien.

Wallace passe de l'huile sur la lame. Nous sommes chez Harris, près de la ville, et les voitures filent, les gaz d'échappement traversent le vignoble dans l'air frais du matin.

Eh bien tout ça s'est passé dans les environs, dit Wallace.

C'est sûr, je dis.

Samedi la vaporisation anti-sauterelles, dit Wallace. La bande de Brett Clayton qui pète les plombs.

Wallace plisse les yeux et me regarde.

T'es au courant ? me demande Wallace. Pour Brett Clayton et sa bande ?

Oui, je fais. J'en ai entendu parler.

Ils ont massacré ces gamins, poursuit Wallace. T'en as entendu parler ? Des étudiants rentrés chez eux pour les vacances. Des gosses de fermiers. Tabassés à coups de manches de hache. Vendredi soir. Ils les ont chopés à la sortie de l'Imperial. Au croisement de la grand-rue. Ils leur ont sauté dessus. Tabassés à coups de manches de hache, de poteaux de clôture. Salement dérouillés, ces gamins.

Oui, j'ai entendu, je dis.

Deux à l'hosto, ajoute Wallace. Un traumatisme et des côtes cassées, la rate explosée.

Il compte sur ses doigts.

Refusent de dire qui leur a fait ça, il continue. Mais sûr qu'ils savent. C'est sûr qu'ils les connaissent.

Wallace secoue la tête.

Ils ont la trouille, voilà tout, il dit. La trouille des conséquences.

Je crache par terre.

Et samedi soir, dit Wallace. Samedi soir ils écument la ville en tirant des coups de feu. Ils se croient dans l'ouest sauvage ou un truc comme ça.

Ouais.

Ils font un carton dans toute cette putain de ville. Je l'ai vu de mes yeux. Dimanche matin. Hier matin. Toutes les vitrines brisées. Du verre partout. Le vieux Joe McLaren assis sur le fauteuil du barbier, la tête entre les mains, toutes ses vitrines ont volé en éclats. Tous ses vieux instruments en miettes, par terre. Je veux dire, c'est pour de vrai, aucun doute. De l'histoire locale. Les chiens morts dans leur garage. Les mécanos nettoient le sang au jet d'arrosage. Les caniveaux pleins de sang et de verre. Jamais vu un truc pareil.

Wallace secoue la tête.

Bon dieu, il dit. Il se remet à bosser sur sa pelle. Nous regardons les voitures passer. L'une d'elles ralentit, s'arrête, Bill Sparrow passe la tête par la fenêtre et nous appelle. Wallace se laisse glisser du plateau et va lui parler. Ils discutent un moment.

J'espère qu'ils balanceront la clef, j'entends dire Bill Sparrow.

Wallace revient, puis Bill Sparrow klaxonne et agite le bras.

Allez, au boulot, bande de feignasses ! il crie.

Il démarre.

Wallace se rassoit en poussant un grognement, puis il reprend sa pelle et la pierre.

Je vais te dire une bonne chose, il commence. Y avait plein d'hommes prêts à les pendre haut et court. Et pas simplement des gars du coin. La moitié des anciens combattants de Corowa ont rappliqué ici avec le maire. Le maire est venu voir le mémorial de guerre. T'as entendu parler de ça ? Tu sais ce qu'ils ont fait au mémorial de guerre ?

Ils ont dégommé la statue, c'est ça ? je demande.

Il l'ont décapitée, dit Wallace. Au fusil. La tête du chercheur d'or. Un vrai sacrilège. En tout cas pour les anciens combattants. Par chance, les flics leur sont tombés dessus avant, d'après ce que je sais. T'as entendu ça ? L'a fallu amener des voitures de flics d'aussi loin qu'Albury, putain, pour les boucler. Et on les a mis en taule dans toute la région.

J'ai entendu qu'ils ont traversé la ville à pied, je dis. Paraît que personne a moufté.

Bah, tout le monde a été pris par surprise, dit Wallace. On aurait pu croire qu'ils garderaient profil bas, non ? Ils foutent le bordel en ville samedi soir, et les revoilà qui viennent boire un coup le dimanche matin. Personne s'y attendait. Un sacré culot, tout de même. Voilà pourquoi les pubs, c'est les seuls endroits qu'ils ont pas bousillés.

Wallace appuie fort sa pierre contre le fer.

Je veux dire, ils se prennent pour qui ? il ajoute. Sillonner la grand-rue en bagnole en tirant des coups de fusil par les fenêtres. Enfoirés de cow-boys. Tous jusqu'au dernier, c'est rien que des enfoirés de cow-boys.

Il lance sa pelle par terre, en prend une neuve sur le plateau et la coince entre ses jambes.

Jamais rien entendu de tel, il dit. C'est une putain de honte. Une honte pour la ville. Une honte pour nous tous.

Wallace fait glisser la pelle vers le haut, puis il essuie la terre collée au fer avec les doigts, avant de se passer la main sur le maillot de corps. Il prend la burette d'huile.

Quand même, t'as déjà entendu parler d'un truc pareil ? il me demande. T'as déjà entendu parler d'un truc comparable qui serait arrivé ailleurs ?

Je secoue la tête.

Jamais, je dis.

Wallace verse de l'huile sur le fer.

Et t'es dans le secteur depuis un bail, il ajoute.

Wallace s'active sur sa pelle. Je lève les yeux vers le ciel.

T'as été dans le nord, dit Wallace. Je veux dire, là-bas tu peux t'attendre à des conneries de ce genre. Y a plein de cow-boys dans le nord. Mais ici…

Il secoue la tête.

Je croyais que c'était nous qu'on était supposés être civilisés, il dit. Une ville de vignerons.

Wallace écarte brusquement la main de la pelle et lâche la pierre. Il regarde l'entaille. Le sang coule, Wallace le suce.

Ben voilà, c'est fou comme on peut se tromper, dit Wallace, un doigt en bouche.

Je regarde autour de moi à la recherche de corbeaux, mais il n'y en a pas. La journée est silencieuse.

Une fois, j'ai vu un flic descendre un aborigène perché dans un arbre, je dis. Dans le nord.

Quoi, tué ? s'étonne Wallace. Il examine son doigt, continue de le sucer.

Non, je dis. Le négro il courait dans la rue. A poil. Je sais pas pourquoi il était à poil, mais le voilà qui grimpe à un arbre. En pleine ville. Le flic se pointe et tire un coup de feu en l'air, et l'autre redescend de son arbre. Y a toute la ville réunie qui regarde la scène, c'est pareil que si c'était hier. C'était un samedi matin, une petite ville. Tout le monde était là.

Ouais, mais ça, c'est différent, dit Wallace. C'est la loi.

Oui, d'accord.

Wallace sort son doigt de sa bouche et l'essuie sur son maillot. Il tend le bras derrière lui pour prendre la bouteille d'alcool à brûler et il s'en verse un peu sur le doigt, puis il agite la main pour la faire sécher. Je finis ma pelle et en prends une autre.

Un vieux, je dis. Un vieux négro à barbe blanche. Il redescend de son arbre en pleurant.

Il avait fait quoi ? demande Wallace en se laissant glisser du plateau pour récupérer sa pierre.

Sais pas, je dis. Surpris en train de picoler, sans doute. Pour toi, c'est l'ancien temps.

Je frappe la pelle pour en faire tomber la terre.

Une justice impitoyable dans ce temps-là, dit Wallace.

Je hausse les épaules.

C'était y a pas si longtemps, je dis. Le vieux négro il descend en chialant, les yeux exorbités. Nu comme un ver. Et le flic l'entrave sur-le-champ, en plein centre-ville.

Je tends la main vers la burette d'huile et en passe sur la lame. Wallace retrouve sa pierre à aiguiser et la lance en l'air. Il s'assoit, lance encore la pierre et la rattrape.

Là-haut dans le nord ils ont pas froid aux yeux, dit Wallace. Hier, ici, on aurait bien eu besoin d'un flic de cette trempe.

Il lance la pierre, qui rebondit sur ses phalanges. Il la ramasse et se remet au travail.

J'aiguise le fer à grands gestes réguliers. Dans le vignoble, les ceps brillent à cause du résidu de la vaporisation anti-sauterelles, qui enduit les feuilles et les petites grappes dures du raisin nouveau, qui imprègne l'écorce. Une crécerelle passe dans le ciel, son ombre tressaute parmi les surfaces facettées.

Il a pas sorti les menottes pour arrêter le négro. L'a pris les entraves et les chaînes. Ils étaient tous entravés à la queue leu leu avec une longue chaîne. Fixée aux chevilles. Tous alignés, tous entravés.

Wallace rit.

Ça te botterait de voir le même traitement infligé aux gars de la bande à Brett Clayton ? il me demande. Les voir avancer au pas dans la rue. Qu'ils matent un peu les dégâts qu'ils ont faits. Qu'ils nous offrent un petit spectacle.

Le vieux descend de son arbre, je reprends. En pleurs, nu comme un ver. Tous les gens qui sont là rigolent. Tout le monde se marre.

Je fiche ma pelle en terre.

Bon, t'enfreins la loi, dit Wallace. En ce temps-là. Tout là-haut dans le nord.

Je regarde Wallace. Lui-même est à demi noir, même si personne n'en parle jamais.

Je prends une autre pelle sur le plateau, je la cogne pour en faire tomber la terre.

Et on t'a rapporté ce que le flic a dit en entrant dans l'Imperial ? demande Wallace. Il surprend Brett Clayton en train d'essayer de sauter de l'autre côté du bar ?

Ouais, on m'a dit ça.

Le flic a ôté le bouton-pression de son holster, il a la main sur son flingue. Et il dit : Mets-moi à l'épreuve, Clayton. Donne-moi juste un prétexte.

J'examine avec attention la lame de la pelle, tâtant du doigt les minuscules barbules métalliques.

On m'a raconté autre chose, je dis.

Ah bon ? fait Wallace en marquant une pause. T'as entendu quoi ?

A peu près pareil, je dis.

Je prends une tenaille dans la boîte à outils et je me mets à tordre les barbules métalliques. Quelques-unes se brisent et jaillissent en l'air. Wallace lâche un juron et porte la main à sa joue. Quand j'ai enlevé les autres, le fer est pire qu'avant. Je prends le burin.

Bah, tout est fini maintenant, dit Wallace.

Exact, je réponds.

On respire, ajoute Wallace.

Il fiche sa pelle en terre et s'essuie le front. J'examine à nouveau le fer puis l'affûte avec la pierre. Je la montre à Wallace.

Je sais pas pourquoi tu te donnes tout ce mal, il dit.

Nous finissons d'aiguiser les pelles, puis nous adossons au fond du plateau du pick-up de Wallace. Les gamins arrivent sur la route. Wallace regarde sa montre.

A l'heure pour une fois, putain, il dit. Il regarde encore sa montre. Pile à l'heure.

Les gamins arrivent et retirent des pelles hors de terre. Wallace les regarde faire.

Z'avez dessaoulé, tous les deux ? il demande.

Les gamins sourient.

Sûr, dit le bavard. Même pas la gueule de bois.

Me raconte pas de conneries, dit Wallace. T'as une sacrée gueule de bois.

Pas moi, dit le gamin. Première chose que j'ai fait au réveil, j'ai descendu une des boutanches de papa. Cul sec. Même pas mal.

Il dévisage Wallace, en grattant son nez couvert d'un beau coup de soleil.

T'as rallumé le sapin, hein ? dit Wallace.

Quoi ? fait le gamin.

Rallumer le sapin, dit Wallace. T'as rallumé le sapin pour t'éclaircir les idées.

Il regarde le gamin.

Tu connais pas cette expression ?

Non, dit le gamin.

Bon dieu, fait Wallace en se tournant vers moi. On leur apprend quoi aux jeunes d'aujourd'hui ?

Je me lève pour me dégourdir les jambes, je vais pisser dans les vignes, et puis je reviens.

T'as picolé ? je demande au gamin.

On a tous picolé hier, dit Wallace en s'essuyant les mains sur un chiffon. Cette fois-ci les gamins étaient vraiment bourrés. En sortant du pub, ils tenaient à peine sur leurs quilles.

Vous avez picolé où ? je demande.

Au Crown, répond Wallace. Dimanche au Crown. Il est temps qu'ils apprennent ce que picoler vraiment veut dire.

T'aurais dû venir, Smithy, me lance le taiseux. On a commencé à picoler le matin. Et on a descendu toute la journée.

Il me sourit.

C'est mieux, dit le gamin. Les journées de picole. C'est mieux que les soirées de picole. On a descendu pendant des heures.

La voiture de Spit arrive sur la route et il négocie un virage au frein à main pour entrer dans le vignoble. Les pneus hurlent et la terre vole. La terre jaillit le long de la voiture et se dépose sur la carrosserie. Le moteur s'emballe et les roues creusent des sillons dans le chemin. La voiture bondit en avant puis freine dans un grand hurlement métallique. Spit en descend et claque la portière. Il arrive, une cigarette allumée entre les lèvres, d'où pend une longue ligne incurvée de cendre. Il se met à sortir les pelles de la terre pour en examiner le fer.

Je te croyais au trou, dit Wallace.

J'y étais, répond Spit.

Il passe les pelles en revue et en choisit une. Debout, le gamin l'observe en souriant.

Qu'est-ce vous regardez tous les deux ? fait Spit.

Appuyé contre le pick-up de Wallace, Spit nous tourne le dos. Il tire sur sa cigarette jusqu'à ce qu'une flammèche jaillisse du filtre. D'une pichenette il expédie le mégot dans les vignes.

T'es au courant pour George Alister ? lui demande Wallace.

C'est qui George Alister ? fait Spit.

Le pote de Roy, répond Wallace. C'était le pote de Roy, plutôt. Raide mort. Au beau milieu de la grand-rue. Dimanche, y a huit jours. Crise cardiaque.

Ah bon ? fait Spit en regardant les vignes.

Ouais, dit Wallace. Mort avant même de toucher le sol, à ce qui paraît.

Il regarde Spit.

Et tu sais ce qu'a fait son clebs ? Après que George Alister il a clamsé ?

Non, dit Spit. Il l'a bouffé ?

Wallace rit.

Presque, il dit. T'es pas loin. George Alister, d'accord ? Il mange une glace. Et il clamse. Il fait sa crise cardiaque et il s'effondre en pleine rue. Bref, le clebs se pointe et lui pique la glace. George Alister est allongé pour le compte et son clebs lui pique sa putain de glace.

Spit allume une autre cigarette.

Et tu sais ce que Smithy a dit quand je lui ai raconté ça ? demande Wallace.

Non, je sais pas, dit Spit en fumant. Dis-moi, s'il te plaît, ce que Smithy a dit.

Smithy a dit, c'est comme ça les chiens.

Sans blague, fait Spit.

Et tu connais Nora Alister ? demande Wallace.

Spit hausse les épaules.

Ouais, eh ben c'était la femme de George Alister. Sa veuve maintenant.

Y a des chances, ouais.

Alors je dis à Smithy, je lui dis, d'accord, George Alister était le pote de Roy, mais maintenant je parie que le Roy il va tenter sa chance avec la veuve. Il va s'attaquer à cette veuve.

Spit penche la tête en arrière et fait des ronds de fumée.

Et tu sais ce qu'a dit Smithy ? il a dit, il est comme ça Roy.

Wallace pouffe de rire en secouant la tête.

C'est comme ça les chiens et il est comme ça Roy.

Spit regarde les vignes au loin. Il lâche un juron et lance sa pelle. Elle décrit un arc de cercle avant de percuter le fil de fer, de rebondir et de tomber parmi les ceps. Il prend une autre cigarette et l'allume à la précédente.

T'as une hypothèque à payer, Spit, je dis.

Merde, rien à foutre, il dit.

Il se tourne vers les gamins.

Et comment ça va, les ramollos du ciboulot ? il fait.

Les gamins sourient.

Wallace nous a emmenés picoler, dit l'un d'eux.

Wallace est fichu, dit Spit en se détournant.

Je suis toujours invaincu, proteste Wallace. Personne m'a encore battu.

C'est de l'histoire ancienne, dit Spit. Y a plus personne pour compter les pichets.

Roy descend de son pick-up en s'étirant, puis il siffle Lucy. Il nous rejoint et examine les pelles. Lucy saute alors du plateau, elle nous renifle les pieds et trotte dans les rangées.

Alors t'as sauté la gazelle ? demande Spit à Roy.

Quelle gazelle ? fait Roy en examinant une lame.

Wallace nous a parlé d'une gazelle, dit Spit.

Il parle de Nora Alister, explique Wallace.

Roy prend une autre pelle.

Partie à Perth, bordel, elle est partie vivre là-bas, il dit. Chez sa sœur.

Va lui rendre visite, dit Spit. Tire quelques coups avec elle. Dans ce bled elle va être en manque.

Je compte pas aller dans cette putain de Perth, dit Roy. Faut des jours de bagnole pour aller dans cette putain de Perth.

Prends des vacances, conseille Spit. Fais un peu de tourisme.

Roy examine un autre fer, puis replante la pelle en terre.

Rien à voir là-bas, il dit. C'est que du désert, pas vrai ?

Exact, confirme Spit.

Roy prend une pelle et s'appuie dessus. Wallace ouvre la boîte à outils et tend des couteaux aux autres.

Et puis le pick-up tiendrait pas le coup, dit Roy en essuyant son couteau sur son short.

Alors prends ta bagnole chic.

Putain, pour rien au monde j'emmènerais ma belle bagnole là-bas, dit Roy. Les routes sont dégueu. Ça bousillerait la peinture.

Il prend sa pelle et rejoint Spit à côté du pick-up.

Boss a posé des questions sur toi, il dit.

Ah bon ? fait Spit.

Ouais, mais Smithy lui a dit que t'étais malade.

Spit me jette un coup d'œil par-dessus l'épaule, la cigarette entre les lèvres.

Merci, papa, il dit.

Ouais, mais il va sans doute découvrir le pot aux roses, dit Roy. Toute la ville est au courant de votre bande. Tout le monde vous a vus.

Et alors ? dit Spit.

Alors, il peut te virer, tu crois pas ?

Spit envoie au loin sa cigarette toujours allumée.

Et alors ? répète Spit. J'irai à la rivière. Je ferai une bonne pêche pour une fois. Je préfère être à la rivière plutôt qu'ici avec votre bande de rigolos.

Wallace regarde sa montre et lâche un juron. Il me montre l'heure. Il s'écarte du pick-up pour prendre sa pelle et sa pioche, qu'il pose sur chacune de ses épaules.

C'est parti, il dit et nous entrons dans les vignes.

Je suis déjà couché quand on sonne à la porte. Je me lève et enfile ma robe de chambre avant d'aller ouvrir. Brett Clayton est là, les mains dans les poches. Son visage évoque un crâne gris à rouflaquettes, aux yeux fatigués, au regard dur, inexpressif.

Elle est là ? il demande.

Elle est là, je dis.

Il passe devant moi comme si je n'existais pas. Comme si je n'étais rien. Je le suis en sentant mes genoux se dérober.

Debout dans le salon, Brett Clayton regarde autour de lui en me tournant le dos. Ses vêtements flottent sur sa charpente. Il sent la gnôle rance et la fumée de cigarette.

Il aboie le nom de Charlotte dans la pièce vide.

J'entends du mouvement à côté, puis Charlotte arrive en serrant la ceinture du peignoir de Florrie.

Alors, tu rentres à la maison ou pas, il lui dit.

Charlotte a les cheveux tout aplatis, des mèches lui pendent sur les épaules.

Donne-moi juste le temps de rassembler mes affaires, elle dit.

Brett Clayton incline la tête.

Et ça va te prendre combien de temps ? il demande.

Pas longtemps, elle dit. Un petit moment.

Combien de temps ? il répète.

Je vais faire très vite, elle dit. Tu ne peux pas avoir la patience d'attendre un peu ?

Brett Clayton croise les bras, baisse la tête.

Et si je passais chercher tes affaires demain, il dit. Je tombe de fatigue.

Je peux au moins m'habiller, non ? dit sèchement Charlotte. A moins que tu veuilles que je traverse la ville dans cette tenue ?

Je te retiens pas.

Charlotte va dans sa chambre et je l'entends se dépêcher. Les tiroirs s'ouvrent et se referment. Brett Clayton reste là, parfaitement droit et immobile, dos à moi, face à la fenêtre de derrière. Il sort de sa poche de chemise un paquet souple de cigarettes, le secoue pour en faire sortir une, puis la laisse retomber dans l'emballage. Il range le paquet dans sa poche de chemise.

La nuit murmure.

Charlotte ressort de sa chambre en jean, chandail et baskets.

On y va ? elle dit.

Brett Clayton se retourne et passe devant moi, sans me regarder, sans rien dire. Charlotte se hâte derrière lui. Je les accompagne jusqu'à la porte. Au moment de partir,

Charlotte fait volte-face, agite vivement la main et articule en silence, au revoir. En silence, comme font les femmes. Je referme la porte derrière eux.

J'entre dans la chambre de Charlotte et me mets à rassembler ses affaires. Je plie ses vêtements et les range dans sa valise. A la salle de bains je mets ses rouges à lèvres, ses flacons et ses minuscules étuis de maquillage dans une petite trousse à fermeture Eclair. Une poussière rose et odorante sort de la trousse quand je l'ouvre. Les volutes imprègnent la robe de chambre, tombent sur mes chaussons et le carrelage. Je range cette trousse dans la valise avec ses lotions et ses shampooings. Sa brosse à cheveux est posée près du lavabo. Je la prends et la regarde. Il y a des cheveux parmi les poils de la brosse, de longs cheveux couleur miel. L'espace d'un instant j'envisage de garder cette brosse. Je la mets dans la valise.

De retour dans la chambre de Charlotte, qui n'est plus sa chambre, plus maintenant, je jette un coup d'œil dans les tiroirs et la penderie pour m'assurer qu'il n'y reste rien. Le peignoir de Florrie est étendu sur le lit. Il sent l'odeur de Charlotte. Je le plie et le range avec ses autres affaires. Je ferme la valise et la pose à côté de la porte d'entrée.

En retournant au salon, je surprends mon reflet dans le miroir situé au-dessus du manteau de la cheminée, mon vieux visage en ruines, mon crâne dégarni, mes cheveux blancs.

La pièce est silencieuse et vide.

Je sors pisser. C'est une nuit sans lune, les nuages cachent les étoiles. Tout est calme, silencieux, obscur. Je ne vois rien devant moi.

Je vais me coucher et me réveille avant l'aube.

Et je me rappelle les sœurs et le vent, tous les gamins noirs en rang et les robes des nonnes claquant dans les bourrasques, enveloppant leur corps, leurs mains tenant leur guimpe et s'affairant sur les vêtements des enfants, les chemises blanches lavées, repassées et empesées, toutes brillantes au soleil, quel spectacle étrange dans ce lieu de sable et de poussière, car nous avions vécu si longtemps au milieu de cette saleté qu'elle s'était incrustée dans tous les pores de notre peau. Jamais jusqu'à ce jour nous n'avions imaginé une chose telle que la propreté. Nous étions donc très excités. Tandis que les nonnes redressaient les cols, tiraient sur les shorts gris amidonnés et lissaient les coutures grossières, aucun des négrillons ne pouvait s'empêcher d'arborer un large sourire et tous étaient agités, tous regardaient au loin, vaguaient de ci de là et ils ont commencé à se disperser jusqu'à ce que les nonnes les remettent en rang, les enfants tenant à la main des drapeaux en papier de l'Empire, des drapeaux dessinés au crayon, au milieu des tourbillons de sable rouge. Nous attendions l'épouse du Protecteur des aborigènes.

Et cette épouse du Protecteur des aborigènes est arrivée dans une grosse voiture noire, conduite par un chauffeur en uniforme kaki, arborant un grand chapeau pointu et un visage dénué de toute expression, les gamins ont agité leurs drapeaux à l'approche de la voiture, les nonnes se sont ruées sur elle, le chauffeur a ouvert la portière, les sœurs se tenaient par la main, inclinées, et elles ont dit, Oh non madame, vos beaux vêtements vont être tout sales, et le chauffeur est resté là, à regarder. Et il a refermé la portière et une vitre s'est abaissée et sœur Bernard s'est campée devant les enfants souriants, pour conduire le chœur avec les mains. Et ils ont chanté *God Save the Queen*, puis *Terre d'espoir et de gloire*, puis *Car c'est une sacrée brave fille*, et des applaudissements sont sortis de la voiture, le chauffeur était vautré sur son siège, la casquette sur les yeux, et le vent a soufflé plus fort. Et sœur Bernard a rejoint la vitre ouverte pour parler avec la femme à l'intérieur et elle s'est retournée et elle m'a fait signe et je suis monté sur le marchepied et j'ai regardé dans la voiture et j'ai vu l'épouse du Protecteur des aborigènes.

Et l'épouse du Protecteur des aborigènes était tout de blanc vêtue, une écharpe en satin autour de la taille, un corsage brodé à col haut, piqueté de minuscules perles nacrées qui miroitaient dans la lumière oblique et leur éclat alliait toutes les couleurs. Et elle avait des cheveux ondulés, coupés court, très doux et couleur or où le soleil se reflétait, ils brillaient au soleil. Et près d'elle sur la banquette un éventail filigrané en ivoire était posé dans l'ombre, ainsi qu'un chapeau ceint de tulle. Et elle portait des gants en dentelle, que j'ai touchés lorsqu'elle a saisi entre les siennes ma main rêche et crasseuse et qu'elle m'a regardé, en souriant, et elle était belle. Je ne m'étais pas attendu à ce qu'elle soit aussi belle et je n'avais jamais vu ce genre de choses auparavant. Et quand ses yeux se sont rivés aux miens, j'ai oublié la raison de ma présence ici, seulement ses yeux, seulement cette femme et il m'a semblé qu'elle regardait au fond de moi et elle a dit, Il est timide, ses yeux amusés, sœur Bernard m'a donné un coup de coude et je me suis rappelé et j'ai chanté et encore chanté pour cette femme et quand j'ai eu fini elle m'a touché le visage et elle m'a embrassé doucement sur le front et ses mains se sont attardées sur mes joues et elle me regardait toujours dans les yeux, tout le temps elle m'a regardé dans les yeux. Et je regardais dans les siens.

Tu es un ange, elle a dit. Un vrai ange.

Il y a donc eu cela. Et je m'en souviens.

Et puis le chauffeur a tourné son volant, le visage dur sous la visière de sa casquette, de la main il a montré le désert et dit : M'est avis qu'une tempête de poussière arrive, madame, et l'épouse du Protecteur des aborigènes a tourné la tête pour regarder.

Une tempête de poussière ? elle a dit, et le chauffeur a acquiescé.

A condition de partir maintenant, je crois que nous pourrons rentrer en ville.

Et cette femme a regardé au loin le ciel rouge sale et l'étendue laiteuse de l'horizon, le disque solaire menaçant, d'un ambre en fusion, bouillonnant. Et au-dessus de nous le ciel d'un gris agité, et nous tous plongés dans une ombre irréelle semblable au crépuscule, le vent soulevait et tordait de hauts tourbillons jaillis de la terre. Et elle a regardé les négrillons par la vitre ouverte et une bourrasque de sable a durement assailli la voiture, le métal a crépité, le vent a déchiré les drapeaux des enfants, le papier réduit en lambeaux.

Et l'épouse du Protecteur des aborigènes a ôté les mains de son visage et elle s'est retirée dans la pénombre de la voiture, le chauffeur disant, Il faut que nous rentrions en ville avant que la tempête arrive, sinon nous sommes coincés ici jusqu'à ce qu'elle s'en aille. Elles durent parfois des jours et des jours, madame. Je l'ai déjà vu. Et tandis que le chauffeur se penchait pour remonter la vitre, j'ai regardé cette femme une dernière fois, la voiture a démarré en rugissant et en émettant un panache de fumée noire, les roues ont envoyé une gerbe de sable sur les enfants noirs alignés en rang, qui ont toussé, se sont frotté les yeux et ont agité leurs drapeaux de l'Empire alors que la voiture bondissait en avant et rejoignait la route. Et ils ont agité leurs drapeaux tandis que la voiture filait au loin et ils ont continué d'agiter leurs drapeaux longtemps après qu'elle eut disparu.

Le sable sinuait, les nonnes couraient en tout sens à l'approche de la tempête de sable, elles exhortaient les négrillons à rentrer au pas de course, elles verrouillaient les portes et fermaient les volets et j'ai senti une traction sur mon bras et la sœur a dit, La vache, ramène la vache. Et je suis parti vers le paddock et tandis que le vent rugissait et qu'une épaisse poussière tournoyait autour de moi, j'ai été assailli par le sable, des brindilles et des pierres, qui me piquaient le visage, les yeux et tous les endroits où ma peau était nue. Et comme je m'aventurais à tâtons dans cette obscurité rougeoyante et furieuse, la cloche de la vache émettant ses tintements graves et creux quelque part dans un lointain rageur, je pensais seulement à cette femme, seulement à elle, à ses vêtements et à sa parure, ses cheveux doux et dorés au soleil, l'éventail et le chapeau posés près d'elle et la sensation de la dentelle contre mes joues, le contact de ses lèvres et ses yeux plongés dans les miens et sa beauté, et à ce moment précis je m'en suis moqué, je me suis moqué de vivre ou de mourir.

Et voici ce que je désire savoir : est-ce que je me trompais ? Est-ce que je me trompais du tout au tout ? Me suis-je trompé depuis le début ?

Cet ouvrage a été imprimé en France
par CPI Bussière
à Saint-Amand-Montrond (Cher)
en janvier 2013

Mise en pages PCA
44400 Rezé

N° d'Édition : 17558. — N° d'Impression : 124444/1.
Dépôt légal : février 2013.